Fabio Stassi · Die Trophäe

FABIO STASSI

DIE TROPHÄE

ROMAN

Aus dem Italienischen von
Monika Köpfer

KEIN & ABER

Die Originalausgabe erschien 2007 unter dem Titel
È finito il nostro carnevale bei minimum fax, Rom.

Deutsche Erstausgabe

Coverfoto: Jacques-Henri Lartigue/© Ministère de la Culture – France/AAJHC
Covergestaltung: Nicholas Ditzler
Satz: Dörlemann Satz, Lemförde
Druck und Bindung: CPI – Ebner & Spiegel, Ulm
ISBN 978-3-0369-5540-7

www.keinundaber.ch

Fußball war damals durchdrungen von Ironie, Wut, Menschlichkeit. Es war eine erwachsene Welt, in der man sich irrte, aber so, wie ein Profi irrt – wie in dem Lied von Paolo Conte. Sie wird nicht wiederkehren, weil das Gerüst gewachsen ist und die Fundamente immer Lügen sind.

Gianni Mura

Das folgende Interview wurde am letzten Tag des Jahres 1999 von unserer Kollegin Deisy Cherrill in der Amundsen-Scott-Südpolstation mit einem altertümlichen Tonbandgerät aufgezeichnet. Es ist die Geschichte eines Mannes, der sich in eine geflügelte Statue verliebt und sie sein ganzes Leben lang verfolgt. Doch während der Interviewte sie uns erzählt, vermischt er unzählige Stimmen und Namen, Bücher und Personen, Städte und Tabellen, sodass es am Ende schwer fällt, zwischen Wirklichkeit und Fantasie zu unterscheiden. Vor allem berichtet er von Zeiten, in denen, wie Mr. Peregrino Fernandez erinnerte, das Leben »voller Tore« war und »man seltener bei Autounfällen starb und häufiger an einer unvollkommenen Zukunft«. Zeiten, in denen der Krieg noch nicht zu einer Gewohnheit geworden war, die einen gegen alles unempfindlich macht. Und in denen man dagegen aufbegehrte. Vielleicht lag es an der Epoche – und ihrer Musik.

Der Interviewte bat Deisy lediglich um einen Gefallen. Sie möge dem Gespräch bei der Transkription zwei Widmungen voranstellen. Die erste galt einem italienischen Journalisten, dessen rabenschwarze Sonntagskolumne er sich nie entgehen ließ, auch wenn die Zeitungen aus Europa mit Verzögerung in Puerto Williams eintreffen. Die andere richtete er an Osvaldo Soriano, den er als Trainer auf dem felsigen Terrain der Literatur engagiert hätte, wäre das möglich gewesen.

Eine letzte Bitte hatte er an den geneigten Leser: Bei der Lektüre dieser Seiten möge er eine alte knisternde Platte der *Nuages* von Django Reinhardt auflegen, als Nächstes – in dieser Reihenfolge – *Marcha da Quarta-feira de Cinzas* von Vinicius de Moraes und Carlos Lyra, *Le jazz et la java*, gesungen von Yves Montand, *Gracias a la vida* von Violeta Parra und dann *Vuelvo al Sur* von Astor Piazzolla – alle für ihn immer wieder gleichermaßen bewegend.

Zum Schluss, und nur zum Schluss, *L'Hino nacional brasileiro*, die brasilianische Nationalhymne.

1

Ja, ich bin es, der die *Diosa* geraubt hat, falls sich noch jemand daran erinnert. Ja, die *Diosa,* die *Göttin* oder die *Coupe Jules Rimet,* wie man sie in Europa ab den Fünfzigerjahren nannte. Für mich hat es nie einen anderen Pokal gegeben. Dreiundfünfzig Jahre lang habe ich Jagd auf ihn gemacht. Von 1930 bis 1983, *carajo.*

Einmal habe ich sie im April '66 in England entwendet und war für wenige Tage der berühmteste und abscheulichste Dieb des 20. Jahrhunderts. Die gesamte Kriminalabteilung des Scotland Yard war mir auf den Fersen, die CIA und der KGB wurden eingeschaltet, die Grenzen verriegelt. Nach einer Woche hatten sie meine Spur. Es ist ein merkwürdiges Gefühl zu erfahren, dass jemand nach einem sucht, und zwar um kurzen Prozess mit einem zu machen. Ich wusste mir nicht anders zu helfen, als sie in einer Müllhalde zu verstecken. Und dann geschah etwas vollkommen Banales: Ein Hund steckte seine Nase in den Haufen. Eine kleine Promenadenmischung mit braunweiß geflecktem Fell. Hinterher gaben sie ihn für einen Terrier aus, behängten ihn mit Medaillen und überhäuften ihn mit Truthahn-Getreide-Trockenfutter. Dabei hatte er keine Skrupel gehabt, im Müll herumzustöbern: Er war es wahrscheinlich gewohnt. Vor Dreck starrend und mit einer Tüte, die sich ihm um eine Pfote gewickelt hatte, kam er zum Vorschein, hielt aber den Pokal zwischen den Zähnen. Mit einem triumphierenden Blick, als kehrte er von einer Exkursion in das Paradies der Düfte zurück.

Pickles hieß er.

Der verflixte Kerl.

Ich musste mich weitere lange Jahre in Geduld üben, achtzehn, um genau zu sein. Bis zu der Nacht, in der ich sie von neuem raubte, und zwar für immer. Die Nacht von Rio: fünf Tage vor dem schönsten Weihnachten meines Lebens. So manches hat sich seither geändert. So viel, dass man Gefahr läuft, nichts mehr wieder zu kennen, wenn man in den Spiegel blickt; sogar über das eigene Gesicht bekommt man Zweifel. In den letzten Jahren haben sie verdammt noch mal mehr Regeln geändert als in den vergangenen drei Jahrzehnten.

Zu meiner Zeit hätte dieses Interview Schlagzeilen gemacht: Aus jedem Winkel der Erde wären sie herbeigeströmt, ungeachtet der Kosten oder einer beschwerlichen Anreise. Irgendwie wären sie an diesem Ende der Welt, das sich Antarktis nennt, zu mir gestoßen. In ihren thermischen Overalls und mit ihren Notizbüchern in den Taschen wären sie aus den Flugzeugen gestiegen und hätten hier unten an der Basisstation einen ziemlichen Zirkus veranstaltet. Journalisten, Polizisten, Anwälte, der eine oder andere Politiker. Niemand hätte sich meine Pressekonferenz am Ende der Welt entgehen lassen. Ich sehe die Schlagzeilen förmlich vor mir: »Die ganze Wahrheit über den

Rimet-Pokal. Von unserem Korrespondenten an der Südpolstation Amundsen-Scott.« Ein extravaganter Ort in ihren Augen. Trotz allem hätte man mir einen ordentlichen Prozess gemacht und die Zeitungen auf der ganzen Welt informiert. Bis hin zur Verurteilung. Um ein Exempel zu statuieren. Einhellig verkündet von circa fünfzig Staaten.

Ein weiterer geschichtsträchtiger Prozess, nach Nürnberg.

Und wenn sie es nur aus Rache getan hätten. Denn während ich Jagd auf den Pokal machte, verfolgten sie dreiundfünfzig Jahre lang mich und meine Ideen. Aber irgendwann wird man alles überdrüssig, auch der Wut und der Hoffnung. Und erst recht einer so traurigen Obsession wie der meinen.

So nehmen an diesem Treffen am Ende der Zeiten – nicht nur am Ende des Meeres und der Erde – ausschließlich Sie teil, junge Frau. Am 31. Dezember 1999. Bestimmt hätten Sie an diesem letzten Nachmittag des Jahrhunderts etwas Besseres anzufangen gewusst, aber Sie wollten ihn unbedingt mit einem alten Mann wie mir verbringen. Sehr freundlich von Ihnen. Sie haben ein so erfrischendes, fröhliches Gesicht und die gepflegten Hände eines Musikers. Seltsam. Es waren immer weibliche Hände, denen die Geschichten in meiner Familie anvertraut wurden. Und die Ihren erinnern mich an die Frauen meiner Zeit. Aber damals gab es noch echte Zeitungen, es gab das Radio, Hemingways Erzählungen, Djangos Jazz, Vinicius' Bossa Nova … die Fußbälle hatten noch Nähte, die Trikots der Spieler noch keine Werbeaufdrucke, und Fußball war ein Straßenspiel …

Und es gab Garrincha.

Und die *Göttin* – den Weltpokal des Fußballs.

Jetzt wird bestimmt keiner mehr kommen, um sie sich zurückzuholen. Niemand, nicht einmal der brasilianische Verband, würde sie einer so langen Reise für würdig erachten. Seit man sie durch ein Replikat ersetzt hat – die ganze Welt ist voll davon: Für wen sollte sie jetzt noch eine Bedeutung haben? –, ist diese Geschichte in Vergessenheit geraten. Sie wollen nichts mehr davon hören, haben den Schleier des Vergessens darüber gebreitet, wie meine Großmutter es früher machte, wenn sie ein Kreuz auf den Handballen zeichnete, um eine Sache ein für alle Mal zu begraben.

Tacio macio, sagte sie. In ihrer Sprache kam das einer Exkommunikation gleich, einem Akt des Vergessenwollens.

Ich muss zugeben, das ärgert mich. Es macht nicht nur meine Geste wertlos, sondern stellt meine ganze Existenz infrage. Eine tödliche Traurigkeit überkommt mich. Wie wenn man am Ende eines Spiels, das man gewonnen zu haben glaubt, merkt, dass man als Einziger seiner Mannschaft auf dem Spielfeld zurückgeblieben ist, und ein Schiedsrichter einem höflich erklärt, dass sie von der Meisterschaft ausgeschlossen wurde.

So ist das Leben, sagen sie.

Manche begreifen es früher als andere.

2

Sogar das Fälschen betrieb man früher mit mehr Geschmack, mit mehr Fantasie. Man bemühte sich um Schönheit, war aufmerksamer, sah darin eine Möglichkeit, einer Sache Unvergänglichkeit einzuhauchen, sie vor dem Vergessen zu bewahren und sich unserer gottverdammten Natur zu widersetzen, diesem unaufhaltsamen Verschwinden aller Dinge.

1983, zur Zeit der brasilianischen Militärjunta, musste man dagegen nur ein Kommuniqué verbreiten, in dem es hieß, dass eine Bande aus Santo Cristo den Pokal eingeschmolzen hatte, um eine Lieferung Heroin aus Istanbul zu finanzieren, die für die Vereinigten Staaten bestimmt war.

Der letzte Flügelschlag der Diktatur.

Zehn Jahre zuvor hätte sich das ganze Land erhoben. Von Puerto Alegre bis Belém. Es wäre gewesen, als hätten die Bewohner Rios eines Morgens das Wahrzeichen ihrer Stadt nicht mehr vorgefunden, den gigantischen *Cristo Redentor* auf dem Corcovado. Ja, so war es, es gab Zeiten, da war die Coupe du Monde heiliger als diese Statue, heiliger als *Nossa Senhora Aparecida,* die schwarze Madonna.

Sie war Teil des Nationalkörpers. Und darauf zählte ich, auf die Bestürzung, die ihr Verschwinden unweigerlich hervorrufen würde.

Aber 1983 hatten die Menschen bereits andere Ablenkungen. Wenn man ihnen einen Arm abnahm, verspürten sie keinen Schmerz. Die Generäle hatten das sehr viel besser begriffen als ich. Es war nur ein chirurgischer Eingriff nötig. Die Wunde musste genäht werden, um kein Risiko einzugehen. Und man durfte keine Zeit verlieren.

Die Wahl fiel auf jemanden, der sowohl für das Kartenspiel als auch den Fußball eine Leidenschaft hegte. Im *bairro* kannte man ihn unter einem italienischen Namen, Sergio Peralta. Aber er nannte sich Pereira: Sergio Pereira Ayres. Eines Nachts, so hieß es, habe Peralta beim Kartenspielen in einem Spielcasino einem alten Freund den kühnen Vorschlag gemacht, die *taça* zu rauben. Der Freund jedoch kniff, weil sein Bruder in Mexiko während des Endspiels zwischen Brasilien und Italien an einem Herzinfarkt gestorben war. Man hatte tatsächlich alles vorausgesehen, sogar den Schatten einer Verdammnis.

Nach der offiziellen Version gingen nur zwei am Spieltisch jenes Spielcasinos auf Peraltas Vorschlag ein: ein ehemaliger Detektiv und einer, den die Leute Baffuto nannten, den Schnauzbärtigen. In der Nacht des 19. Dezembers drangen die drei in den Sitz der CBF ein, der Confederaçao Brasileira de Futebol, zu dem Peralta freien Zugang hatte, weil die Bank, in der er arbeitete, Sponsor des Clubs Atletico Mineiro war. Sie fingen den Wachmann bei seinem abendlichen Rundgang ab, fesselten ihn und versteckten den Pokal in einer Sporttasche.

Armselige Hühnerdiebe.

In Wahrheit war nur ich in der Nacht des 19. Dezembers dort. Und kein Wachmann. Schauen Sie mir ruhig in die Augen, wenn Sie mir nicht glauben.

Der Pokal erreichte nie die Rua Gonçalves Dias Nummer 89, gegenüber dem Markt. Im Zentrum Rios, wie die »Nachforschungen« ergaben. Und auch nicht auf dem Schreibtisch von Carlos Hernandez, dem Argentinier, der sie angeblich geschmolzen hatte, indem er sie zunächst in Scheiben schnitt, wie die Zeitungen schrieben, denn er besaß nur einen 250 Gramm schweren Ofen.

In Scheiben! Sieben Stunden Arbeit. Für fünfzehntausend Dollar.

Kein Südamerikaner hätte sich mit so einer lächerlichen Summe für die *Diosa* zufriedengegeben. Und wäre er noch so verzweifelt gewesen. Es war ein grober Schnitzer. Dem einen oder anderen kamen auch leise Zweifel, doch die Ermittler hatten es ebenso eilig, einen derart niedrigen Preis zu begründen, wie angeblich die drei, die Trophäe loszuwerden. Die Rimet war heißer als ein Gemälde von Picasso, van Gogh oder Caravaggio. Der genialste Einfall war allerdings der kleine Ofen. Mithilfe dieses absurden, aber entscheidenden Details konnte man die *Göttin* von der Bildfläche verschwinden lassen: Es rechtfertigte die Tatsache, dass sich nie ein Hehler finden lassen würde …

Wer konnte im Übrigen wissen, ob sie nicht nur vergoldet war?

Nein, die Sache war anders gelaufen, schlimm genug, dass ich jetzt erklären muss, wie es wirklich war. Niemand von denen, die für das Verschwinden des Pokals verantwortlich waren, wurde von einem anderen Fluch getroffen als von dem, sich auf eine Sache eingelassen zu haben, die eine Nummer zu groß für sie war. Doch das Spiel funktionierte. Die Inszenierung eines Wunders funktioniert immer. Die Nachrichten schmückten es mit ihrer eigenen Legende aus. In Brasilien hat sich das Gerücht weitaus mehr verbreitet als die Legende über den Pharao Tutanchamun. Ja, stimmt schon, alle Männer, die in das Verschwinden des Pokals verwickelt waren, endeten tragisch, aber nicht aufgrund einer übernatürlichen Kraft. Es gab keine Rache des Himmels. Keinen Pesthauch. Das ist alles Firlefanz, der für die Klatschpresse taugt.

Nein. Peralta wurde gefoltert, und früher oder später, da bin ich sicher, wird er tot in seiner Zelle oder in einem anderen lausigen Zimmer gefunden werden. Herzinfarkt, lautet die Todesursache in solchen Fällen. Sein Freund, der, der nicht mitmachen wollte, war der Erste, der verschwand, eine Woche nachdem er als einer der Hauptzeugen bei der Verhandlung ausgesagt hatte. Autounfall. Der ehemalige Detektiv, Chico Barbudo, der mit wirklichem Namen Rivera hieß, wie der Italiener, der beim Finale in Mexico City während der letzten sechs Minuten spielte, wurde in einem Lokal in Santo Cristo umgebracht, dort, wo die Idee für den Coup geboren wurde, wie manche behaupten.

Und das alles, um die Angelegenheit für immer und ewig zu begraben.

Hernandez, den Argentinier, haben sie im Gefängnis vergessen, doch nicht ohne zuvor den Vater vor Scham in den Tod getrieben zu haben und mit der Aussicht, dass er selbst von irgendeiner Krankheit hinweggerafft würde. Nur Baffuto, der Schnauzbärtige, wird überleben. In überwachter Freiheit. Er wird sich hüten, das Wort Unschuld noch einmal in den Mund zu nehmen.

Ich kenne diese Wechselfälle nur zu gut. Es sind alte Geschichten.

In Wahrheit werden sie nie aufhören zu töten, und es wird einem nie gelingen, die eigene Unschuld zu beweisen.

3

Zu meinen Zeiten hätte niemand eine solche Geschichte geschluckt. Die Spielhölle. Vier Gauner um einen Tisch. Die Schulden, der Zuckerrohrschnaps. Und dann der Einfall. Die Skrupel des Freundes. Der nächtliche Überfall. Der Wachmann, der Schaukasten, der zu Bruch geht. Und im Schaukasten die *mulherzinha alada*. Und mit ihr die Verdammnis.

Nein, niemand, nicht mal der allergrößte Tölpel, hätte ein solches Sakrileg begangen, selbst nicht für einen Drogendeal. Und ein paar Gramm Gold. Die Geschichte steht auf wackligen Beinen. Gegen einen derartigen Frevel hätte wahrscheinlich sogar der Tuco aufbegehrt.

Der Tuco. Er ähnelte einem italienischen Filmschauspieler, ich erinnere mich jedoch nicht mehr, wem. In seinem Umfeld war er auch unter dem Namen *Artilheiro* bekannt, der Torschützenkönig, weil er mehr Menschen erschossen als Pelé Tore erzielt hatte.

Selbst der Tuco hätte kapiert, dass es andere Gründe dafür braucht. Es war so einfach. Aber nach dieser Dezembernacht im Jahr 1983 entschieden die Polizisten in der halben Welt, die Akte zu schließen. Sie konnten einfach nicht mehr. Wenn ich zu schlau für sie war, würden sie die *Göttin* eben aus dem Verkehr ziehen. Und zwar mit dieser eiligen Agenturmeldung als Grabstein: Sie wurde eingeschmolzen, hörte auf zu existieren. In Scheiben geschnitten. Aufgelöst. Für immer vernichtet. Noch dazu in einem Feldofen. Es war nicht einmal die Mühe wert, mich zu verfolgen. Sollte ich ruhig meine kleine Statue behalten, sie hatte ohnehin keinen Wert mehr.

Der Staub der Zeit hatte mich zugedeckt. Die Zündschnur war durchtrennt. Ich war entwaffnet. Ich war enttäuscht. Doch ich hatte so lange gewartet, dass mich nichts mehr erschrecken konnte, nicht einmal dieser immerwährende Aufschub, der das Leben ist.

Im Grunde ist der Kampf gegen die Ungerechtigkeit zu jeder Zeit und an jedem Ort gleich. Klar, die Politik. Es hat immer mit Politik zu tun. Die Coupe Rimet zu rauben, bedeutete, den Diktaturen der Welt eine Fratze zu schneiden. Zumindest war das meine Absicht. Und auf romantische Weise an den Widerstand zu erinnern. Ich wollte das brasilianische Volk wachrütteln und die Gendarmerien dieser Welt lächerlich machen. Die Utopien aus den Vitrinen holen und ihnen ihre verloren gegangene Bedeutung zurückgeben.

Das war nicht mein Hauptmotiv. Es gab einen intimeren Grund, der nur mich betrifft und alles erklärt. Endlich bin ich frei es zuzugeben, und ich bin froh, es gegenüber einer Frau zu tun.

Ich sage es ohne Scham: Ich habe sie aus Liebe geraubt. Mag dieses Wort auch noch so abgegriffen, noch so verlogen klingen. Aus Liebe, wirklich. Im Übrigen gibt es nichts mehr, was Angst macht, vor allem nicht den Regimen dieser Welt.

Denn für mich war die *Victoire aux ailes d'or* oder *Diosa de la Victoria,* wie sie auf Französisch und Spanisch heißt, nicht nur eine kleine, fünfunddreißig Zentimeter hohe und anderthalb Kilo schwere Goldstatue, die zusammen mit dem Edelsteinsockel vier Kilo wog. Nein, sie war eine Frau aus Fleisch und Blut, ob Sie mir glauben oder nicht.

Consuelo Altamura Villarma hieß sie.

Eine Andalusierin aus Sevilla. Meine erste Liebe: eine unerfüllte.

Ich lernte sie Ende der Zwanzigerjahre in Paris kennen.

4

Paris war kalt im Winter. Aus den Schornsteinen stieg schwarzer Rauch, und die Luft roch nach verbrannter Kohle und Kiefernholz. Das Holz kaufte man in Bündeln, die man auf der Schulter über feuchte und schlecht beleuchtete Treppen bis zu seinem Zimmer hinaufschleppte. Es war kein einfaches Leben, man schlug sich mit weniger als zehn Francs am Tag durch, aber man war ständig in Erwartung, dass einem etwas Schönes oder Schreckliches passierte, als wäre in dieser Stadt das eigene Schicksal zu Hause. Wenn man zwanzig war wie ich und aus einer Stadt am Meer kam, hörte man es hinter seinem Rücken pfeifen, im Wind, der durch die Straßen und über die Plätze fegte, im Geräusch der Schuhe auf den nassen Gehsteigen, im ewigen Betteln um Kleingeld der Betrunkenen, die sich davon ein weiteres Gläschen kaufen wollten; es war wie das Echo eines Akkordeons, das einen verfolgte, der Mief von Nikotin und Safran, der Atem der Dinge, der sich auf einen legte.

Consuelo schlug sich im Quartier Latin recht und schlecht durch. Kurz nach ihrer Ankunft aus Spanien hatte sie im Blumenladen von Madame Thérèse Levine gearbeitet und dann in der Bäckerei von Monsieur Brachet. Wo immer sie auftauchte, brachte sie ihre Umgebung unwillkürlich in Verwirrung, bis sich ihre Arbeitgeber nicht anders zu helfen wussten, als sie zu entlassen. Denn die Schönheit ist immer heikel und unberechenbar, wie ein Fremdkörper. Im Treibhaus von Madame Levine verblühten sogar die Pflanzen vor Neid. Und die Bäckerjungen von Monsieur Brachet hörten auf, Mehl und Milch zu Teig zu kneten, denn sie waren zu sehr damit beschäftigt, die Schweißtropfen auf Consuelos Stirn zu zählen und die Erhebung ihrer Brüste unter der hellen Schürze anzustarren.

Besser war es am Kartenschalter eines Kinos gelaufen, des Metropole. Die Männer des Viertels schauten sich immer wieder denselben Film an, nur um sie zu sehen. Der Besitzer bemerkte es und erhöhte ihr Gehalt. Consuelo zog mehr Menschen an als ein Plakat zu einem Hollywoodfilm. Doch auch dort ließ der Ärger nicht lange auf sich warten: Am Eingang bildeten sich lange Schlangen von männlichen Besuchern, und bald mussten die dreistesten unter ihnen entfernt werden, die sie jeden Nachmittag erneut um ein Rendezvous anflehten. Nur der Klavierspieler profitierte davon, ein großer, kräftiger Ungar mit einem Glasauge, der die Stummfilme begleitete, indem er auf einem alten Pianino Ragtime und beliebte Walzer zum Besten gab. Als der Tonfilm aufkam, erhielt er eine Anstellung als Rausschmeißer. Jedes Mal wenn Ernest davon erzählte, lachte er Tränen, lachte sein schweres, ansteckendes Lachen. Man lachte viel damals, auch um sich zu wärmen.

Kurz bevor sie dann diese Arbeit ebenfalls verlor, hatte Consuelo Bekanntschaft mit der Künstlerszene gemacht und angefangen, in ihrer Freizeit Modell zu stehen. Die Künstler zahlten schlecht, falls sie überhaupt zahlten. Aber Consuelo hoffte wohl auf ihre große Chance. Und die ergab sich postwendend. Jedoch nicht in einem Maleratelier, wie sie geglaubt hatte. Ihre erste Verabredung mit ihrem Schicksal hatte sie ausgerechnet an dem schmuddeligen Kartenschalter des Metropole, den sie so verabscheute.

An jenem Nachmittag wurde *Es war* mit Greta Garbo gegeben. Am Dreifuß draußen auf der Straße klebte ein riesiges Plakat, das die Schauspielerin zeigte. Mit ihrem geheimnisvollen Gesicht, das berühmte herausfordernde Lächeln auf den Lippen. Am Ende der Schlange für die Spätvorstellung stand ein Mann mit einem gestutzten Oberlippenbart à la John Gilbert und schulterlangem Haar. Als er an die Reihe kam, nahm er sich den dunklen, abgetragenen Filzhut mit Krempe vom Kopf und legte ihn auf den Kassenschalter, ehe er das Portemonnaie in den Innentaschen seines Mantels suchte. Consuelo riss ihm eine Karte ab. Doch anstelle des Eintrittsgeldes erhielt sie von ihm eine Visitenkarte und den Blick eines Besessenen. Consuelo kümmerte sich nicht weiter darum. Stattdessen las sie, was auf der Visitenkarte stand:

Tristan Valmont,
Goldschmied,
Rue du Coq d'Or, 5

»Ich erwarte Sie morgen früh«, hörte sie ihn in einem Ton sagen, als hätte er gerade eine wunderbare Eingebung gehabt. Sie sah zu ihm auf. Aber der Mann sagte nichts weiter. Während er sie unverwandt anstarrte, setzte er sich den Hut wieder auf und ging, ohne sich den Film anzusehen.

Am darauffolgenden Tag ging Consuelo zu der angegebenen Adresse. So war sie: Sie folgte immer den Einladungen wildfremder Menschen. Selbst wenn es sich um jemanden aus der Halbwelt handelte. Aus Neugierde, glaube ich. Oder vielleicht wegen der heillosen Hoffnung auf ein anderes Leben, wie Ernest sagte.

Es sollte sie ins Verderben stürzen.

Der Mann suchte nach einer Eingebung: Der Bildhauer Abel Lafleur, für den er als erster Lehrling arbeitete, und die Silberschmiede Christofle hatten ihm eine wichtige Arbeit in Auftrag gegeben, eine Trophäe. Für das bevorstehende olympische Fußballturnier. Daher streifte er schon seit Tagen durch die Straßen, allerdings suchte er nicht so sehr ein Gesicht als vielmehr eine Form, die er im Kopf hatte. Einen Flügelschlag. Das Symbol der Schönheit. Bis er auf das kriminelle Lächeln der Garbo stieß, auf dem Gehsteig, und dann auf das von Consuelo, in der kleinen Eingangshalle des Kinos …

5

Es war Ernest gewesen, der sie mir vorgestellt hatte. Ein amerikanischer Freund. Sie kennen ihn vermutlich als Hemingway oder Tatie, wie ihn seine erste Frau nannte, oder als Papa, wenn Sie das lieber mögen, falls nicht auch dieser Name in Vergessenheit geraten ist. Aber für mich war er damals einfach nur Ernest.

Nachmittags saßen wir gemeinsam in irgendwelchen Cafés und schrieben. Eine lehrreiche Angelegenheit, denn es kommen zahllose Menschen an einem vorbei, und man möchte meinen, man hätte ihnen jede Menge zu erzählen. Doch Ernest war gerade in einen schwierigen Dialog vertieft, und diese anonyme Menschenmenge genügte ihm nicht mehr. Er benötigte eine Frau, die für drei, vier Stunden schweigend neben ihm saß.

Und so engagierte er Consuelo. Ja, nicht nur Maler, Bildhauer und Goldschmiede brauchen Modelle, sondern auch andere Künstler … Er bezahlte sie dafür, dass sie in ihrer freien Zeit bei ihm am Tisch saß. Ganz einfach.

Ich weiß, das steht nicht in seinen Memoiren. Ernest gab nicht all seine Geheimnisse preis, nicht einmal seinen Freunden. Das war seine Art der Zuneigung, behauptete er. Sie vor der Aufdringlichkeit der Menschen zu schützen, sogar vor seiner eigenen.

Ich selbst saß für gewöhnlich am Nebentisch, das heißt vielmehr hinter ihm, denn er hatte mir den Rücken zugewandt. Aber ich war schon immer ein fauler Schreiberling gewesen und ließ ich mich gern und häufig ablenken. Ich verbrachte die Zeit damit, die Kellner zu beobachten, die Gäste, die Passanten. Und damit, Ernest bei der Arbeit zuzusehen, der den riesigen Kopf über das Notizbuch gebeugt hatte.

Erst am Ende des Tages brachte ich rasch ein paar Zeilen zu Papier: Artikel, die nicht der Rede wert waren, kleine Novellen, einen Beitrag für eine Astrologiekolumne, die ich in einer kleinen Provinzzeitung veröffentlichte. Um wenigstens ein paar Francs zu verdienen.

Doch kaum hatte Consuelo an Ernests Tisch Platz genommen, hörte ich auf, selbst diese wenigen Zeilen zu schreiben. Einige Wochen lang bestand meine einzige Beschäftigung darin, sie zu betrachten. Und damit war ich nicht der Einzige in dem Lokal. Jules beobachtete sie von der Theke aus. Und auch die anderen Gäste starrten sie an. Darunter zwielichtige Typen, die herumstanden. Selbst die Frauen warfen ihr Blicke zu. Consuelo besaß die Schönheit einer Königin. Pechschwarzes Haar, lange Hände wie die Ihren, junge Frau, einen zarten Körper, ein rundes Gesäß: eine Mischung aus Würde und Hingabe. Wer sie kannte, verzehrte sich vor Verlangen nach ihr. Augenblicklich. Man kann es nicht erklären. Es war, als stünde Göttin Athene persönlich vor einem, und man verfluchte sich, weil man nicht ausreichend Griechisch gelernt hatte.

Die Künstler waren nicht wirklich an ihr interessiert. Alle, auch Ernest, hatten es nur auf das Verlangen abgesehen, das sie in den anderen hervorrief, um es in ihre Werke einfließen zu lassen. Sie hofften, dass wenigstens ein Funke davon überspringen würde. Denn das Verlangen ist etwas Greifbares: Es durchtränkt die Luft, füllt die Augen, lässt die Erde erbeben. O ja.

Wenn Consuelo am Abend ging, erwartete ich fast, dass hinter ihr die Gebäude einstürzen und uns alle unter sich begraben würden.

Manchmal folgte ich ihr, nur um die Wärme der Luft zu spüren, die sie berührt hatte. Um mir ihren Duft einzuprägen. Es war, als würde ich dem Flug eines Schmetterlings folgen, seiner farbigen Flugbahn. An anderen Tagen hingegen konnte ich mich nicht einmal mehr von meinem Platz erheben. Als wäre jede Bewegung unerträglich und demütigend geworden. Und wenn ich an den Wänden des Cafés mein Spiegelbild betrachtete, kam ich mir hoffnungslos unbeholfen und plump, ja verkrüppelt vor.

»Komm schon, Rigoberto«, sagte Ernest zu mir, »lass uns ein wenig die Füße vertreten.« Er ging immer mit gestrecktem Bein gegen die Traurigkeit vor. Um sie erst gar nicht aufkommen zu lassen. Um die nächste Runde zu erreichen. Und er tat es mit einem Lachen. Schade, dass er auf diese Weise endete. Es tut mir noch immer weh. Aber Frei Tito hat schon recht, der Dominikanermönch, der Sem Terra leitete, ein Lager von Landlosen im Amazonasgebiet: Es ist besser zu sterben, als das Leben zu verlieren.

6

So, jetzt wissen Sie meinen Namen: Rigoberto. Lassen Sie sich nicht hinters Licht führen. Es ist nur einer von vielen, die ich geerbt habe.

Mich als Mischling zu bezeichnen, hieße, die Dinge arg zu vereinfachen.

Im Laufe von zwei Jahrhunderten waren in meiner Familie mindestens elf verschiedene Sprachen, fünf Religionen, fünf Revolutionen, vier Kontinente, drei Inseln und vierzehn Emigrationen im Spiel.

Mein Vater wurde in Brasilien geboren, meine Mutter in Marseille; beide Großväter stammten aus Orten, von denen niemand je etwas gehört hatte, und wenn man weiter zurückginge, stieße man auf Katalanen, Araber, Afrikaner, Juden und Griechen …

Der Begriff Ausländer hat für mich keine Bedeutung, oder vielmehr ist er für mich womöglich das einzige Wort, dessen Bedeutung ich wirklich kenne. Ich habe mich nie irgendwo zu Hause gefühlt, und wo ich auch war, wurde ich als Ausländer behandelt.

Abgesehen von Brasilien freilich.

Man nannte mich Rigoberto Aguyar Montiel, obwohl

ich eigentlich vierzehn Namen habe, so viele, wie es in meiner Familie Emigrationen gab.

Einen für jeden Ort.

Nach Paris war ich zum Schreiben gekommen. Ich wollte das Handwerk erlernen und in den Kreis der Schriftsteller aufgenommen werden, wie man so schön sagt. Vor allem hatte ich vor, Erfahrung im Nachrichtenteil einer großen Zeitung zu sammeln. Mit dem Geld, das meine Mutter und meine Großmutter für die Zeit gespart hatten, da auch ich Marseille und ihr Haus verlassen sollte, mietete ich ein Zimmer im obersten Stock eines Hauses in der Rue Mouffetard. Von der Terrasse aus sah man die Spitze des Eiffelturms zwischen den Dächern herausragen: damals ein bewegender Anblick für mich. Ich schäme mich nicht, es zuzugeben. Vor allem die spektakuläre Ausdehnung der Stadt hatte es mir angetan. Alles kam mir viel größer und maßloser vor, als es in Wirklichkeit war, selbst wenn ich an manchen Tagen nur einen Kanten Roggenbrot mit Margarine zu essen hatte. Erst vor wenigen Jahren habe ich es begriffen: Das Alter besteht im Kleinerwerden der Plätze, Straßen, dem Schrumpfen der Gärten, der Aufzüge, der Zimmer. Ein weiterer Grund dafür, dass ich mich in die Antarktis zurückgezogen habe. Um nicht endgültig den Sinn für die Weite der Welt zu verlieren.

Statt in der Redaktion einer großen Tageszeitung zu arbeiten, wovon ich ursprünglich geträumt hatte, tat ich zunächst nichts anderes, als Horoskope an eine Zeitschrift in Toulon zu schicken und Spanischunterricht zu geben. So hatte ich viel Zeit, und wenn ich sie nicht damit verbrachte, Ernest auszuspionieren und seine Arbeitsweise abzukupfern, las ich. Eine Weile zählte ich zu den eifrigsten Besuchern sämtlicher Bibliotheken des Viertels.

Bücher waren für mich schon immer eine Art Roulette gewesen. Eine Frage des Instinktes und des Glücks. Ich hatte nie die geringste Vorstellung, welches ich auswählen würde. Mal ließ ich mich vom Umschlag, mal vom Namen des Autors, mal von einem Satz verlocken; wie ein Dieb durchforstete ich im Stehen die Seiten. Ich genoss das Unvorhersehbare, wie wenn man eine Frau kennenlernt. Die Mühe lohnte sich fast immer. Bücher, das waren für mich Entdeckungen, Verliebtheiten und eine Sucht.

Mich auf ihre Suche zu begeben, war auch eine originelle Art, die Stadt zu erkunden. Die Buchhandlungen im Zentrum betrat ich nie, sondern betrachtete nur die Auslagen der Schaufenster. Ich hatte kein Geld, mir die druckfrischen Romane zu kaufen, die in aller Munde waren. Aber das war nicht der einzige Grund, warum ich nie hineinging. Diese Buchhandlungen jagten mir Angst ein. Kaum setzte ich einen Fuß hinein, verspürte ich heftigen Schwindel und Magendrücken. Die Straßenbuchhändler an der Seine hingegen erschienen mir sehr viel vertrauter; dort stieß ich immer auf etwas, was ich für wenig Geld erstehen konnte.

Überhaupt fühlte ich mich auf Märkten wohl. In meiner Straße gab es einen Obst- und Gemüsemarkt, und morgens wurde ich von den Stimmen der Händler geweckt. Doch das störte mich nicht. Sobald ich aus dem Haus trat und mich zwischen den Ständen und inmitten des ganzen Durcheinanders unter die Leute mischte, überkam mich ein Gefühl großer Erleichterung.

Meine Ruhe fand ich an den Quais und in den Bibliotheken. Zumindest bis zu dem Zeitpunkt, da Ernest mich Sylvia Beach vorstellte. Von da an landete ich auf meinen Streifzügen am späten Nachmittag unweigerlich in ihrer Bücherei am linken Seine-Ufer, der Shakespeare & Company, um mich mit jemandem zu unterhalten oder Zeitschriften zu lesen. Ein Ofen wärmte den Raum, und Sylvia war nett zu mir, wie zu allen. Mit ihrer übermütigen Art verbreitete sie eine ansteckende Heiterkeit. Sie hasste jede Form der Bürokratie und hatte außerdem schöne Beine. Wer sich ein Buch ausleihen wollte, dem stellte sie einen Mitgliedsausweis aus, ohne ein Pfand zu verlangen. Es kam mir immer vor, als führte sie eine Art privaten Krieg gegen das Misstrauen, in ihren Augen eines der überflüssigsten und unheilvollsten Übel der Menschheit.

Ihre Bücherei war ein geschäftiger Hafen. Man stieß dort nicht nur auf Bücher, sondern auch auf lärmende Gruppen von Matrosen aus allen möglichen Ländern: Russen, Franzosen, Argentinier … ein paar Deutsche. Mit dem einen oder anderen schloss man Bekanntschaft. Die besten waren diejenigen, die einem mit dem Messer eine Schramme im Gesicht beibrachten. Die Narbe behielt man sein Leben lang.

7

Selbst wenn man am selben Ort wohnen blieb, kam es einem mit dem Beginn des Frühlings in Paris vor, als wäre man umgezogen. In den Zimmern war es nicht mehr so kalt wie vorher, und man musste beim Schlafen keinen Wollpullover mehr tragen; durch die Fenster fiel durchdringendes Licht wie ein neuer, fröhlicher Gast. Mochte man es auch für ein Zauberkunststück halten, man konnte nicht anders, als bedingungslos seinen Verheißungen zu erliegen.

War ich zu Beginn der schönen Jahreszeit nicht gerade in einer Bücherei, bei Sylvia, im Deux-Magots oder in einem Café in der Gegend der Place Saint-Michel, schaute ich mir ein Fußballspiel an. Selten hatte ich das Geld, um das Vélodrome du Parc des Princes im 16. Arrondissement zu besuchen und einem Auftritt des Racing Club beizuwohnen. Deswegen streifte ich durch die Straßen, um irgendwo stehen zu bleiben und mir ein Straßenspiel anzusehen. Damals gab es noch nicht viele Fußballplätze. Man spielte draußen auf den Wiesen, in privaten Villengärten oder auf den Plätzen der Stadt. Solche Nachmittage waren ganz nach meinem Geschmack. Manchmal zog ich die Jacke aus und fragte, ob ich mitspielen könne.

Die Zeitungen berichteten über diesen Franzosen, Jules Rimet, der plante, einen Fußballweltpokal aus der Taufe zu heben. 1924 bei den Olympischen Sommerspielen in Paris wurde er in seinem Vorhaben bestärkt: Fünfzigtausend Zuschauer waren ins Vélodrome de Vincennes gekommen, um das Finale zwischen Uruguay und der Schweiz mitzuerleben. Fußball war nicht länger eine Sportart, die sich auf die olympische Disziplin beschränken ließ. Sie benötigte mehr Raum, ein eigenes Turnier. Von da an wurde sein Plan zu einer fixen Idee.

Mit seinem weißen, respektgebietenden Schnurrbart und der runzligen Stirn schien Rimets Gesicht einem anderen Jahrhundert entsprungen zu sein. Trotz des ernsten Ausdrucks erinnerte es mich an das eines Komödianten oder Theaterdirektors. An jemanden, der es faustdick hinter den Ohren hatte und wusste, dass er auf seine Intuition vertrauen konnte. Seinem Plan eines Fußballweltturniers war Erfolg beschieden, davon war er felsenfest überzeugt. Die dazugehörige Trophäe aus der Taufe zu heben, war, als würde man einer Milchstraße aus Sternen und Goldstaub einen Namen verleihen. Ich erinnere mich an einige der Artikel, doch als ich sie las, ahnte ich nicht, wie sehr diese kleine Statue meine Zukunft bestimmen würde.

Unter den Zuschauern des von Jugendlichen improvisierten Straßenfußballs, bei dem Schultaschen als Torbegrenzungen dienten und es keinen Schiedsrichter gab, der das Spiel leitete, Gerangel und Fouls ahndete, war in diesen Tagen auch jener junge Lehrling aus der Goldschmiede Abel Lafleurs, der beauftragt worden war, die Trophäe zu entwerfen und zu gießen. Unauffällig stand er etwas abseits und versuchte das am Fußball zu ergründen, wofür es keine Erklärung gibt: die Wut. Er hatte den Eindruck, dass es in diesem Sport nicht nur darum ging, die eigene Mannschaft zum Sieg zu führen. Noch etwas anderes war im Spiel, etwas, das mit Ruhm zu tun hatte. Und mit Verlangen. Und das darzustellen hatte er sich zur Aufgabe gemacht.

Wenn einer dazu fähig war, dann er.

Das Fieber einzufangen, das Consuelo bei den Männern hervorrief, meine ich. Ich weiß, dass Sie mir nicht glauben werden, aber urteilen Sie selbst.

Tristan Valmont war ein Künstler von hochsensiblem Talent. Er stammte aus einer Familie von Alchemisten, zumindest wurde das in Paris gemunkelt, und wohnte in einer ziemlich verrufenen Straße. Man erzählte sich eine Menge Geschichten über sein Wohnhaus, vor allem, dass keiner seiner Bewohner eines natürlichen Todes gestorben sei. Meines Erachtens waren es Anekdoten, die von Mund zu Mund weitergegeben und dabei mit immer neuen fabelhaften und amüsanten Details ausgeschmückt worden waren. Einer seiner Vorfahren hatte das Fahrrad erfunden, gemeinsam mit dem badischen Freiherrn Karl Friedrich Christian Ludwig Drais von Sauerbronn. Doch bei seiner ersten Fahrt hatte er einen verheerenden Sturz erlitten, bei dem er sich so heftig am Kopf verletzte, dass er seine Erfindung für immer vergaß. Sein Großvater, so hieß es, hatte sein Leben ganz dem Stein der Weisen und dem Schießpulver gewidmet. Als junger Mann war ihm während eines Experiments ein Destillierkolben zwischen den Händen explodiert, und er wurde gegen einen Laborschrank geschleudert, sodass sein Schulterknochen zersplitterte. Von da an hatte er sich angewöhnt, alle Verrichtungen, sogar sich zu waschen, mit einer Hand zu erledigen, denn sein Arm war um zehn Zentimeter verkürzt, und seine Bewegungen wirkten dadurch, als liefen sie in originaler Stummfilmgeschwindigkeit ab.

Sein Vater hingegen sammelte in kleinen Ampullen die Blicke der Menschen. Er versah sie mit einem Etikett mit dem Namen des jeweiligen Urhebers, dem Datum und der Uhrzeit des Moments, in dem er ihn eingefangen hatte. Zu den wertvollsten Stücken seiner Sammlung zählten der letzte Blick seiner Mutter und der erste Tristans. Es ging das Gerücht, dass er die Blicke mit einer Art Holzschachtel einfing, ähnlich einem Fotoapparat, um sie dann auf einen von ihm erfundenen Film zu prägen. Am Abend tauchte er den Film in eine geheime Lösung, deren Zusammensetzung nur er kannte, und verschloss das Gefäß. Sobald der Film in Kontakt mit der Flüssigkeit kam, reagierte er chemisch. Das Ergebnis war überraschend. Nach wenigen Wochen begannen kleine gelbliche Wurzeln zu wuchern wie die Keime einer in Watte gehüllten Bohne. Ganz langsam verflochten sich diese Nervenbahnen und erzeugten eine gelatineartige weiße Masse, aus der der dunkle oder blaugrüne Kern einer Pupille hervorstach. Laurent, ein Liliputaner, der auf dem Boulevard Saint-Michel pornografische Postkarten verkaufte, schwor, mehr als eine dieser Pupillen in der wässrigen Masse der Gefäße schwimmen gesehen zu haben, und bei ihrem Anblick habe er sich wie vom Blitz getroffen gefühlt.

Ich weiß allerdings nicht mehr, ob Laurent selbst mir das erzählt hat oder ob ich es irgendwo gelesen habe. In meinem Alter bringt man schon mal was durcheinander.

Jedenfalls schlug Tristan ganz nach seinem Großvater. Seit seiner Kindheit hatte er mit Gold gearbeitet. Zum Beispiel stellte er winzige Schildkröten her. Als er Consuelo in sein Atelier einlud, war er gerade dabei, Seeschildkröten anzufertigen. Das Metall gehorchte ihm, als wäre er König Midas. Doch er war noch nicht zufrieden. Es fehlte etwas, und dieses Etwas besaß Consuelo. Sie würde jedem Objekt, für das sie Modell stand, eine Seele einhauchen. Es ging nicht nur darum, die Harmonie ihrer Linien abzubilden, den Zauber ihrer Augen, ihre Eleganz.

Nein, ihre Gabe lag tief in ihrem Innern.

Diese Gabe musste er ihr entziehen wie der Erde ein wertvolles Metall.

8

Die Rue du Coq d'Or war eine schmutzige, laute Straße. Sie lag in einem Armutsviertel, das von den unterschiedlichsten Menschen bewohnt wurde: von Flickschustern, Nachtwächtern, algerischen Schneidern und den *plongeurs,* den Tellerwäschern von Paris. Doch nichts war so traurig wie das Schauspiel der gealterten Prostituierten, die dort abends in ihrem armseligen Aufzug entlangspazierten. Sie waren schlecht geschminkt und ihre Kleider so zerschlissen und abgetragen, dass ihre grobe Unterwäsche darunter hervorschaute, nicht selten Männerwäsche, die sie für wenige Centimes bei Lumpenhändlern gekauft hatten. Das Einzige, was sie sich leisten konnten. Die Jungen sangen obszöne Kinderreime und drängten sich zum Spaß an sie, bis eine raue Stimme, die nicht zu einer Frau passen wollte und einem das Blut in den Adern gefrieren ließ, sie davonscheuchte. Sie stimmten mich noch melancholischer als die alternden Komödienschauspieler oder die von Rheuma und Falten geplagten Akrobaten. Aber sie brauchten einen nur kurz anzusehen, um zu begreifen, zu welchem Menschenschlag man gehörte, und wenn es einem gelang, ihr Vertrauen zu gewinnen, erzählten sie in wenigen Worten, was sie an Gewalt und Wahrheit erfahren hatten.

Die Rue du Coq d'Or wurde auch von einem Heer wunderlicher Künstler bevölkert, größtenteils Ausländer. Abgebrannte Schriftsteller, exilierte russische Maler, montenegrinische Miniaturmaler, italienische Opernsänger von barocker Erscheinung … Zu dieser Schar gehörte Tristan Valmont. Für ihn war es die Straße der Goldschmiede, schließlich wies bereits der Name auf Gold hin. Sein Atelier befand sich in einer großen Mansarde, von deren Wänden der Putz abblätterte und in der alles unordentlich und schäbig wirkte. Holzsockel, Flaschen voll Säure, Perlmuttschachteln, Weichmacher, Zirkon, Stahlschablonen, Schachteln mit Anhängern, mit Armbändern und Broschen, ein Lesezeichen aus Knochen mit einer goldenen Schildkröte, ein eingerahmter fossiler Fisch und ein Tisch voller Bleistifte, Sägespäne, einem Sortiment an Sticheln zum Aufrillen und Gravieren.

Mit dem Pokal, den Abel Lafleur und die Silbermanufaktur Christofle bei ihm in Auftrag gegeben hatten, hatte er zum ersten Mal die Gelegenheit, sein Können zu zeigen. Es war die wichtigste Arbeit, mit der man ihn je betraut hatte, auch wenn er sie nicht mit seinem eigenen Namen würde signieren können.

Das Geschäft würde ihm fünfzigtausend Francs einbringen. Er durfte sich keinen Fehler erlauben.

Tag und Nacht hatte er daran gearbeitet, hatte Zeichnungen, Muster, Modelle angefertigt. Nach und nach hatte sich das Atelier mit winzigen geflügelten Siegesgöttinnen gefüllt. Wie jene aus Stein, die in jedem Provinznest auf den Kriegsdenkmälern zu Ehren der Gefallenen des Großen Krieges aufgestellt worden waren. Alle gleich, alle unfertig, entweder fehlten ihnen die Arme oder das Gesicht.

Die Trophäe eines gewonnenen Krieges, einer erfüllten Rache, etwas, was heftiges Verlangen, eine unstillbare Sehnsucht, Begierde heraufbeschwören würde: Das musste er modellieren.

Sein Vorhaben raubte ihm den Schlaf.

Das Gesicht der Frau, die Engelsflügel, das Gold, der Krieg, die Liebe … das alles vermischte sich in seinem Kopf. Loderte dort wie in einem Ofen.

Als Consuelo am nächsten Morgen bei der Adresse erschien, die auf der Visitenkarte angegeben war, empfing Valmont sie mit gespreizter Förmlichkeit. Das Atelier war in gelbes Licht getaucht, das durch das Dachfenster hereinfiel. Überall in der Luft oszillierten winzige Staubpartikel. Valmont wartete, bis sich Consuelo vom Treppensteigen in den sechsten Stock erholt hatte. Dann gab er ihr eine Tunika, die er sie anzuziehen bat, und eine große achteckige Vase, die sie hoch in die Luft halten sollte. Als sie so weit war, drehte er sie an die zehn Mal um die eigene Achse.

»*Parfait*«, sagte er. »*Parfait.*«

Seine Augen waren fiebrig wie die eines Besessenen.

Consuelo hielt ihn für einen Perversen, denn er war der Erste, der sie nicht zwang, sich auszuziehen – abgesehen von Ernest. Laut klirrend fiel ihr die Vase aus den Händen.

9

Gold ist das Metall der Begierde. Valmont wusste das nur zu gut und behauptete, eine spezielle Legierung erfunden zu haben, bei der der Anteil von Kupfer und Silber auf eine mikroskopisch geringe Menge reduziert war, ohne dass sich dadurch ihre Widerstandskraft verringerte: eine Formel für nahezu hundertprozentiges Gold.

Aus dieser Legierung würde er den Pokal fertigen und sie mit den sinnlichen Formen dieser schönen spanischen Frau kombinieren.

Ich kann mir genau vorstellen, wie es gewesen ist. Er hatte sie gebeten, in drei Tagen wiederzukommen, und seit anderthalb Tagen hatte er seine Werkbank nicht mehr verlassen. Mit einem Kohlestift zeichnete er eine Skizze nach der anderen und raufte sich unaufhörlich die Haare. Wütend über die Vergeblichkeit seines Tuns, trat er nach einem Weidekorb, in dem er Goldschmiede-Prototypen und alte Zeitschriften verwahrte. Eine fiel heraus und landete mit der Nachrichtenseite nach oben auf dem Fußboden. Valmont las die Titelüberschrift. *Montrez-moi les cadavres!* Der lange Artikel widmete sich der Geschichte von Henry Désiré Landru. Als Jugendlicher hatte Valmont den Prozess mit geradezu krankhaftem Eifer verfolgt.

Sie sind jung und erinnern sich vielleicht nicht mehr an Landru. Aber damals hat der Fall dieses Mannes, der reiche Witwen mit seiner Eloquenz verführte, ganz Frankreich in seinen Bann gezogen. Landru köderte sie mit einer Heiratsanzeige und errang innerhalb kurzer Zeit nicht nur ihr Vertrauen, sondern auch eine Vollmacht für die jeweilige Bank, bei der die Ersparnisse der arglosen Damen lagen. Dann erdrosselte er sie und ließ sie anschließend verschwinden. Auf die abscheulichste Weise.

Valmont erinnerte sich an die Fotos in den Zeitungen. Das Gesicht mit den spitzen Zügen. Die schwarze Melone, den Regenschirm, den gräulichen Mantel. Die Villa in der Region Île-de-France. Er stand vom Stuhl auf und blätterte durch die Zeitschrift. Landru starrte ihn mit seinen kleinen, dunklen Mausaugen an. Er hatte den spöttisch-selbstsicheren Ausdruck eines Menschen, der jemandem einen Rat geben will, jedoch möchte, dass sein Gegenüber selbst darauf kommt. Unter dem Foto von Landru war ein Foto mit dem rustikalen Küchenherd, in dem er seine Verlobten eingeäschert hatte. Valmont las begierig die Bildlegenden: Die Ermittler hatten herausgefunden, dass der Kamin einen hervorragenden Abzug gehabt und das Fett seiner Opfer für eine tadellose Verbrennung gesorgt hatte.

Die Spanierin war eher dünn, aber es gab keine andere Methode.

Consuelo.

Seine Lippen hauchten ihren Namen.

Am folgenden Tag würde er sein Zimmer mit Öfen und Heizkesseln ausstatten. Seine Trophäe sollte bis in alle Ewigkeit Bedauern, schmerzvolle Sehnsucht, Ungeduld und Begierde hervorrufen. Denn sie würde nicht nur aus Gold gegossen sein.

10

Fast das ganze Geld, das sie im Metropole verdiente, und die Dollars, die Ernest ihr gab, schickte Consuelo ihrer Mutter und ihren Geschwistern nach Spanien. Ihr selbst blieb nur wenig. Doch ihr oft leerer Magen ließ sie nur noch schöner werden. Der Hunger verlieh ihrer strahlenden Erscheinung eine dramatische Nuance, wie bei jemandem, der mit dem Leben spielt und sich dessen bewusst ist. Wäre ich ein visionärer Maler gewesen, hätte ich sie wie einen Diamanten gemalt mit einer neuen, nie da gewesenen Leuchtkraft. Die Seele im Innern verborgen wie eine gläserne Nuss. Nicht einmal Valmonts Vater hätte diesen unerreichbaren Blick einzufangen vermocht.

Wenn Consuelo in ihren Pausen den Kinosaal betrat, um insgeheim ein wenig von dem gerade gezeigten Film zu sehen, statt der verblichenen, vergilbten Wände der Eingangshalle, der Theke, des verschlissenen Stuhls, erkannte sie sich in den Heldinnen des Stummfilms wieder, in ihrer ganzen Bandbreite an Empfindungen. Greta Garbo. Sie hatte das Gefühl, ihr zu gleichen. Wegen des Temperaments. Und der Haarflut, die sich über die Leinwand ergoss. Valmont hatte ihr versprochen, dass sich die ganze Welt vor Verlangen nach ihr verzehren würde, aber sie hatte ihn nicht wirklich ernst genommen. Es gelang ihr nie, etwas allzu lange ernst zu nehmen. Sie wünschte sich nur, dass sie nicht alle drei Monate eine neue Arbeit suchen müsste und dass die Männer sie in Frieden ließen. Wenigstens ein bisschen.

An manchen Sonntagen nahm Ernest uns zu einem Boxkampf mit. Gewöhnlich war Pauline mit von der Partie, seine zweite Frau, öfter jedoch Freunde, dieselben, denen ich nachmittags bei Shakespeare & Company begegnete. Einige Male schleppte er auch Consuelo mit. Ernest gefiel sich in der Führerrolle. An der Gare du Nord stiegen wir in einen Waggon voller Pendler, die den ganzen Tag als Angestellte, Erdarbeiter oder Tagelöhner gearbeitet hatten und nun auf dem Nachhauseweg waren. Einige lümmelten schlafend auf den schmutzigen Sitzen, andere lasen die Sportseiten des *Petit Parisien*. Niemanden schien der strenge Geruch der Züge, der sich in ihren Hemden eingenistet hatte, zu kümmern.

Angesichts der Unsicherheit unserer Arbeit und unserer Tagesabläufe begeisterte sich Ernest umso mehr für diese kleinen nächtlichen Fluchten. Mehr noch als zu der Zeit, da er sich die *Six jours* oder eines der Verfolgungs- oder Geschwindigkeitsrennen auf der Vél d'Hiv angesehen hatte. Wenn ich mich richtig erinnere, stieg man an der Haltestelle Pelleport in einem Pariser Außenbezirk aus und ging zu Fuß zu einer verrauchten Sporthalle. Zuerst fanden die Amateurkämpfe statt, ehe es zum Schluss einen – nur einen – Boxkampf gab, der wirklich zählte, in welcher Gewichtsklasse, weiß ich nicht mehr. Während der ersten Kämpfe erklärte uns Ernest die Technik – wie die einzelnen Schläge hießen, wie man einen Angriff ausführt und sich verteidigt –, doch wenn der wichtigste Wettkampf des Abends begann, hörte er auf zu reden und zog sich in sich selbst zurück, um dann, das Kinn auf die Hände gestützt, die einzelnen Phasen des Kampfes mit religiöser Ehrfurcht zu verfolgen.

Als ich einmal neben Consuelo zu sitzen kam – das einzige Mal –, stieg ein spanischer Athlet in den Ring. Ein untersetzter Typ, aber mit langen, starken Armen und den Augen eines Meuchelmörders. Er forderte einen berühmten französischen Champion heraus. In der dritten Runde rann dem Spanier das Blut aus der Nase, in der vierten brachte ihm sein Gegner, der dreißig Zentimeter größer war als er, eine tiefe Wunde an der linken Augenbraue bei, und in der sechsten ging er zu Boden. Consuelo ergriff meine Hände und drückte sie schmerzhaft bei jedem brutalen Schlag, den ihr Landsmann einstecken musste. Eine Weile hielt ich es aus, doch als sie ihre Finger mit meinen verschränkte, wurde ich plötzlich ohnmächtig und fiel schwer von der Holzbank, auf der wir saßen. Die anderen schrieben es einer erbärmlichen Weichlichkeit zu.

»Du bist nur für Fußball geschaffen«, sagte Ernest abfällig zu mir, während er mir vom Boden aufhalf.

Als ich ihm am nächsten Tag erklärte, dass es Consuelo gewesen war, die mich k.o. geschlagen hatte, sagte er: »Dann lade sie halt zum Abendessen ein, Junge.«

11

O ja, alle Fußballer aus der ganzen Welt sollten sich nach dieser Trophäe verzehren. Einer, di Stefano, versuchte in drei verschiedenen Trikots, sich ihrer zu bemächtigen. In dem von Argentinien, Kolumbien und Spanien. Aber es blieb ihm verwehrt, auch nur an einem einzigen Weltmeisterschaftsfinale teilzunehmen. Sie zu gewinnen, gelang Pelé oder *Rey* – wie seine Fans ihn nannten. Aber er ist in Vergessenheit geraten, genauso wie Garrincha.

Jetzt befindet sich die *Göttin* hier, in meiner Tasche. Fotografieren Sie sie ruhig, wenn Sie wollen. Im Gegensatz zu mir sieht man ihr das Alter nicht an. Sie ist noch immer zwanzig wie damals und wird es immer sein.

Morgen früh werde ich den Arsch der Welt erreichen. Diesen südlichsten Punkt. Jetzt umzukehren wäre sehr schwer für mich. Alles ist vorbereitet. Ich habe die Mission mit größerer Bedachtsamkeit geplant als den Coup damals, bei dem es mir endlich gelang, sie zu rauben. Von der Station aus ist es ein weiter Weg. Nicht für einen jungen sportlichen Mann, aber für mich ist es eine gewaltige Distanz. Jeder Schritt wird mehrere Kilometer messen. Womöglich werde ich mein Leben in einem Hustenanfall aushauchen. Doch das nehme ich in Kauf, denn eins habe ich mir geschworen: Ich werde diese Trophäe bis ans Ende der Welt bringen und sie dort zurücklassen.

Eine Silberkugel markiert den genauen Punkt. Man hat sie auf einer kleinen Säule mit weißen und roten Streifen befestigt, und weil sich das Eis unentwegt verschiebt, muss man sie ab und zu versetzen. Für mich gibt es keine schönere Form. Sobald ich sie auf meinem eisernen Fußmarsch erreicht habe, werde ich die *Göttin* daraufstellen.

Von den Sternen aus betrachtet, muss die Erde wie eine Zeichnung von Saint-Exupéry aussehen. Oder wie ein im Sonnensystem geparkter Rolls-Royce. Oder ein gigantischer Lederfußball im Universum. Die *Göttin* wird sich in den Lichthöfen des Eises in der Atmosphäre spiegeln und ihren geflügelten Schatten auf diese Weite aus Eis und Wolken werfen.

Der Verstümmelte und der Lahme werden zufrieden sein.

Ernest wäre es auch. Er hatte sich auf Kuba zurückgezogen. Auf seine Yacht. Ich habe mich für Feuerland entschieden, für seinen letzten Hafen. Bevor wir hierhergelangten, in die Amundsen-Scott-Station.

Minus vierundvierzig Grad Celsius. In zweitausendachthundertfünfunddreißig Meter Höhe.

El Polo Sur, meine Damen und Herren.

12

Am Abend bevor Consuelo Valmont zum letzten Mal aufsuchte, um in der reinsten Goldlegierung aller Zeiten verflüssigt zu werden, waren wir zusammen ausgegangen.

Anfangs hatte sie meine Bitte ausgeschlagen; die Männer ödeten sie an, sie wollten alle nur das Gleiche von ihr. Deshalb erwartete sie auch von mir nichts anderes. Aber Ernest hatte sie überredet. Am Nachmittag hatte er ihr einen Dollarscheck ausgestellt, und ich glaube, dass sie ihn nicht vor den Kopf stoßen wollte, indem sie eine Einladung seines Freundes ausschlug.

Um das Geld zusammenzukratzen, hatte ich während der letzten Wochen ein karges Leben geführt: Ich aß nur Brot und Kartoffeln. Ich rasierte mich ohne Seife, hatte mir das Rauchen und Kaffeetrinken abgewöhnt. Doch weder der Spanischunterricht noch die Horoskope, die ich schrieb, hätten mir die nötige Summe für ein Restaurant eingetragen. Und mit den Ersparnissen meiner Mutter und meiner Großmutter hatte ich bereits einige Monate Miete bezahlt. Im Voraus, zur Sicherheit.

Es blieb nur eine Quelle: meinen Mantel im Mont-de-Piété, dem ersten Pariser Pfandhaus, zu verpfänden. Es war ein grauer, langer und gut geschnittener Mantel, der mir, wie man mir immer wieder versicherte, das Aussehen eines Schriftstellers verlieh, auf das ich ungern verzichtete. Aber es war ein unumgängliches Opfer. Im Frühling brauchte ich den Mantel ohnehin nicht, und im nächsten Jahr, so sagte ich mir, könnte ich ja immer noch versuchen, ihn einzulösen. Nachdem ich stundenlang gewartet hatte, wurde meine Nummer aufgerufen, und ein Beamter mit Brille, rotem Haar und einem Bleistift hinter dem Ohr bot mir einen Betrag an, der beschämend weit unter dem lag, den ich mir vorgestellt hatte. Ich blickte aus dem Fenster. Der Frühling verbreitete eine beruhigende Wärme im Büro. Ich streckte meine Hand aus und umschloss das Geld mit der Faust.

Doch am Abend, pünktlich zu meiner Verabredung mit Consuelo, änderte sich das Wetter natürlich: Ein eisiger Nordwind kam auf, und es begann zu regnen. Ich zog mir das Drillichjackett eng um den Körper, schlug den Kragen hoch, begoss mich mit einer halben Flasche Eau de Cologne und machte mich auf den Weg.

Ich hatte im einzigen kleinen Restaurant in der Rue du Commerce einen Tisch reserviert, das meinem Geldbeutel angemessen war. Wir gingen zu Fuß. Das Lokal war einfach, aber sauber: Am Eingang standen zwei große Blumenvasen, und eine Stuckleiste mit griechischem Muster zierte die Decke. Ein arabischer Kellner führte uns in den Speiseraum, und dort erlebte ich die erste Überraschung. Die Wände waren mit erotischen Fresken und obszönen Dekorationen geschmückt: Tiere und Menschen bei der Paarung, der Leistungskatalog von Prostituierten, für jeden verständlich, gleich welche Sprache man sprach …

Consuelo bedachte mich mit einem mitleidigen Blick. *Carajo,* das hat man davon, wenn man ein Restaurant nur anhand der draußen ausgehängten Karte auswählt. Ich tat, als ob nichts wäre, bestellte die Getränke und begann, in allen möglichen mir bekannten Sprachen zu reden, um sie von den Wandgemälden abzulenken und sie daran zu hindern, das Lokal zu verlassen. Aber leider zierten die gleichen Motive die Gläser, das Tablett, das die Kellner auf dem Tisch abstellten, die Obstschalen; und als wollten sie mich verhöhnen, kamen sie am Ende eines jeden Ganges auf den leeren Tellern in ihrer ganzen Pracht zum Vorschein. Noch nie hatte ich mich so verlegen gefühlt. Ich gab mich jedoch nicht geschlagen und wechselte, auch wenn es in diesem Ambiente noch so schwer fiel, das Thema. In ziemlich wirrer Reihenfolge erzählte ich ihr von meinem Vater, der während der Revolution mit einem Schiff voller Emigranten von Mexiko nach Marseille gekommen war; von meinem Großvater mütterlicherseits, einem Juden aus Odessa, der Geige spielte und Uhren reparierte; von einer katalanischen Ururgroßmutter, die in ihrem Haus am Meer von Visionen mit Gnomen und Kraken heimgesucht wurde und Papier aß; vom Urgroßvater, dessen Name ich trage und der zuerst in Uruguay und dann in Rom einem italienischen General als Offiziersbursche gedient hatte … Ich besaß einen Koffer voller Geschichten und wollte ihn nicht gleich beim ersten Rendezvous ausschütten. Doch nach und nach entdeckte ich, wie überraschend leicht es war, inmitten der Zurschaustellung von Nacktheit und Liebe zu plaudern. Ich verspürte auch das Bedürfnis, von der Zukunft zu sprechen, von der Zukunft, die uns in meiner Vorstellung bevorstand, uns und den anderen Verdammten dieser Welt. Ich verstieg mich in die abwegigsten Fantasien – und sollte mit jeder meiner Prognosen irren, denn nichts von dem, was ich ihr an diesem Abend sagte, traf tatsächlich ein. Aber damals war es schön, davon nichts zu wissen. Am Ende machte ich ihr ein Versprechen. In der folgenden Nacht würde ich sie entführen, denn so machte man es in der Gegend meiner Großmutter mütterlicherseits, auf einer Insel im Mittelmeer.

Consuelo war sehr geduldig.

Sie hörte mir aufmerksam zu, und es gab Momente, in denen sie sich sogar zu amüsieren schien. Sie hatte keine so lange und obendrein naive Rede erwartet, aber irgendwie muss ich eine gewisse kindliche Neugier in ihr geweckt haben. Langsam löste ich mich aus dem riesenhaften Schatten in Ernests Rücken und von dem Tisch, von dem aus ich sie vierzehn Tage lang ununterbrochen beobachtet hatte, ohne im Gegenzug das geringste Zeichen des Interesses von ihr erhalten zu haben.

Nun sah auch sie mich an, aber so wie man einen Fremden, einen Ausländer ansieht. Ich bemerkte es, erhob mich und stellte mich erneut vor.

Rigoberto Aguyar Montiel, sagte ich und verbeugte mich. Ich würde mein Versprechen halten, schwor ich ihr in allen Sprachen der Welt.

Consuelo lachte. Endlich. Ihr Lächeln war ungebrochen und stieg einem zu Kopfe wie ein Glas Branntwein.

Sie lachte und fischte Valmonts Visitenkarte aus der Handtasche. Ich habe sie noch immer, kann sie Ihnen zeigen, wenn Sie wollen. Ich las Straße und Hausnummer. »Morgen Abend bei dieser Adresse?«, fragte ich auf Spanisch. Consuelo nickte. Gut gelaunt fuhr ich in meinem Monolog fort. Bis zum Ende des Abendessens, das mich den ganzen Erlös des Mantels kostete. Und später am Seine-Ufer. Bis ich schließlich ganz außer Atem war.

Auf der Schwelle des Hauses, in dem sie wohnte, berührte Consuelo meine Lippen. Der Hauch eines Kusses.

Gracias, ist das einzige Wort aus ihrem Mund, an das ich mich erinnere.

Auch erinnere ich mich an ihre Lippen und an eine unendliche Umarmung, und, doch, an einen weiteren Satz von ihr.

Yo soy la esperanza perdida. Ich bin die verlorene Hoffnung.

Aber vielleicht habe ich diesen Satz im Laufe der Zeit nur erfunden.

Wenige Stunden später landete Consuelo im Bett des *Rais,* eines widerwärtigen algerischen Schiebers, der abends oft im Café des Amateurs herumhing. Der beim Gehen mit vorgestreckter Brust andere Passanten einschüchterte. Die schwarze Legende unseres Viertels, der unverschämteste Schurke, der mir je begegnet ist, gewalttätig und von Grund auf verdorben.

13

»Alle wussten es«, sagte mir Ernest am folgenden Abend im Café. »Alle außer dir. Aber du bist auch der Erste, mit dem sie nicht ins Bett gegangen ist, wenn dich das tröstet: Das ist wichtig.«

»Wichtig, so eine Scheiße!«, antwortete ich. Ich sprang auf, rempelte gegen einen Tisch und ließ die große Glastür sperrangelweit offen, als ich hinauslief.

Stellen Sie sich meinen Gemütszustand vor. Ich hatte geglaubt, sie fasziniert zu haben, und dann fand ich einen Tag später heraus, dass sie es mit dem schlimmsten Gauner des Viertels trieb, einer Henkersfratze, einem von der Sorte, die überall ihre Männlichkeit zur Schau stellen muss. Doch er war nicht der Einzige. Ich erfuhr, dass sie mit jedem im Bett gewesen war, der sie gewollt hatte. Mit einer einzigen Ausnahme: mir! Der Student, dem ich Spanischunterricht gab, und Madame Gordoise vom Markt hatten es mir bestätigt. Und schließlich Jules, der hinter der Theke der *caféterie* arbeitete. Er nannte mich einen Dummkopf. Nur weil ich sie den ganzen Abend betrachtet hatte, glaubte ich, sie auch zu kennen, alles über sie zu wissen. Die Wahrheit ist, dass wir nichts wissen. Über niemanden.

Und dennoch blieb Consuelo für mich das schönste Mädchen des Viertels. Die Schönheit ist eine unverzeihliche Gabe.

Ich stieg in eine Straßenbahn. Nur zwei Haltestellen, und ich war in der Straße des Goldschmieds. Schließlich hatten wir für diesen Abend eine Flucht geplant, und ich bin es gewohnt, meine Verpflichtungen einzuhalten. Ich fand, sie schuldete mir eine Erklärung.

Ach, wie hochmütig sind doch die Männer!

Da waren wir einmal zusammen ausgegangen, und schon meinte ich, von ihr Rechenschaft über ihr Leben fordern zu können.

Wie auch immer, ich kam zu spät. Zu spät für Erklärungen und für die Flucht, für Tränen, Küsse, Beleidigungen. Zu spät für alles. In der Rue du Coq d'Or Nr. 5 angekommen, stürmte ich in einem Atemzug die Treppe hinauf bis in den obersten Stock, wo eine Tür offen stand.

Ohne mich bemerkbar zu machen, betrat ich Valmonts Atelier. Ein saurer Geruch lag in der Luft, der in der Nase brannte und einem Tränen in die Augen trieb. Der Raum wurde von einer großen Metallwanne beherrscht, an einer Wand standen einige Heizöfen und ein eingeschalteter Brennofen. In der Mitte floss in einer riesigen gläsernen Rohrschlange eine dickliche, gelbe Flüssigkeit. Schweißtropfen traten mir auf die Stirn, und ich drohte in Ohnmacht zu fallen.

Dann sah ich sie.

Dort stand sie auf einem Tisch, frisch geschmiedet.

Die *mulherzinha alada,* die geflügelte Siegesgöttin.

Ihre Strahlkraft war größer als die der hellsten Tage in

Patagonien und Sizilien. Größer als die des ewigen Eises des Südpols. Augenblicklich hatte ich den drängenden Wunsch, sie zu besitzen. Aber ich war wegen Consuelo gekommen; was war ich nur für ein Dummkopf: Da hatte ich sie vor mir und rief doch weiter nach ihr.

Der Mann, der mir antwortete, wirkte mitgenommen. Seine Haare und seine Kleidung waren vollkommen durchnässt. Mit kaum vernehmbarer Stimme sagte er, dass Consuelo bereits gegangen sei. Sein Oberlippenbart, der ihm das Aussehen eines Nebenrollendarstellers verlieh, glänzte, als wäre er mit Goldstaub benetzt. Ich rannte die Treppe hinab und fand mich auf der Straße wieder.

14

Dämmert es Ihnen allmählich?

Oder muss ich es in allen Einzelheiten erklären?

Den Pokal habe ich gestohlen, um mein altes Versprechen einzulösen, um ihn dann in ein Achtzehnhundert-Seelen-Dorf jenseits des Landes der letzten Hoffnung mitzunehmen, das südlichste der Welt. Nach Puerto Williams.

Denn diese Geschichte hat mit verlorenen Hoffnungen zu tun, ob Consuelo es nun gesagt hat oder nicht. Und mit Häfen und Meeresüberquerungen.

In Puerto Williams arbeitete ich eine Zeit lang auf einer Farm, die Pasos Peruanos züchtete. Diese Pferde ähneln mir: mit ihrem kräftigen Körperbau, ihrem geselligen, stolzen und ehrlichen Charakter, dem Berberblut in ihren Adern und den andalusischen Wurzeln … Sie ertragen sowohl Anstrengung als auch Kälte. Mein Lieblingspferd hatte bunte Flecken auf dem Rücken und intelligente Augen. Ich nannte es Quiqueg.

Wir waren schon immer eine Familie von Pferdenarren. Seit mindestens zwei Jahrhunderten. Einer meiner Vorfahren war der berühmteste Reitlehrer einer englischen Königin. Von einigen meiner männlichen Vorfahren habe ich Porträts oder Fotos, auf denen sie im Sattel eines Pferdes sitzen, irgendwo auf der Welt. Ganz zu schweigen von einer Daguerreotypie einer Urgroßmutter, die sie im Sattel eines jungen Arabers vor den Ruinen Karthagos zeigt, das weiße Haar zu einem Knoten gebunden, die knochige, magere Hand drohend in den Himmel gereckt.

Wie gern hätte ich Consuelo davon erzählt, doch dazu hatte ich keine Gelegenheit mehr. Und schon wieder stürmen die Erinnerungen auf mich ein, als wäre ich ein Leihhaus, in dem sie eingelöst zu werden hoffen. Meinen grauen Mantel bekam ich übrigens nicht zurück. Im Winter trug ich unter verschiedenen Schichten Pullovern und der Hose meinen Pyjama. Außerdem ließ ich mir Haare und Bart wachsen. Und setzte unermüdlich meine Suche nach ihr fort.

In der Zwischenzeit kehrte Ernest nach Amerika zurück, wo er mit den Kritikern stritt und Forellen angelte. Die Zeit erfuhr eine hysterische Beschleunigung. Wie ein Zug, dessen Lokomotive sich ruckartig voranbewegt.

Ein Jahr verging. Und noch eines.

Im Sommer sollte das olympische Fußballturnier stattfinden.

15

Paris kam mir ohne Ernest und Consuelo verwaist vor. Zum ersten Mal vermittelte die Stadt mir ein Gefühl der Bedrohung. Aber vielleicht geht die Sehnsucht immer mit Bedrohung einher. Einer drohenden Gefahr.

Ich zog um. Mir war das Geld ausgegangen, und das Honorar für die Horoskope traf immer mit einigen Wochen Verspätung ein. Eine Zeit lang wohnte ich im Hôtel des Trois Moineaux, einer schmuddeligen Herberge mit vierzig Zimmern unweit des Ateliers von Valmont. Anfangs teilte ich meine Kammer mit einem hoch aufgeschossenen, schlaksigen Engländer namens Eric, dem es auch nicht besser ging als mir. Nachts hörte ich, wie er den Wanzen schauerliche Märchen erzählte, die in Reih und Glied an der Wand verharrten und ihm zuhörten. Eric Arthur Blair hatte schon damals klare Ansichten über die Gesellschaft. Als uns eines Nachts ein Italiener die wenigen Francs raubte, die uns geblieben waren, kehrte Eric nach London zurück und ich fing an zu trinken. Mit Methode. Jetzt gehörte ich rechtmäßig zum Volk am Abgrund, sagte Eric in Anspielung an Jack Londons *Abyssmal Brute.* Gelegentlich verdingte ich mich als Gepäckträger in

Les Halles oder als Handlanger in irgendeiner Werkstatt. Die Nächte verbrachte ich im Closerie des Lilas, einem Bistro in Montparnasse. Wenn es zumachte, trat ich auf die Straße hinaus und blieb vor der Statue Marschall Neys stehen, um noch ein wenig mit ihm zu plaudern. Ich schrieb nicht mehr. Das Einzige, was mir Zerstreuung bot, abgesehen von einem gelegentlichen Fußballspiel – Boxkämpfe schaute ich mir nicht mehr an –, war die Musik. Vor allem jene neuartige Richtung, die ich zwar nicht verstand, die mir jedoch Gänsehaut verursachte, der Jazz. In Paris wurde er nicht besonders oft gespielt. Nur hie und da.

Ich kannte alle Jazzlokale, und weil ich kein Geld für den Eintritt hatte, lauschte ich an den Fenstern. Von innen drangen die Stimmen der Gäste zu mir heraus, das Rauschen eines langen Abendkleides, das Rücken von Stühlen, das Klirren der Gläser. Ich setzte mich auf den Gehsteig und wartete, dass sie zu spielen begannen. Nicht selten hielt mich jemand für einen Clochard und wollte mir Almosen geben. Wie hätte ich ihnen erklären sollen, dass ich nur um ein wenig Musik bettelte?

Einmal betrachtete mich ein Mann, von Kopf bis Fuß geschniegelt und gestriegelt – schwarze glänzende Schuhe, weite Hose, dunkles Flanelljackett, die Haar nach hinten gekämmt und ein gepflegter Schnurrbart. Er rauchte eine Gauloise Bleue – zwei Francs fünfzig Centimes das Päckchen –, ich erkannte sie am Geruch. Ich hielt ihn für einen jener reichen Schnösel, die diese Art Lokale besuchten. Hätte ich ihn mir genauer angesehen, hätte ich die Zahnbürste bemerkt, die aus der Tasche seines weißen Hemdes hervorlugte.

»Komm doch herein«, sagt er.

Ich blicke ihn gekränkt an. »Ach, lassen Sie, mein Herr, ist schon in Ordnung«, antworte ich verächtlich und beiße mir vor lauter Stolz auf die Zunge. Die Großzügigkeit der Wohlhabenden war mir von jeher zuwider.

»Ich habe dich bereits ein paar Mal hier gesehen«, sagt der Mann, der sich allmählich zu amüsieren scheint. »Jetzt zier dich nicht so, beweg deinen breiten schwarzen Hintern und steh auf: Wer eine solche Leidenschaft für meine Musik hegt, dass er stundenlang auf dem Gehsteig ausharrt, hat einen Platz in der ersten Reihe verdient.«

Schweigend stand ich auf. Während ich ihm unter dem beleuchteten Schild ins Lokal folgte, von dem ich die genaue Anzahl der Lampen kannte, überkam mich das berauschende Gefühl, eine Grenze zu überschreiten.

Am Eintrittskartenschalter, der mir wie ein Zollhäuschen vorkam, fragt mich der Mann mit dem eleganten Schnurrbart, was ich denn so könne. »Schreiben«, sage ich großspurig. »Nicht gerade viel«, meint er. Dann fügt er laut hinzu, sodass alle es hören können: »Schaut ihn euch gut an, denn von nun an werdet ihr ihn häufig sehen. Das ist mein Bruder, der die Texte zu meinen Liedern schreibt.«

Ich höre noch Madame Escande an der Kasse mit ihrer schrillen Stimme bemerken, dass es keine gesungenen Lieder in seinem Repertoire gebe.

»Seine Texte sind für eine stumme Sängerin gedacht«, erwidert mein neuer Bruder.

Von da an betrachteten mich alle als Mitglied der Truppe. Die gemeinsamen Abendessen mit den Musikern waren für mich außerdem eine hervorragende Gelegenheit, auf Kosten des Lokals meinen Hunger zu stillen. Am Ende der Konzerte half ich ihnen, die Instrumente abzubauen, um mich dann, obwohl ich nach wie vor keinen Deut ihrer Musik verstand, an ihren Diskussionen zu beteiligen. Ich war sogar unverfroren genug, hier die Änderung eines Akkords, dort ein Solo und an anderer Stelle eine neue Klangfarbe vorzuschlagen … Zu meiner Überraschung gaben sie mir meistens recht.

So galt ich in diesem Ambiente, in dem sich niemand über etwas wunderte, bald als einer der zahlreichen Brüder Django Reinhardts, des »Verstümmelten«, und das, obwohl meine Hautfarbe wesentlich dunkler war als seine.

16

Für alle, die seine Geschichte nicht kennen: Django, der Verstümmelte, war ein Zigeuner, der mit nur drei Fingern Gitarre spielte. Kurz zuvor war sein Wohnwagen in Flammen aufgegangen.

Der Unfall war legendär.

Seine Frau und er hatten den Wagen mit Papierblumen gefüllt, die sie auf dem Friedhof verkaufen wollten. Django ließ eine Kerze fallen, und die Hölle brach los. Das Haar seiner Frau fing Feuer, bei ihm wurden durch die Folgen der Verbrennungen der Ringfinger und der kleine Finger der linken Hand gelähmt. Der Hand, die über das Griffbrett gleitet und die Akkorde greift. Der Unfall kostete ihn achtzehn Monate der Behandlung und des Übens.

Achtzehn Monate, um eine neue Spieltechnik zu erfinden.

Von da an wurde er berühmt, mit seiner Hand. Fast wie Ernest.

Als ich zum ersten Mal seine Hand sah, konnte ich es nicht glauben. Es ist nicht möglich, dachte ich. Man kann nicht mit zwei Fingern Gitarre spielen. Es ist, als wollte man mit einem verkürzten Bein Fußball spielen.

»Gott ist ebenfalls verstümmelt und lahm«, sagte mir Django eines Nachts. »Das lernt man schnell als Sohn eines Clowns. Im Übrigen ist das eine ernste Sache.«

Gott ist verstümmelt und lahm.

Und vielleicht blind.

Die Künstler wissen es, eines Tages werden sie es allen erklären. Auch Cervantes war verstümmelt. Ganz zu schweigen von Homer.

Denn wer wirklich berühren will, ob mit Fingern oder mit Worten, dem muss etwas fehlen.

Das war Djangos Theorie.

Ich hätte ihn für verrückt erklärt, hätte ich nicht jeden Abend das Wunder seiner Musik erlebt.

17

Django riet mir dazu, noch einmal das Haus des Goldschmieds aufzusuchen. Inzwischen war allen klar, dass Consuelo spurlos verschwunden war. Viele glaubten, dass *Rais'* Kumpane sie beseitigt hatten. Aus Eifersucht. Quasi als Rache an allen Frauen, die ihn betrogen. In der Seine ertränkt oder die Kehle durchgeschnitten. Ich hatte Angst und fühlte mich schuldig. Vielleicht hatte uns jemand zusammen auf der Straße gesehen und diesen lumpigen Kuss beobachtet, den wir ausgetauscht hatten.

Django ließ nicht locker. »Wenn es keine mögliche Lösung für deinen Fall gibt, musst du eben die unmöglichen Lösungen in Betracht ziehen«, sagte er. »Ein typischer Fall für Zigeuner und ihre Zauberkunst.« Doch ich fürchtete mich davor, die Wahrheit herauszufinden. Wie Valmont kurz zuvor streifte ich durch Paris, in der Hoffnung, sie auf einer Parkbank im Jardin des Plantes oder in den Tuilerien beim Füttern der Tauben zu finden. Oft ging ich am Metropole vorbei. Seit einiger Zeit wurden dort nur noch Komödien gezeigt, Larry Semon oder Zigoto, wie die Franzosen ihn nannten, Laurel & Hardy, Chaplin, aber das Kino war nicht mehr so gut besucht. Anstelle von Consuelo riss jetzt der ungarische Klavierspieler die Karten ab, der mich mit seinem Glasauge immer verärgert anstarrte.

Eines Nachmittags hielt ein Wagen neben mir. Ein amerikanischer Straßenschlitten. Riesig, rostig. Am Steuer saß Django. Natürlich ohne Führerschein. Auf dem Beifahrersitz ein korpulenter Mann mittleren Alters mit Schnauzbart. Django bedeutete mir einzusteigen. Ich öffnete die Tür und nahm auf dem Rücksitz Platz. Der Mann stellte sich mir vor. »Gerichtspolizei«, sagte er. »Ihr Freund behauptet, Sie hätten ein Problem.«

Django sah mich im Rückspiegel an.

»Keine Sorge, der Inspektor ist auf Zack, er hat mir schon so manches Mal aus der Patsche geholfen.«

»Hören Sie«, sagte der Mann, »ich habe zwar mit dieser Sache nichts zu tun, aber wenn es Sie interessiert, kann ich Ihnen versichern, dass sich in sämtlichen Polizeiakten Frankreichs keine Spur der Frau findet, die Sie suchen. Wahrscheinlich ist sie nach Spanien zurückgekehrt, denken Sie nicht?«

Er stopfte Tabak in eine grüne Pfeife.

»Nein, das glaube ich nicht«, antwortete ich ärgerlich.

In dem Moment bog Django gegen die Fahrtrichtung in eine Einbahnstraße. »So geht's schneller«, sagte er.

Er hielt vor dem Haus mit Valmonts Atelier, nur ein paar Schritte von meiner damaligen Wohnung entfernt, und wir stiegen aus.

»Inspektor, wenn Sie vorausgehen würden«, forderte Django ihn auf.

»Valmont ist abgereist«, sagte die Concierge. Der Inspektor zeigte ihr seinen Ausweis, versicherte ihr aber, ein Freund Valmonts zu sein. Dieser Mann wusste mit den Leuten umzugehen. Die Concierge holte die Schlüssel und öffnete ihm Valmonts Wohnung.

»Einige meinen, er sei nach Uruguay gereist; böse Zungen behaupten dagegen, er sitze in einer Nervenheilanstalt in der Provinz. In letzter Zeit«, fügte sie mit gesenkter Stimme hinzu, »hat man ihn immer wieder mit sich selber reden hören, wenn er die Treppe hochging, auch kniete er ganze Nachmittage lang in der Kirche Saint-Sulpice und murmelte irgendwelche unverständlichen Reuegebete.«

In Valmonts Mansarde hatte sich seit meinem letzten Besuch nichts verändert. Der Inspektor ging als Erster hinein. Der Tisch stand an seinem gewohnten Platz unter dem Fenster. Doch die geflügelte Statue, die darauf gestanden und ihren Glanz verbreitet hatte, war verschwunden. Außerdem war es nicht mehr so warm wie bei meinem letzten Besuch.

Ansonsten bot der Raum die gleiche Szenerie. An der Wand die Heizkessel und der Brennofen, in der Mitte des Raums die Wanne und die riesige gläserne Rohrschlange, auf die sich Staub gelegt hatte. Django fuhr mit dem Finger darüber und schnupperte daran. »Reines Gold«, sagte er.

Während ich mich weiter umsah, blätterte der Inspektor durch Valmonts Zeichnungen, die überall herumlagen, und zog ein aus einer Zeitschrift ausgeschnittenes Foto heraus. Es zeigte einen Mann mit Spitzbart und Mausaugen. Der Inspektor erkannte ihn sofort. Er legte den Ausschnitt auf den Tisch, ging zielstrebig in eine Ecke, als wüsste er bereits, was er finden würde, und nahm Consuelos Kleider und Schuhe vom Fußboden.

»Erkennen sie die Sachen?«, fragte er mich.

Den Abend beschlossen wir drei im Café des Amateurs. Irgendwann nahm Django seine Gitarre und spielte eine neuartige Musik, die kein Mensch kannte. Die Gäste hielten den Atem an, so gebannt lauschten sie ihm.

»Deswegen lasse ich ihn immer laufen, wenn er mal wieder in eine Zigeunerrazzia gerät oder betrunken aufgegabelt wird«, sagte mir sein Freund. »Sie können ihm ruhig vertrauen; ich bin nur ein Inspektor, aber er ist ein Zauberer.«

Er löschte die Pfeife und stand auf.

»Zeit für mich zu gehen. Meine Frau wird bereits auf mich warten. Ihnen kann ich nur wünschen, dass Sie bald Ihre Andalusierin vergessen«, fügte er noch hinzu.

Ich betrachtete ihn eine Weile, ehe ich seinen Abschiedsgruß erwiderte. Er hatte die merkwürdige Angewohnheit, die Augen zusammenzukneifen und sich die Fingernägel in die Hände zu graben, wenn er mit einem sprach. Aber er war einer dieser Menschen, deren Unruhe Nähe schuf, statt einen misstrauisch zu machen, denn er richtete sie gegen sich selbst.

»Ich hatte versprochen, sie zu entführen«, sagte ich.

»Na gut, dann wünsche ich Ihnen eben, dass Sie Ihr Versprechen halten können, solange Sie jung sind.«

Er pustete eine Rauchwolke an die Decke. Wie einen traurigen Segen.

»Ich werde sie nicht wiedersehen, stimmt's, Inspektor?«

»Mag sein, aber halten Sie die Augen offen.«

Er hatte mir seinen Namen nicht genannt, und ich fragte ihn danach.

Er lächelte.

»Maigret, Jules Maigret.« Er setzte sich den Hut auf und ging.

Drei Tage später reiste ich nach Montevideo ab. Mit der Conte Verde, dem Schiff, das die einzigen vier europäischen Nationalmannschaften über den Ozean setzte, die an der ersten Fußballweltmeisterschaft teilnahmen.

18

Die Conte Verde war ein Passagierschiff.

Mit ihren zwei großen Masten und zwei rauchenden Schloten wirkte sie überdimensional. Sie verfügte über einen *music room,* mehrere Gesellschaftssalons und Bibliotheken. Orte, an denen man verweilen konnte. Damals ließ man beim Reisen die Dinge noch auf sich wirken, ohne sie fotografieren zu müssen.

Das Geld für die Reise hatte mir Django gegeben.

»Betrachte es als mein Hochzeitsgeschenk, falls der Tag kommt, an dem du deine Consuelo wiederfindest.«

Wie dem Inspektor spielte auch ihm ein bitteres Lächeln um die Lippen. Ich machte Anstalten, die Summe auszuschlagen.

»Das Geld gehört ohnehin dir«, beharrte er. »Du hast es dir verdient, indem du deine Geschichte gespielt hast.«

Ich sagte nichts.

Am 21. Juni fuhr ich von Villefranche-sur-Mer ab, die Ankunft war für den 5. Juli vorgesehen.

Die Überfahrt verlief ruhig. Anfangs fühlte ich mich inmitten all dieses Luxus merkwürdig euphorisch, als täte ich etwas Verstohlenes, Anonymes. Ich gab mich als

Sportreporter aus, der im Laufe seiner unzähligen Reisen mehrere Sprachen gelernt hatte. Ich interviewte den französischen Trainer, und beim Abendessen scherzte ich mit den Belgiern und Jugoslawen. Die Rumänen hingegen sah ich nur bei Sonnenaufgang am Bug des Schiffes, wo ich ihnen beim Training zuschaute. Ihr König hatte ihnen drei Monate Aufenthalt gewährt, und die wollten sie voll ausschöpfen, doch sie waren unter den Ersten, die wieder nach Hause zurückkehrten. Aber schon bald konnte ich meine Lügen nicht mehr ertragen, ebenso wenig wie die fast ausschließliche Gesellschaft von Männern, weshalb ich mir die restliche Zeit mit Reise- und Abenteuerbüchern vertrieb.

Die Conte Verde hatte eine prächtige Bibliothek. Wände und Decke waren mit Fresken – Springbrunnenmotiven und Jagdszenen – verziert, die von kleinen runden Deckenleuchten beschienen wurden, der Boden war mit Stoff bespannt, die Tische waren aus Mahagoni, die Sessel mit Leder bezogen … Einen größeren Kontrast zu Sylvias Bücherei hätte es nicht geben können.

Bestimmt habe ich Ihnen schon erzählt, dass ich mich immer daran erinnere, bei welcher Gelegenheit ich auf die Bücher gestoßen bin, die mir am meisten bedeutet haben. Auf jenem Schiff zum Beispiel las ich die Geschichte eines gewissen Martin Eden. Jedes Mal wenn ich mich mit den Ellbogen auf die Reling stützte, erwartete ich fast, einen Arm aus der Gischt tauchen zu sehen, von den Motorschrauben emporgehoben, und machte mich bereit, ins Wasser zu springen. Damals fing ich wieder an, Erzählungen zu schreiben.

Fünf Tage vor unserer Ankunft in Montevideo legte die Conte Verde in Rio de Janeiro an, um die brasilianische Mannschaft an Bord zu nehmen. Ich hatte nicht die Zeit, das Schiff zu verlassen, doch zum ersten Mal sah ich das Land meines Vaters. Ich blieb auf dem Achterdeck, bis es meinem Blick wieder entschwunden war. Am Abend fand ich mich inmitten einer festlichen, tanzenden Gesellschaft wieder. Zusammen mit den Brasilianern waren auch einige Damen an Bord gekommen. Ein kreolisches Mädchen gesellte sich zu mir. Sie dachte wohl, ich gehöre zur Mannschaft, obwohl ich nicht gerade athletisch gebaut war. Ich bot ihr einen Drink an, und sie küsste mich, ohne ein Wort mit mir zu wechseln. Wahrscheinlich wollte sie mich ermutigen. Nachts in ihrer Kabine ertappte ich mich immer wieder dabei, wie ich sie Consuelo nannte.

19

Ich hoffe, es ermüdet Sie nicht allzu sehr, dieses Interview mit einem alten Mann zu führen … Schauen Sie hinaus: nichts als Stille. Aber man darf ihr nicht trauen. Das Wetter kann sich von einem Moment auf den anderen ändern. Ich hoffe, dass morgen kein Polarwind aufkommt und mir Schwierigkeiten macht. Es ist ein furchtbarer Wind. Er lässt einem das Hirn gefrieren und fährt einem in die Knochen. Im Laufe meines Lebens habe ich so viele Winde kennengelernt, dass ich mich besser an sie erinnere als an die Orte, an denen ich gelebt habe, denn es sind die Winde, die die Inseln, Kontinente und Pole entstehen lassen. Es sind die Winde, die einem bleiben. Es ist wie mit den Flüssen, in denen man gebadet hat. Doch das ist freilich etwas für Dichter. Für Menschen, die an einem Ort geboren wurden, an einem anderen leben und wieder an einen anderen gehören.

Montevideo bereitete mir einen strahlenden Empfang. Zuerst eine Ansammlung kleiner Buchten und dann eine plötzliche Umarmung. Während ich die Stadt vom Schiff aus betrachtete, dachte ich über ihre Farbe nach. Jede Stadt hat ihre Farbe, und es ist wichtig, sie zu erkennen.

Mir kamen die Verse eines verrückten italienischen Dichters in den Sinn, die ich ein paar Monate vorher in einem kleinen Buch gelesen hatte, das mir ein Emigrant bei Shakespeare & Company empfohlen hatte. Ich weiß sie noch auswendig:

Im unwirklichen Licht tauchte vor uns
Eine weiße, schlafende Stadt auf,
Zu Füßen der hohen Gipfel erloschener Vulkane,
Im trüben Dunst des Äquators.

Zum ersten Mal ging ich in Montevideo an Land, und auch hier kam es einer Rückkehr gleich, wie fast jede meiner Reisen. Tatsächlich brachte ich ja etwas zurück: den Namen des Urgroßvaters und die von ihm geerbte Form der flachen Nase mit den breiten Nasenflügeln. Er hatte fast zwanzig Jahre in Montevideo gelebt. Achtzehn, um genau zu sein.

Ein Jahrhundert vor meiner Zeit war er dort an Land gegangen. Er war jedoch nicht aus Frankreich gekommen, sondern aus Afrika. Und er träumte auch nicht davon, Schriftsteller zu werden. Er war Analphabet, und seine Hände waren schwielig. '48 brach er wieder auf, um gewissen Italienern und ihrer Revolution nachzulaufen.

Mein Urgroßvater hatte sich ihrem Anführer angeschlossen, einem blonden Mann von ruhelosem Charakter, den die feindlich gesinnte Presse als Piraten, Freibeuter und Teufel bezeichnete. Während der Belagerung der Stadt durch General Manuel de Rosas und Oribe, diesen Verräter, fand sich mein Urgroßvater schließlich in der

Legion des Italieners wieder, einem ziemlich heruntergekommenen Haufen. Nicht nur was die Größe, sondern auch die Organisation betraf. Von den Uniformen ganz zu schweigen.

Die Brigade Hoffnung.

Die Italiener trugen rote Hemden, die eigentlich für die Arbeiter des Schlachthofs Ensenada gefertigt worden waren. Sie hatten sie aus der Fabrik entwendet, in der die Hemden darauf warteten, nach Buenos Aires geliefert zu werden. In einem solchen Kittel wurde mein Urgroßvater in San Antonio von Gómez' Infanterie umzingelt.

Fast hätte ich es vergessen, aber auch diese Belagerungen gehören zur Geschichte meiner Familie. Der Urgroßvater musste zwei miterleben, wobei die zweite verhängnisvoll für ihn war. Einmal bin ich in einem alten Geschichtsbuch auf ein Bild von ihm gestoßen. Die Unterschrift lautete: »Der Mohr André Aguyar, Offiziersbursche von General Giuseppe Garibaldi, gefallen bei der Verteidigung der Römischen Republik.« – »Durch die Hand des erzkatholischen Frankreichs«, fügte ich mit Bleistift hinzu.

Es bestand kein Zweifel: Wir hatten die gleiche Nase. Proust hätte das Phänomen als die unwillkürliche Erinnerung des Fleisches bezeichnet. Seltsam, wie gewisse Charakteristika lange Zeit im Verborgenen schlummern, um dann Generationen später wieder durchzubrechen, finden Sie nicht? Ich muss gestehen, dass ich immer neidisch auf die regelmäßigen Züge meines Vaters war.

In Montevideo ließ ich mich als Journalist im Gefolge der europäischen Nationalmannschaften akkreditieren. Seit langem hatte ich nichts mehr veröffentlicht, nicht einmal ein läppisches Horoskop, und nirgendwo wartete eine Zeitung auf Artikel von mir. Dennoch gab ich mich wichtigtuerisch wie ein gerade aus Paris eingetroffener Reporter und wurde bei den Lokalzeitungen vorstellig. Ricardo Vicente Silva, der Verleger des *Libertador*, ein dicker Mann mit reaktionärer Gesinnung, der jedoch für seine originellen Ideen bekannt war, musterte mich gelassen. Um Eindruck zu schinden, verstieg ich mich in eine leidenschaftliche Lobrede über den Fußball und den Sportjournalismus, indem ich nicht mit Zitaten von Victor Hugo, Alexandre Dumas und Stendhal sparte … Silva, der wohl meinte, ich redete von europäischen Stars, die ihren Glanz auf das Turnier werfen würden, zeigte sich beeindruckt von meiner Fachkompetenz. Zwar hatte ich weder das Aussehen noch die Hautfarbe eines Europäers, aber ich sprach mehrere Sprachen. Außerdem kommt es bei einem Journalisten ja zum Glück nicht auf sein Gesicht an. Er erklärte sich bereit, mich probeweise einzustellen, sofern ich mit einem französischen Namen firmierte.

Ich schlug Arthur Rimbaud als Pseudonym vor, und ihm war es recht.

So kam es, dass der Korrespondent Rimbaud Fußballreportagen für uruguayische Leser zu schreiben begann.

20

Besonders gut erinnere ich mich an den ersten Sonntag des Turniers.

13. Juli 1930. Estadio Pocitos, denn das Centenario war noch nicht fertiggestellt. Etwas mehr als tausend Zuschauer.

Während es in Europa Sommer war, herrschte hier eine absurde Kälte. Das Thermometer war unter null Grad gesunken. Winter auf der Südhalbkugel. Es lag Schnee. Nicht nur um das Fußballfeld herum, sondern sogar ein wenig auf den Rängen. Damit das Spiel stattfinden konnte, hatte man die ganze Nacht über Schnee schippen müssen. Diese Geschichte nahm im Schnee ihren Anfang, so wie sie morgen erneut im Schnee beginnen wird, wenn ich den Pokal auf die Kuppel am Südpol platzieren werde.

Und im Schnee schoss der Franzose Lucien Laurent das erste Tor der ersten Fußballweltmeisterschaft. Er war ein linker Halbstürmer, und nach einem blitzartigen Antritt auf dem Flügel schlug er eine Bogenlampe, die ihn selbst überraschte.

In der neunzehnten Minute der ersten Halbzeit.

Frankreich – Mexiko, eins zu null.

Eine weitere Symmetrie des Schicksals. Kaum zu glauben, wenn man darüber nachdenkt. In der ersten Begegnung lieferte die *Göttin* einen Hinweis auf den Ort, an dem sie geboren wurde, sowie auf den, an dem sie vierzig Jahre später für immer gewonnen werden würde, am selben Ort, an dem mein Vater während einer Revolution auf seinem Pferd gestorben war.

Der Direktor des *Libertador* schickte mich auch zu den anderen Spielen der französischen Mannschaft. Er wollte bei den Kollegen mit seinem europäischen Journalisten angeben und hoffte, dadurch die Auflage zu steigern. Im Restaurant La Cruz de Termino, wo sich die Journalistenelite der Stadt traf, beschrieb er mich als einen vornehmen, kränklichen Mann mit delikater weißer Hautfarbe und einem Faible für die Dichtkunst: ein typischer Franzose eben.

Ich erinnere mich an eine weitere Begegnung der Franzosen bei diesem Turnier, gegen Argentinien, die ein paar Tage später stattfand: Der Schiedsrichter pfeift das Spiel sechs Minuten zu früh ab, und während die Argentinier in die Umkleidekabinen gehen, protestieren die schweißbedeckten Franzosen wild gestikulierend, bis der Schiedsrichter seinen Irrtum bemerkt – er war ein eleganter Herr mit Knickerbocker, weißem Hemd, Krawatte und Samtjackett. Ungläubig blickt er auf seine Uhr und ruft dann alle Spieler auf das Feld zurück – »auf, meine Herren, es wird noch sechs Minuten gespielt« –, wobei es eine Weile dauert, bis alle wieder da sind, weil der eine oder andere schon unter der Dusche steht, doch Argentinien rettet seinen Vorsprung und erreicht das Halbfinale.

Ich habe später oft an diese sechs Minuten zurückgedacht.

Es passiert schon mal, das etwas vorzeitig zu Ende geht, aber nie wieder habe ich erlebt, dass ein Schiedsrichter seinen Abpfiff rückgängig gemacht hat, um das Spiel erneut aufzunehmen.

Er war Brasilianer und hieß Almeida.

In gewisser Weise eine bewegende Geste, auch wenn sie vergeblich war, denn an dem Ergebnis änderte sie nichts, oder vielleicht war sie umso bewegender, weil sie vergeblich war. Wäre ich ein Schiedsrichter, würde ich die Pfeife wegwerfen, *carajo:* Es wird gespielt, bis den Spielern die Luft ausgeht, das wäre doch viel gerechter.

Ich kehrte zum *Libertador* zurück und tippte diesen Gedanken beherzt auf den Tasten einer Remington. Ricardo Vicente Silva zerriss den Artikel wütend, dann wirbelte er unvermittelt auf seinem Bürostuhl herum und schickte mich weg, um den Artikel abermals zu schreiben.

»Es reicht schon, dass ich die Argentinier nicht ausstehen kann«, sagte er, sich mühsam beherrschend, »und jetzt stellt sich heraus, dass ich einen Aufrührer eingestellt habe. Was für eine absurde Idee: zu spielen, bis einem die Luft ausgeht …«

Noch heute höre ich ihn ausgiebig hinter der geschlossenen Tür fluchen.

21

Meine Fremdsprachenkenntnisse haben mir tatsächlich oft geholfen. Ich komme mir vor wie ein Linkshänder, der bei Bedarf auch die Rechte zu nutzen weiß und der mit beiden Händen mit Werkzeug umgehen kann. Aber in Wahrheit habe ich mich in keiner einzigen Sprache je zu Hause gefühlt. Noch am ehesten im Spanischen. In der Sprache Consuelos.

Der Code meiner Kindheit ist eher ein Dialektgemisch, von dem ich mir bis heute Ausdrücke bewahrt habe, die Kontinente voneinander entfernt scheinen und doch eine gewisse Ähnlichkeit haben. Dieser erfundene Mestizendialekt, mit dem ich groß wurde, besitzt für meine Ohren einen ganz und gar weiblichen Klang.

Wie ich Ihnen am Anfang schon sagte, wurden bei uns zu Hause die Geschichten immer von weiblichen Händen aufbewahrt. Jedes Mal wenn meine Großmutter väterlicherseits, Francisca Carrion Sousa de Jesús vom Rio Grande, mir von der Schlacht von San Antonio erzählte, kam Leben in ihre Hände, die bis dahin ruhig auf den Sessellehnen geruht hatten. Auf ihrer ausgetrockneten, knitterigen Haut zeichneten sich wellenartig Täler und Hügel ab. Und auf der höchsten Erhebung ihrer tiefsten Falte neunhundert Pferde.

Neunhundert.

In Reih und Glied.

Man hätte sie zählen können. Sie blickten über das Tal. In den Sätteln saßen Soldaten in purpurnen Uniformen, ein Heer aus Engeln und Erzengeln. Mit einer einzigen Aufgabe: jedem Gefangenen die Kehle durchzuschneiden.

Obwohl ich ihre Worte manchmal kaum verstand, hörte ich die Schreie und sah einen Trupp uruguayischer Reiter in Richtung Salto fliehen und, in der Mitte ihres Handtellers, die Ruinen eines Bauernhofs, in denen Männer in der Falle saßen. Die Einzigen, die nicht geflohen waren – eine Brigade Verzweifelter.

Die Brigade meines Urgroßvaters Aguyar und des Italieners … Auch Gómez beobachtete sie mit einem Fernglas. Dann gab er Befehl.

Zuerst die Infanterie. *Adelante!*

Langsam stiegen von den Fingerspitzen in horizontaler Reihe dreihundert Infanteristen herab. Aus dem Haus wurde nicht geschossen. Dort erwartete man sie lautlos.

Hundert Meter.

Fünfzig.

Noch etwa dreißig Schritte.

Die Stiefel hallten auf der Erde wider, bis in der heiseren Stimme der Großmutter das Prasseln von Schüssen ertönte, einige von Gómez' *blancos* fielen, der Rest zog sich ungeordnet zurück, und einer desertierte. Doch bald wurden die Reihen wiederhergestellt, und sie setzten zu einem neuerlichen Angriff an, einmal, zweimal, dreimal, bis sie zu den Mauern des Bauernhauses vordrangen; in diesem Moment ballten sich Großmutters Hände zu einem unerbittlichen Kampf, Mann gegen Mann, und kratzten und teilten Schläge nach rechts und nach links aus, während die Brigade die uruguayische Nationalhymne und die der Republik am Rio Grande sang, um zahlreicher zu erscheinen, und die Fußsoldaten zurückstieß und auch der Kavallerie standhielt, nur einer brach durch die Verteidigungslinie, um eine Fackel auf das Bauernhaus zu schleudern, und ich sah seine Hand, die zum Wurf ausholte, und verfolgte die Flugbahn der brennenden Fackel, die im hohen Bogen fiel, aber ihr Ziel verfehlte, der Urgroßvater hätte den Burschen von dort, wo er stand, mit dem Lasso fangen können, ließ ihn jedoch aus Respekt laufen, woraufhin ein anderer im Schatten einer Fahne vorrückte, »ich komme im persönlichen Auftrag von Gómez, um euch zur Kapitulation aufzufordern«, allerdings wollte niemand die Kapitulation, nicht einmal der Junge mit der Trompete, der keine vierzehn war, zu jung, um sich die Brust von einer Lanze durchbohren zu lassen, doch alt genug, um den eigenen Mörder niederzustechen, um mit ihm in denselben Tod zu rollen und ihm den Abdruck seiner Zähne auf der Schulter zu hinterlassen und dann mit dem Geschmack der Erde im Mund zu sterben …

Die Hände der Großmutter erzählten auch vom quälenden Durst, den neun Stunden Kampf und dem Ausweg, der sich ihnen erst bieten würde, nachdem die Sonne untergegangen wäre, achthundert Meter über offenes Feld, unter feindlichem Beschuss und den Angriffen der Kavallerie, achthundert Meter, um das Ufer des Uruguay zu erreichen und die Deckung der Bäume und das Wasser, endlich Wasser, um zu trinken, Wasser, um sich den Schweiß abzuwaschen, Wasser, um neue Kraft zu schöpfen für einen weiteren Marsch von fünf Kilometern, viereinhalb Stunden zu Fuß, bis man in Salto ankommt, und Kraft, um die Toten zu zählen, am nächsten Tag wird man sie von den Feldern auflesen, jetzt bin ich zu müde, morgen, morgen, aber du musst wissen, dass es aufseiten der Belagerten dreißig sein werden und mehr als fünfhundert auf der gegnerischen. Mit geschlossenen Augen ging meine Großmutter auch noch die Überlebenden durch, während sie leise ihre Namen aussprach.

Wenn sie bei meinem ankam, schlief sie selig ein.

22

Von Guillermo Stabile, *el Filtrador* – dem »Mann, der durch den Filter geht« – mitgerissen, konnte Argentinien im Endspiel gegen Uruguay seinen Vorsprung bis zur Halbzeitpause halten.

Zwei zu eins für Argentinien lautete der Halbzeitstand, und Stabile war der Torschützenkönig des Turniers.

Auf den Rängen verfluchte das heimische Publikum Anselmo, den Stürmer aus den eigenen Reihen, der gegen die Rumänen einen und im Halbfinale gegen Jugoslawien zwei Treffer gelandet hatte, aber gegen die Argentinier nicht hatte antreten wollen. Durchfall, hatte es geheißen. Das bezweifelte zwar niemand, und man kannte auch den Grund: Am Abend zuvor hatte es gegen ihn und seine Familie eine Morddrohung gegeben. »Feigling« und »Hosenscheißer«, murmelten die Leute zwischen den Zähnen.

Doch die Affäre Anselmo wurde bald von einer anderen abgelöst.

Es ging das Gerücht, dass der Mittelfeldspieler José Leandro Andrade, ein ehemaliger Schuhputzer, der zum *Maravilla Negra*, dem »schwarzen Wunder« von Uruguay, geworden war, während der Halbzeitpause einen heftigen hysterischen Anfall erlitten habe. Er schlug den Kopf auf den Boden, weinte untröstlich und kroch auf allen vieren. Er war sicher, dass seine Mannschaft den Rückstand gegen diesen teuflischen Gegner nicht mehr wettmachen würde. Seine Kameraden wussten sich nicht zu helfen. In der nahe gelegenen Kurve zerrissen seine Seufzer die unnatürliche Stille. Nur die Argentinier feierten unter dem Turm des Centenario. Massenweise hatten sie den Rio Plata überquert und genossen das Spektakel nun in vollen Zügen.

Mir gefiel dieses Stadion. Man hatte es gebaut, um hundert Jahre Unabhängigkeit zu feiern, und ich war stolz auf meinen Urgroßvater Aguyar, der seinen Teil dazu beigetragen hatte, obwohl er nie eine Verfassung unterzeichnet hätte, die den Frauen und den Analphabeten jegliche Rechte absprach.

So wie General Gómez ihn und seinen italienischen General damals von einem Hügel herab ausgespäht hatte, suchte ich in der Menge nach Valmont – mit einem Opernglas, das mir mein Großvater mütterlicherseits, der Uhrmacher aus Odessa, geschenkt hatte. In seiner roten Schutzhülle hatte ich es immer dabei. Ich war mir sicher, dass Valmont mitten im Publikum saß, um seinem Triumph persönlich beizuwohnen. Um zu sehen, wie sich die Männer nach dieser Trophäe verzehrten, genau wie er versprochen hatte. Und Andrades Nervenzusammenbruch war der erste Beweis dafür.

Doch nach der Pause wurde der Ball ausgetauscht wie bei einem gezinkten Kartenspiel, und Argentinien musste drei Tore einstecken, hintereinander. Stabile – ein Mischling wie ich, mit flinken Augen und Füßen – vergab vor lauter Ungeduld, siegen zu wollen, nur wenige Meter vor dem Netz eine todsichere Torchance – wie ein verdammter Tangotänzer. Das Gesicht ausgemergelt wie das eines traurigen Stierkämpfers.

Seine Verzweiflung über seinen Fehler wuchs von Minute zu Minute. In der siebenundfünfzigsten glich Pedro Cea, *el Peón,* für Uruguay aus. Elf Minuten später gelang Victoriano Santos Iriarte aus fünfundzwanzig Metern Entfernung ein platzierter Schuss ins Kreuzeck.

Das ganze Stadion erhob sich von den Plätzen.

Eine Minute später rettete Andrade den Vorsprung auf der Torlinie. Er fiel auf die Knie, küsste den Ball und bekreuzigte sich.

Schon immer habe ich eine Liste von solchen Episoden geführt und jedes Detail festgehalten: erstaunliche Anschlusstore, Lattenschüsse, Schüsse, die haarscharf daneben gingen, unglaubliche Paraden … Ich bin überzeugt, dass daraus auch die Register des Schicksals bestehen, wie Protokolle verpasster Gelegenheiten.

Kurz vor dem Abpfiff machte Hector Castro die Sache perfekt – er wurde übrigens ebenfalls »der Verstümmelte« genannt, aus dem gleichen Grund wie Django, nur dass es bei ihm die Rechte war.

Die uruguayische Nationalmannschaft, *la Celeste,* die Himmlische, war Weltmeister. Der Kapitän José Nazassi, *el Caudillo,* stieg auf die Ehrentribüne. Jules Rimet empfing ihn mit ausgebreiteten Armen, wie ein Bischof. Ich erkannte ihn an seinem weißen Schnurrbart. Den Pokal in den Händen, stand er da. Mit einem milden, zufriedenen Lächeln auf den Lippen überreichte er ihn José Nazassi, der die Trophäe gen Himmel hob und es noch nicht recht begriffen zu haben schien. Ein Sonnenstrahl traf senkrecht darauf, und plötzlich fiel es mir wie Schuppen von den Augen. Valmonts Mansarde. Die an der Wand aufgereihten Öfen. Consuelos Kleider, ihre Schuhe, Maigrets angespanntes Gesicht und Djangos Augen … wie alle anderen im Stadion brach auch ich in Tränen aus, während mich einheimische Fans umarmten und mich *hermano,* Bruder, nannten.

Am Abend erschien im *Libertador* unter dem Namen Arthur Rimbaud ein herzzerreißender Artikel über den Ruhm und die Niederlagen.

Vier Jahre lang blieb die *Diosa de la Victoria* in Uruguay; doch wer sie für immer behalten wollte, musste sie drei Mal gewinnen. Eine Regel, eine feste Frist. Niemand konnte sich vorstellen, dass vierzig Jahre ins Land gehen würden, ehe eine Mannschaft sie für immer zuerkannt bekäme.

Vierzig Jahre. Die Lebensmitte eines Menschen. Zehn Weltmeisterschaften, wäre nicht der Krieg dazwischen gekommen.

So lange dauerte jenes Turnier, dessen Perfektion sich in seiner Zahlensymmetrie widerspiegelte.

23

Nach Valmont suchte ich in allen Spelunken Montevideos vergeblich. Als Journalist hatte ich Gelegenheit zu einem Interview mit den örtlichen Organisatoren der Veranstaltung, aber niemand wusste etwas. Also hörte ich mich anderweitig um. Bei den Trinkern, den Prostituierten. In der Stadt wimmelte es von schnauzbärtigen Franzosen. Am Ende der Siegerehrung war es mir gewesen, als hätte ich ihn in der Menge ausgemacht. Sofort richtete ich das Opernglas auf die vermeintliche Stelle, doch er war meinem Blick schon wieder entschwunden. Vielleicht saß er ja tatsächlich in einer Nervenheilanstalt in der Provinz, wie uns die Concierge gesagt hatte. Oder womöglich hatte er am Abend des Finales ebenso den Verstand verloren wie der Rest der Bevölkerung, im trüben Dunst des Äquators. Unter dem wankelmütigen Himmel Montevideos. Oder er hatte sich schon auf denselben Dampfer eingeschifft, der auf John Langenus wartete, den Schiedsrichter des Endspiels, der nicht nur auf einer Lebensversicherung bestanden hatte, sondern auch auf der Zusicherung, dass das erste Schiff nach Europa mindestens eine Stunde auf ihn warten würde, falls er sich verspätete. Auf diesen Dampfer würde ich ihm diesmal nicht folgen. Ehe ich sie nicht selbst an mich genommen hatte, würde ich mich nicht mehr von dem Ort entfernen, an dem man die *Göttin* aufbewahrte.

Kaum war das Turnier zu Ende, ließ mich Ricardo Vicente Silva in sein Büro rufen.

»Ich nehme an, dass Sie bald nach Europa zurückkehren«, sagte er.

Seine Miene verhieß nichts Gutes. Ich sah mich im Zimmer um und wog jedes Wort ab. In ganz Paris würde ich nicht annähernd eine vergleichbare Stelle finden.

Silva ließ sich tiefer in seinen Sessel sinken. Er war sehr empfänglich für Schmeicheleien. Aber diesmal fruchteten sie nicht.

»Tut mir leid, aber Sie können ja nur über Fußball schreiben, und an Sportjournalisten mangelt es hier nicht.«

Er brauchte mich nicht mehr. Außerdem bestand die Gefahr, dass er früher oder später herausfand, dass sein korpulenter französischer Reporter in Wirklichkeit ein betrügerischer südamerikanischer Mulatte war.

»Ich könnte ja unter einem anderen Namen schreiben.«

Keine Reaktion.

Ich unternahm einen letzten verzweifelten Versuch. »Ich habe Ihnen Glück gebracht: Uruguay ist Weltmeister geworden.« Mein Auftritt wurde geradezu pathetisch.

»Wenn Sie wollen, kann ich Ihnen die Adresse von einigen Restaurants nennen, wo man Personal sucht.«

Die Partie war zu Ende. Ich war ihm wohl von Anfang an gegen den Strich gegangen: ein Aufrührer, Sohn und

Enkel von Aufrührern. Zu allem Überfluss hob ich auch noch die Stimme.

»Was seid ihr nur für Ignoranten«, schrie ich, »Arthur Rimbaud entlassen! Hah!«

Und damit trat ich ab.

24

Von da an begann ich, in schwindelerregendem Rhythmus Wohnungen und Arbeitsstellen zu wechseln. Anhand der Bierflaschen maß ich die Zeit, die ich in einer Wohnung verbrachte. Jedes Mal, wenn sich ihre Anzahl der Sechzig näherte, zog ich um. Wobei man wissen muss, dass ich damals fünf Bier am Tag trank.

Aber ich hatte keine Möbel, nichts, keine Schränke, keine Tische, keine Stühle. Meine persönliche Habe war spärlich. Außerdem gefiel es mir zu wechseln, sowohl was die Arbeit als auch was die Wohnung betraf. Damals machte ich alles: Handlanger, Schreiber, Komparse beim Film; ich verkaufte sogar Seidenstoffe und pornografische Bücher auf der Avenida 5 de Julio, wie Laurent, der Zwerg auf dem Boulevard Saint-Michel. Und zwar mit einer Energie, die ich in Paris nie hatte.

Inzwischen hatte ich nur noch einen Gedanken im Kopf: die *Göttin* zu rauben. Es war die einzige Möglichkeit, mein Versprechen gegenüber Consuelo zu halten. Nichts anderes zählte mehr für mich.

Fast jede Nacht ging ich zum Sitz des uruguayischen Fußballverbands, einem weißen, unbewachten Gebäude.

Zwei Mal versuchte ich, die Tür aufzubrechen, wurde jedoch immer gestört.

Das erste Mal von einem Betrunkenen, der lauthals eine furchtbar traurige Milonga sang und dabei schluchzte wie Andrade in der Umkleidekabine des Centenario. Er veranstaltete einen solchen Lärm, dass er die ganze Nachbarschaft aufweckte. Mir kamen die Tränen, und ich ließ von meinem Vorhaben ab.

Beim zweiten Mal funkten mir zwei Männer dazwischen, die ihre Hunde Gassi führten. Mit ihrer stolz vorgereckten Brust und dem martialischen Gang wirkten sie wie zwei pensionierte Generäle, denen es gleichgültig war, dass sie einen armen, unerfahrenen Dieb wie mich störten, der sogar unfähig war, ein einfaches Schloss aufzubrechen. Die zwei blieben stehen und hielten ihre Tiere fest an der Leine, während sie mich beobachteten. Ich blickte mich nervös um und tat so, als hielte ich seit längerem nach einer Frau oder einem Freund Ausschau und sei drauf und dran, wieder zu gehen. Zunächst erwog ich, mich nur zum Schein zu entfernen und später noch einmal wiederzukommen, doch wertete ich die beiden Störungen wie zwei böse Omen und beschloss, nach Hause zu gehen.

Ob durch Zufall oder aufgrund ihres Eingreifens oder auf Hinweise von Anwohnern hin, die mich ebenfalls bemerkt haben mussten, jedenfalls wurde das weiße Gebäude, das den uruguayischen Fußballverband und all die Trophäen beherbergte, von einem Tag auf den anderen unter strenge Bewachung gestellt. Die elektrische Straßenbeleuchtung wurde verstärkt, und auf den Gehsteigen patrouillierten plötzlich uniformierte Wachen.

Vier Jahre lang wartete ich vergeblich auf eine neue Gelegenheit. Ich verlobte mich mit einem Mädchen aus Tacuarembó, mit dem ich eine gute Zeit verbrachte, und ich hätte sie beinahe geheiratet, aber dann stach ich vier Wochen vor dem Hochzeitstermin, im Frühjahr 1934, wieder in See. In Richtung Italien, wie ein Jahrhundert zuvor mein Urgroßvater Aguyar.

Es ist schon beeindruckend, wie sich die Geschichte wiederholt.

Mit dem Schnurrbart, den ich mir hatte wachsen lassen, den Stiefeln und dem Poncho sah ich wie ein echter Gaucho aus, und als ich in Rom ankam, inszenierte ich die gleiche Komödie wie in Montevideo, nur auf umgekehrte Weise: Ich stellte mich bei der Redaktion der faschistischen Sportzeitung *Littoriale* vor – mir blieb keine andere Wahl – und gab vor, ein argentinischer Journalist zu sein, der im Tross der beiden einzigen Mannschaften seines Kontinents angereist war, die an der zweiten Fußballweltmeisterschaft teilnehmen würden.

Im Grunde war es nicht einmal gelogen.

Anfangs misstrauten sie mir aus politischen Gründen, weil andere Südamerikaner, die Uruguayer, sich aus Rache für die mangelnde Beteiligung der Europäer bei der Weltmeisterschaft in ihrem Land, geweigert hatten, ihren Titel in Europa zu verteidigen, noch dazu in einem faschistischen Land. Doch schließlich tat meine Maskerade auch diesmal ihre Wirkung, ich musste nicht einmal meinen Namen ändern.

Mein richtiger, Rigoberto Aguyar Montiel, passte wunderbar.

25

Stiefel und Poncho.

Wie der Urgroßvater.

Fast ein Jahrhundert später stachelte die extravagante Anwesenheit eines Aguyar in ihrer Stadt die Neugier der Römer erneut an, und das, obwohl meine Haut bei weitem nicht so dunkel war wie seine.

Als Stallbursche seines Generals hatte mein Urgroßvater Sporen an den Stiefeln getragen und einen roten Poncho aus Kaschmir. Dunkel und von riesenhafter Statur, löste er im Sattel seines Pferdes überall, wo er hinkam, verwunderte Rufe aus. Einmal wurde er von einer ganzen Abteilung der bourbonischen Kavallerie überwältigt, als er seinen General beschützen wollte, trug jedoch bis auf ein paar Prellungen keine Verletzungen davon.

Auf seiner Brust schimmerte ein Medaillon mit einem Gebet an Yemanjá, die Meeresgöttin, damit sie ihm bei seinen Überfahrten beistand.

An der Hüfte trug er seine einzige Waffe: die *Bola*, ein Lasso mit drei Stahlkugeln, mit denen er alle *hijos de puta* gefangen nahm und strangulierte, die die Republik stürzen wollten: Papisten, Österreicher, Neapolitaner, Franzosen …

Während meine Kollegen in Erwartung der bevorstehenden Weltmeisterschaft ihre Artikel und Prognosen an die jeweilige Redaktion übermittelten, tat ich nichts anderes, als auf den Spuren meines Urgroßvaters durch die Stadt zu streifen und mich mit den älteren Einwohnern zu unterhalten. In einem Notizbuch hatte ich mir sämtliche Straßennamen Roms notiert, die ich während meiner Kindheit von Familienmitgliedern aufgeschnappt hatte. Jedes Mal wenn ich auf eine der Straßen stieß, strich ich den Namen aus, mit der gleichen Verwunderung, wie wenn sich ein Gerücht, von dem man geträumt hat, als wahr erweist.

Zum Schluss blieben nur noch zwei Kirchen, eine kleine Gasse und ein Kloster übrig: die Orte, an denen er angeblich gestorben war. Es war so, dass ich im Laufe der Zeit drei Versionen über den Hergang seines Todes gehört hatte. Nur das unmittelbare Ende war bei allen gleich, während der Ort und die Umstände variierten. Und zwar meinem Alter entsprechend.

Die erste Version spielte sich auf der Piazza di Santa Maria in Trastevere ab. Er nahm an der Taufe eines Mädchens namens Virginia teil, man hatte ihn gebeten, ihr Taufpate zu sein. Ins Taufregister der Pfarrgemeinde wurde er unter dem Namen Americanus eingetragen. Er war gerade dabei, am Ausgang den Armen und Kindern des Viertels Silbermünzen und Bajocchi zuzuwerfen, als er von einer französischen Granate getroffen wurde. Viele Jahre lang stellte ich mir vor, wie ihn ein knauseriges, niederträchtiges Schicksal niedersstreckte, während er großzügig Almosen an Kinder verteilte.

In der zweiten Version begleitete er den Sohn des Generals in eine Trattoria. Die Granate traf ihn in einer Gasse, in der Strohkörbe hergestellt wurden. Es brauchte vier Männer, um seine Überreste wegzutragen, während die Menschen ringsherum versuchten, das Feuer mit Pfannen voller feuchtem Lehm zu löschen. Über sein entstelltes Gesicht hatten sie aus Pietät ein Tuch gelegt. Und doch konnte jeder sehen, dass er es war, denn unter dem weißen Laken ragte ein pechschwarzer Arm hervor.

Die Männer brachten ihn in eine winzige Kammer hinter der Sakristei von Santa Maria della Scala. Sein nackter Leichnam füllte beinahe den gesamten Fliesenboden aus. Die ganze Nacht über strömten Frauen aus allen Stadtteilen herbei, um ihn und seine unbeschwerte Fröhlichkeit zu betrauern.

Die letzte Erzählung markierte das Ende meiner Jugend: Der Urgroßvater wollte das Kloster Madonna de'Sette Dolori stürmen, um die Ordensschwestern zu vertreiben und das Gebäude in Beschlag zu nehmen. Die Nonnen sahen, wie er im Begriff war, das Refektorium zu betreten und ihre Klausur zu schänden, und fielen auf die Knie, als stünde ein Dämon vor ihnen, und flehten wehklagend die göttliche Vorsehung um Beistand an. Ihr Wunsch wurde auf der Stelle erhört. Eine Explosion brachte ein Fenster zum Bersten und spaltete ihm den Schädel.

Aus Vorsicht setzte ich nie einen Fuß über die Schwelle dieses Klosters.

26

Jene Weltmeisterschaft war eine große propagandistische Parade des faschistischen Regimes. Rom war ein einziges Meer aus Fahnen und Plakaten und war von Schwarzhemden bevölkert. Auf den Jacken der meisten italienischen Journalisten prangte das glänzende Parteiabzeichen. In den Straßen Roms gewann man den Eindruck, als diente die weiße Architektur der Stadien und Plätze nur dazu, das Schwarz der Uniformen und Fahnen zu kontrastieren und sie besser zur Geltung zu bringen.

Ich sprach fließend Italienisch. Meine Mutter war zwar väterlicherseits Sephardin und in Marseille geboren, aber ihre Mutter stammte aus einem kleinen Fischerdorf in der Nähe von Trapani, hieß Mariannina und hatte mir ihre Sprache beigebracht. Dennoch tat ich damals, als verstünde ich kein Wort, und sprach aus kindlichem Protest nur Spanisch.

Bei dieser Weltmeisterschaft gab es keine Gruppenspiele, sondern es wurde im K.o.-Modus gespielt. Zweiunddreißig Mannschaften nahmen teil, wovon sechzehn in einer Vorrunde ermittelt wurden. Die anderen sechzehn schieden aus.

Ich hütete mich davor zu erwähnen, dass ich aus Uruguay kam, schließlich war die Weigerung des uruguayischen Fußballverbands, nach Italien zu reisen, ein Schlag ins Gesicht des Faschismus. Dieser Verzicht hatte ganz Uruguay in nationale Trauer gestürzt. Ich erinnere mich, wie bei der Abreise der *Göttin* eine stumme, verletzte Menge im Hafen von Montevideo stand. Wie bei einem Begräbnis. Ich kannte diese Menschen inzwischen. Niemand vergoss eine Träne oder sprach ein Wort. Auch wenn es Jahre dauern sollte, sorgten sie am Ende dafür, dass sie zurückkehrte.

Die Faschisten inszenierten ein Riesenspektakel. Zum ersten Mal wurden sämtliche Begegnungen einer Weltmeisterschaft im Radio übertragen; ungefähr dreihundert Tageszeitungen aus mehr als dreißig Ländern verfolgten das Turnier. Obwohl ich der einzige Journalist war, der mit Stiefeln und Poncho durch Rom lief, traf ich doch Kollegen aller Nationalitäten: Amerikaner, Franzosen, Spanier, Deutsche, ein paar Nordländer und sogar einen Ägypter.

Im Redaktionsgebäude des *Littoriale* hatte ich es mit einem Direktor mit Halbglatze, tiefliegenden Augen und einem Spitzbärtchen zu tun, das so schwarz war wie seine Kleidung. Er ließ sich von uns Don Cesare nennen. Er rollte übertrieben das R und bediente sich einer gespreizten Redeweise, mochte das Gesagte noch so banal sein. Den Gürtel seiner Hose hatte er so eng um die Taille gezurrt, dass man fürchtete, er würde jeden Moment in Ohnmacht fallen.

Er erteilte uns präzise Anweisungen: Wir sollten das maskuline Spiel loben und die Mannschaften, die es praktizierten, die Länder kritisieren, die die Einladung ausgeschlagen hatten, die perfekte Organisation vonseiten des Regimes hervorheben und, zwischen den Zeilen, die beispielhaften sportlich-kämpferischen Talente des *Duce* einfließen lassen.

Am Ende der ersten Redaktionssitzung forderte er alle auf, eine Prognose abzugeben. Am nächsten Tag erklärten zweiundzwanzig Journalisten im *Littoriale* Italien zum Favoriten der Weltmeisterschaft. Nur ich tippte auf die Brasilianer.

Don Cesare ließ mich zu sich rufen. Er bot mir eine Zigarette von der Marke Coppa del mondo an, die Mussolini zu Ehren der Meisterschaft hatte in den Handel bringen lassen.

Der einzige Brasilianer, der den begehrten Pokal gewinnen würde, sagte er, sei Amphilóquio Marrrrques Filo, mit bürgerlichem Namen Anfilogino Guarisi, und brach in hämisches Gelächter aus.

Damit spielte er darauf an, dass Italien mit Erlaubnis der Fifa einen brasilianischen und vier argentinische Fußballspieler eingebürgert hatte.

Ich blickte ihn fragend an.

»Ich schlage Ihnen einen Pakt vor: Ich behalte Sie als Mitarbeiter, solange die Mannschaften Ihres Kontinents im Spiel sind: Falls beide hier auf italienischem Boden eine schmähliche Niederlage erleiden, werde ich ab nächster Woche die Dienste eines südamerikanischen Unglücksboten wie Ihnen nicht mehr benötigen. Sie können wählen: Entweder Sie wohnen der Niederlage Brasiliens in Genua bei oder der Argentiniens in Bologna.«

Ich wusste nicht, dass weder die einen noch die anderen ihre besten Spieler antreten ließen. Die brasilianische Mannschaft bestand vorwiegend aus Amateuren: Luis Augusto Vinhais, der Trainer, erklärte mir hinterher, dass die stärkste Mannschaft, Palestra Italia aus São Paulo, keinen seiner Spieler hatte abstellen wollen. Einige Jahre später sollte der Verein seinen Namen aus antifaschistischem Protest in Palmeiras ändern.

Mit einem unguten Gefühl im Bauch fuhr ich nach Genua. Die Atmosphäre gefiel mir ganz und gar nicht. Die Italiener trugen ein gerissenes, selbstgefälliges Lächeln zur Schau und behandelten einen mit gemeiner Herablassung. Das ganze Theater widerte mich an.

Genua erinnerte mich an Montevideo, aber das war allein meinem Heimweh zuzuschreiben. An einem schönen Tag Ende Mai mussten Argentinien und Brasilien jeweils drei Tore einstecken.

Der *Littoriale* entließ mich fristlos.

27

Von der Begegnung Brasilien – Spanien erinnere ich mich nur an das Tor, das Leônidas, dem Carioca-Mittelstürmer, gegen Ricardo Zamora gelang.

Zamora.

Es hieß, dass er die Angreifer hypnotisiere.

Auf den Fotos trägt er immer eine Baskenmütze schräg auf dem Kopf, einen Pulli mit V-Ausschnitt, aus dem der Kragen seines Hemdes ragt. Auf dem Tisch ein Glas Kognak und eine Schachtel Zigaretten. Entschlossene Augen, haltloser Blick.

Den Torhütern galt schon immer mein besonderes Augenmerk; allein anhand ihres Blickes kann ich sagen, wie gut sie sind. Sie wissen, dass sie früher oder später kapitulieren müssen. Selbst der beste weiß das. Doch ein paar finden sich nicht damit ab. Die schönsten Fußballergeschichten sind für mich die von den Torhütern. Als ich nach Rom zurückkehrte, arbeitslos und deshalb wieder mit sehr viel Freizeit ausgestattet, schrieb ich eine Erzählung darüber, die ich an eine spanische Zeitschrift verkaufen konnte.

In Zamoras Blick mischte sich Würde mit Wahnsinn.

Valmonts Vater hätte ihm einen Ehrenplatz in seiner Sammlung eingeräumt.

Nach dem Tor von Leônidas kassierte Zamora in Florenz ein weiteres, von dem Italiener Ferrari. Ansonsten wehrte er jeden Angriff ab. Auf den Rängen nannte man ihn King Kong, ein Spitzname, den die italienische Presse aufgriff. Was für ein idiotischer Beiname.

Für mich war er Zamora oder *el Divino*, der Göttliche, und nichts anderes.

Zwischen den Italienern und Spaniern endete es eins zu eins, weshalb das Spiel am nächsten Tag wiederholt werden musste. Doch der verletzte Zamora konnte nicht antreten. Und nur aus diesem Grund gelang Peppino Meazza das entscheidende Tor. Ein Kopfstoß. Einen Meter vor dem Tor. Auf die Spanier sollten die Italiener erneut treffen, zwei Jahre später, diesmal aber nicht auf dem Fußballfeld.

In der nächsten Runde, im Halbfinale, bezwang Italien Österreich. Dessen Kapitän, Matthias Sindelar, war ein schmächtiger Kerl, der wegen seiner dünnen, zerbrechlichen Gestalt *der Papierne* genannt wurde, ein einfallsreicher und geradezu rührender Beiname, wenn man bedenkt, wie es ihm und seiner Mannschaft erging. Sindelar wurde auch *der Geiger* genannt, oder, noch verbreiteter, der *Mozart des Fußballs*, aber für mich wird er immer *der Papierne* bleiben.

Den Titel holten sich die Italiener im Finale gegen die Tschechoslowakei am 10. Juni im Stadio del Partito Nazionale Fascista in Rom. Am Eingang gab ich mich nach wie vor als Journalist aus. Zwei Mordskerle in Schwarzhemden und mit dem faschistischen Emblem nahmen es mir ab und ließen mich passieren. Das Stadion hatte nur eine überdachte Tribüne auf der rechten Seite und war von der üblichen monumentalen Mauer umgeben, auf der lächerliche Athletenstatuen in Zweiergruppen thronten.

Gespielt wurde mit dem Ball der damaligen WM-Edition – dunkelbraun mit verlängerten Rechtecken und äußeren Nähten, die einem die Stirn aufrissen, wenn man einen Kopfball machte. Vor Spielbeginn zeigte das gesamte Publikum den faschistischen Gruß in Richtung Ehrentribüne, auf der Mussolini saß. Es war ein richtiges Erlebnis, mittendrin zu sitzen. All die hochgestreckten Arme bildeten eine scharfe, nach links verlaufende Diagonale. Ich ließ meine Arme unter dem Poncho und tat, als wäre ich ein Kriegsversehrter.

Mussolini antwortete mit der gleichen fanatischen Gebärde. In Wahrheit hasste er diesen Sport und hatte sich bisher nie ein ganzes Fußballspiel angesehen. Doch die Weltmeisterschaft war bisher ein großer Erfolg für ihn, eine Art universelle Weihe. Nun musste sie nur noch besiegelt werden. In seiner Ansprache war er klar und deutlich gewesen: Siegen oder sterben. Auch hatte er jedem Spieler eine Siegprämie von zwanzigtausend Lire in Aussicht gestellt. Für den Fall einer Niederlage war er sich mit dem Daumen über den Hals gefahren, und alle fragten sich, ob er es ernst meinte.

Trotz seiner Androhung sah es zwanzig Minuten vor Schluss aus, als würden die Italiener untergehen. Ein böser frühsommerlicher Streich, der Pucs Handschrift trug. Unter dem Poncho verborgen, rieb ich mir die Hände: Jetzt blieb für die Italiener kaum mehr Zeit aufzuholen. Endlich behauptete sich die Donauschule.

Zum Teufel mit aller Vorsicht, sagte ich mir. Ich zog einen Arm unter dem Poncho hervor und beobachtete Mussolini mit dem Opernglas meines Großvaters. Er bewegte nicht einen Muskel. Steif, mit angespanntem Kiefer, wie auf den Plakaten. Krampfhaft versuchte er, sich für ein Spiel zu begeistern, das er nicht verstand. Das Einzige, was ihn wirklich interessierte, war der Sieg.

Kurz nach Pucs Tor traf Svoboda den Pfosten. Gewissenhaft notierte ich es in mein Notizbuch der verpassten Gelegenheiten, als wäre es ein böses Omen. Ich durfte nicht zu viel erwarten. In der achtzigsten Minute vollzog sich unerbittlich das Schicksal: Monti gibt zu Ferrari, Ferrari zu Orsi, der macht eine Finte mit dem linken Fuß und schießt rechts. Planicka hechtet nach dem Ball, aber vergeblich.

Verlängerung.

Nach wenigen Minuten löst sich Schiavo von Guaita und trifft mit der Energie der Verzweiflung, wie er hinterher sagte – oder der der Angst, wie alle dachten –, ehe er unter dem Knäuel seiner Kameraden bewusstlos wird.

Zwei zu eins für Italien.

Niedergeschlagen registrierte ich von der Tribüne einen weiteren römischen Gruß, den nun auch die neuen Weltmeister an ihren Kaiser, Seine Exzellenz den Großen Khan, *il Duce*, richteten.

Während ein ziemlich gelangweilter Mussolini die *Göttin* in Händen hielt, schrieb ich die letzte Zeile eines Artikels, den niemand je veröffentlichen würde, und verließ das Stadion.

Als ich mich oben an der Treppe nochmals kurz umdrehte, sah ich gerade, wie die *Squadra Azzurra* im Triumphzug durch das Stadion schritt. Giampiero Combi, der Torwart, hielt die *Göttin* mit einer Hand in die Luft; mit der anderen stemmte er mühevoll einen monströsen Bronzepokal, den ihm eine Abordnung Schwarzhemden überreicht hatte.

Der Pokal des *Duce*.

28

Für eine gewisse Zeit fand ich in Rom eine Aushilfsstelle als Wächter im Botanischen Garten am Fuße des Gianicolo. Ich verdankte sie einem alten Gärtner namens Stefano, der mich empfohlen hatte. Stefano Sequi, wenn ich mich richtig entsinne.

Den Garten hatte ich davor schon häufig besucht, betrachtete ihn als eine meiner Entdeckungen. Im Schatten der Bäume verlor sich jede Spur des Faschismus, und man atmete ungehindert die Freiheit der Natur. Außerdem konnte ich dort ungestört lesen und all den energiegeladenen und willensstarken Gesichtern aus dem Weg gehen, die die Gehsteige der Stadt bevölkerten. Was mich an diesen Menschen am meisten irritierte, war die Verbissenheit, mit der sie Mussolinis Gebärden nacheiferten. Sie übertünchten ihre eigene Schwäche mit einem Auftreten, das nicht zu ihnen passte, zu dem sie sich aber beharrlich zwangen. Es gibt nichts Peinlicheres und Gefährlicheres. Rom war in jenen Jahren wie eine riesige Bühne voller Laiendarsteller, Hanswurste und Schmierenkomödianten der Macht. Was für eine groteske Inszenierung.

Stefano kehrte das Laub zusammen und kümmerte sich

um die Blumenbeete am Eingang der Via della Lungara, doch er wurde schnell müde. Hin und wieder setzte er sich auf eine Bank und verfluchte die Zeit, in der er lebte. Wenn er in Stimmung war, unterhielt er sich mit mir. Seine Herzlichkeit war anders als die anderer. Sie war diskret. Und voller wunderbarer Geschichten. Man verlor sich darin wie in einem Labyrinth, und am Ende wusste man nie, was davon wahr war. Aber das spielte keine Rolle. Während er von einer Erinnerung zur nächsten wanderte, hielt er immer wieder inne und bot mir etwas zu essen an: eine Tomate, eine Scheibe Salami, etwas Mozzarella. In seinem Alter, sagte er, habe man keinen Hunger mehr. In Wahrheit wusste er, dass ich darbte.

Sie werden es mir wahrscheinlich nicht glauben, junge Frau, aber auf diese Weise erfuhr ich eines Nachmittags, dass ein wunderlicher Schwarzer, der mir ähnlich gesehen haben musste, seinen Vater als Kind vor einem französischen Stutzen-Bajonett gerettet hatte.

»Das war während der Besatzung der letzten Republik, die wir hierzulande hatten«, sagte er betrübt.

»Hat er den Franzosen mit dem Lasso eingefangen?«, fragte ich.

Das verschlug ihm die Sprache.

Als ich ihm meinen Namen nannte, wurde er so grün wie die Pflanzen in seiner Obhut und brachte kein Wort mehr heraus. Von da an half er mir, wo er nur konnte, obwohl er mir ohnehin schon so viel Gutes getan hatte. Auf wunderbare Weise gelang es ihm, mich als Hilfsgärtner einzustellen und später dann als Parkaufseher. Der Urenkel von Aguyar, sagte er immer wieder glücklich. Als handelte es sich um das schönste Geschenk, das sich das Leben für seine späten Jahre aufgespart hatte.

Mir hätte nichts Besseres geschehen können. Ich schlief im Gästehaus und konnte von dort aus in Ruhe den Raub der *Göttin* vorbereiten. Unterdessen schrieb ich. Vor dem Gewächshaus, in dem der Dampf die Fenster beschlug. Unter den Palmen des Hauptwegs, der durch den Botanischen Garten führte. Auf dem Rand der Springbrunnen. Am Abend las ich meine Erzählungen einem Gymnasiallehrer vor, der ebenfalls zu den unermüdlichen Besuchern des Parks gehörte. Wir trafen uns in einer Milchbar in Trastevere, und zeitweise fühlte ich mich in die Bistros von Paris zurückversetzt und stellte mir vor, der Mann am Nebentisch sei Ernest. Der Lehrer bescheinigte mir Talent, sagte mir aber, ich solle es nicht an den Fußball und die Politik vergeuden. Oder an die Frauen, in Anbetracht meines jungen Alters. Ich war versucht, ihm meine Geschichte von Anfang an zu erzählen, doch dann bestellte ich lieber ein weiteres Glas Milch und beließ es dabei.

In Rom war die *Göttin* noch unerreichbarer als in Montevideo. Auch hier wurde sie in einem weißen Gebäude aufbewahrt und dort nun Tag und Nacht streng bewacht. In der Nähe des Tibers. Irgendein Spion der OVRA hatte Mussolini vor einem geplanten Anschlag vonseiten eines äußerst gefährlichen, im Untergrund operierenden Arbeiterbundes gewarnt, der engen Kontakt zu den in anderen europäischen Hauptstädten im Exil lebenden Kommunisten- und Sozialistenführern unterhielt. Ein Anschlag auf den Weltpokal. Bei einer Sitzung des »Großrats des Faschismus« kam Mussolini darauf zu sprechen.

»Wir werden uns den Weltpokal nicht entreißen lassen!«, schrie er wutentbrannt. Die wahre Quelle dieses Regimes war seine launische und aberwitzige Fantasie.

Natürlich sind diese Episoden in keinem Geschichtsbuch nachzulesen, und trotzdem kann ich Ihnen versichern, dass die strenge Bewachung der *Göttin* nicht einmal nach Ausbruch des Afrikakriegs gelockert wurde.

Im Gästehaus des Botanischen Gartens erwog ich alle Möglichkeiten, wie ich sie den Faschisten entreißen konnte: Ich dachte daran, mich als hoher Parteifunktionär auszugeben oder als Diplomat, als Universitätsrektor, Sportdirektor … Selbst wenn ich dabei Gefahr lief, im Regina Coeli zu landen oder in einem Irrenhaus oder vor einem Exekutionskommando. Ich studierte die topografischen Karten der Umgebung und das unterirdische Kanalnetz der Aquädukte aus der römischen Kaiserzeit. Allerdings kam ich nicht mehr dazu, irgendeinen dieser Pläne in die Wirklichkeit umzusetzen. Denn schon schwärzten deutsche und italienische Flugzeuge den Himmel über Spanien, nachdem Francos Armee gegen die Regierung der *Frente Popular*, der Volksfront, geputscht hatte.

29

Am 1. Oktober 1936 saß ich in einem Zug, der von Milizen, Arbeitern in blauen Overalls und jungen Frauen in langen, zerknitterten Röcken überfüllt war. Reiseziel: Barcelona. Wenn wir nachts an den Bahnhöfen hielten, erwachten die Dörfer zu Leben, und die Menschen strömten herbei. Um uns Freiwillige zu küssen, uns Stärkungen und kleine Geschenke zu bringen. Ich hatte mir geschworen, den Faschismus aktiv zu bekämpfen, sobald sich mir die Gelegenheit bot, und Spanien war die erste. Ich trug eine Lederjacke mit Reißverschluss, um den Hals ein rotes Tuch und auf dem Rücken einen Rucksack mit einem Querriemen über der Brust. Unter dem Pullover eine Halskette mit einem Anhänger, der mit der Zeit schwarz angelaufen war.

Vor meiner Abreise hatte mich Stefano unter einer Eiche gesegnet. Wäre er ein paar Jahre jünger gewesen, wäre er bestimmt mitgekommen. Er wollte nichts von meinem Versprechen hören, ihm hin und wieder zu schreiben. Dazu wirst du keine Zeit haben, sagte er.

»Nimm stattdessen das hier.« Er zog ein Medaillon aus der Jackentasche, das eine Frau mit großen Brüsten zeigte und eine portugiesische Widmung auf der Rückseite hatte.

»Mein Vater hat es deinem Urgroßvater Aguyar in einem Bordell abgenommen, an dem Tag seines Todes. Ich wollte es dir schon lange geben, habe aber auf den richtigen Augenblick gewartet.«

Ich nahm es, und noch ehe ich das Bild betrachtete, wusste ich, wen es darstellte: die Meeresgöttin Yemanjá.

»Sie wird dich beschützen«, sagte Stefano.

Ich umarmte ihn. Wir wussten beide, dass ich lange nicht mehr zurückkehren würde, sollte es mir gelingen, die spanische Grenze zu passieren. So lange, dass ich ihn möglicherweise nie mehr wiedersähe.

Wie Rom war auch Barcelona ein einziges Fahnenmeer. Aber von einem anderen Farbton. Alles war in Rot und Schwarz getaucht, die Farben der Anarchisten. Die Häuser, die Straßenbahnen, die Cafés. Auf den Mauern prangten Hammer und Sichel, deren Anblick mich mit unbändigem Enthusiasmus erfüllte.

Nach dem unterwürfigen römischen Klima fand ich mich plötzlich in eine naive, fröhliche Unordnung katapultiert, in der es keine Hierarchien gab. Dieses vollkommene Fehlen von Untertänigkeit sprang mir sofort ins Auge. Keine Speichelleckerei, keine Schmeicheleien. Ich weiß, den Jungen mag das jetzt sentimental oder unbedeutend erscheinen, aber damals begegneten die Menschen einander mit Respekt, und alle wurden gleich behandelt, unabhängig von ihrem sozialen Status. Nirgends auf den unzähligen Reisen, die ich während meines Lebens unternommen habe, traf ich je wieder auf derart revolutionäres Verhalten.

In Spanien fühlte ich mich von Anfang an wohl, zu Hause. Alles kam mir vertraut vor. Vielleicht war es der

Kriegseuphorie der ersten Monate zuzuschreiben. Vielleicht hatte es aber auch mit einer anderen meiner Vorfahren zu tun, jener Katalanin, die Visionen hatte und Papier verschluckte, um sämtliche Beweise zu tilgen. Der Legende nach hatten die Gnome in ihrem Haus goldene Sauerkirschen unter die Stühle gelegt, mit denen sie die Verbreitung von Broschüren mit jakobinischem Gedankengut finanzierte: Aufrufe gegen die Bourbonen und Verse, die den Königsmord verherrlichten. Endlich war die Reihe an mir, an einer Revolution teilzunehmen. Ich brauche wohl nicht zu sagen, dass sich meine Familie schon immer auf die Seite der Verlierer geschlagen hatte, sogar in Russland – auf die von Martows Menschewiken –, doch wir mussten bis Kuba warten, bis wir endlich an einer siegreichen teilhatten.

Ich meldete mich als Freiwilliger zur zwölften Internationalen Brigade.

Bataillon Garibaldi.

Noch eine Brigade Hoffnung.

In einer alten Kaserne hörte ich auf Radio Barcelona live die Ansprache von Carlo Rosselli, die mit den Worten endete: »Heute in Spanien, morgen in Italien.«

Unsere militärische Grundausbildung war wie die aller Rekruten: ein lächerliches und auch gefährliches Abenteuer. Ich brauchte ziemlich lange, bis ich mit einem Gewehr umgehen konnte, aber den Leuten um mich herum erging es nicht anders. Mir wurde schnell klar, dass die Idealisten die Ersten waren, um die man in einem Krieg einen Bogen machen musste. Sie waren solche Stümper, dass man fürchten musste, aus Versehen oder zum Spaß von ihnen über den Haufen geschossen zu werden. Wie durch ein Wunder überlebte ich diese Übungen; ich glaube bis heute, dass sie die größte Gefahr meines Lebens darstellten.

Als ich an der Brücke von Arganda zum ersten Mal in ein Gefecht mit dem Feind geriet, hatte ich bereits eine gewisse Erfahrung. Noch heute gellt mir das Maschinengewehrfeuer in den Ohren. Stundenlang widersetzten wir uns der Kavallerie der *Nacionales,* die aus Farbigen und *Requetés*, den carlistischen Rekruten, bestand, und verteidigten jeden Meter der Straße nach Madrid.

Die Schlacht, die mich am meisten mit Stolz erfüllt, ist hingegen die Eroberung des Palacio de Ibarra. Sie ähnelte denen des 19. Jahrhunderts, über die ich als Kind so viele Geschichten gehört hatte. Ein Palast, der von Garibaldischen Truppen umzingelt wird, während sich die Besatzer zunächst von den Fenstern verteidigen, dann von den oberen Treppenabsätzen und schließlich in einem aussichtslosen Kampf Mann gegen Mann. Am 14. März 1937 schneite es. Meine Kameraden waren sehr viel älter als ich und bereits weißhaarig und kurzatmig. Doch sie hatten so lange darauf gewartet, gegen die Faschisten zu kämpfen, dass sie alle Unerfahrenheit und ihr Rheuma in den Wind schlugen. Gemeinsam griffen wir die Umfassungsmauer an, bis es uns gelang, eine Bresche zu schlagen und den Palast einzunehmen.

Aber um Ihnen mehr von diesem Krieg zu erzählen, junge Frau, bräuchte es Tage und Wochen, jedenfalls sehr viel mehr Zeit als die wenigen Stunden, die uns zur Verfügung stehen: von den weißen, geplünderten Kirchen aus Sandstein, den rasiermesserscharfen Schneestürmen, die einem die Lippen blutig schnitten; dem kahlen, wüstenhaften Land Kastiliens und der Estremadura; den Prostituierten von Toledo; den Hügeln Aragoniens, der roten Erde von La Mancha; den Hymnen der Arbeiter, die aus den Lautsprechern dröhnten, der *Altavoz del Frente* – der Ballade der XI. Brigade – und den Liedern der Falangisten, die aus den Schützengräben ertönten … Und von den Erklärungen des Radio Valencia, den im Schlamm feststeckenden Lkws, dem Frühling in Alicante, Castillo de San Juan und San Luis, den Vorposten von Huesca, einem Altarbild in Madrid, das sich von der Wand gelöst hatte …

Egal welche Bestandsaufnahme meiner Erinnerungen ich Ihnen gäbe, ich könnte Ihnen nicht annähernd vermitteln, wie es wirklich war. Ich kann Ihnen nur sagen, dass ich mich in Spanien wie in einem Schattentheater bewegte. In jeder Frau, der ich begegnete, suchte ich Consuelo: den gleichen Silberblick, die stolze, ungekünstelte Haltung, ihr Mitgefühl gegenüber dem menschlichen Geschlecht, die Hoffnung auf ein anderes Leben. Einiges davon erkannte ich auch in den Männern wieder, mit denen ich Seite an Seite kämpfte und die undiszipliniert waren und immer zu spät kamen, ob in ihrem Leben oder in dem von anderen, und die dennoch einen tragischen Sinn für Würde und Liebe hatten.

Aus den Pariser Zeiten waren alle da, außer Django. Und wir begegneten uns wieder, als wären wir der Willkür eines verrückten Romanschriftstellers ausgesetzt. Vor der Kaserne Lenin in Barcelona traf ich als Erstes Eric wieder, den Engländer, mit dem ich im Hôtel des Trois Moineaux ein Zimmer geteilt hatte. Er erzählte noch immer schreckliche Märchen – diesmal den Wanzen und Grillen von Catalogna –, das örtliche Klima hatte seiner Stimme einen milderen Klang verliehen. Eric erlitt in diesem Krieg einen Kehlendurchschuss und schrieb später ein beeindruckendes Buch darüber.

Ernest hingegen traf ich in Guadalajara wieder. Er war mit dem Flugzeug gekommen und sofort zum Schlachtfeld geeilt. *Dios,* war das eine Wiedersehensfreude! Strahlend schritt er über das Feld, das die von Mussolini nach Spanien entsandten Divisionen des Regno d'Italia geräumt hatten, einschließlich der neuesten Geschütze seiner Artillerie und Luftwaffe. Dass italienische Antifaschisten italienische Faschisten besiegt hatten, erschien ihm als ein ungeheuerliches Ereignis von symbolhafter Bedeutung. Jubelnd ging ich ihm entgegen und sah, wie er vor Rührung humpelte. Mit einem Mal war in sein linkes Bein die Erinnerung an eine Verletzung zurückgekehrt, die er sich zwanzig Jahre zuvor an der Front am Piave zugezogen hatte. In Paris hatte er sie immer wieder stolz all seinen Freunden gezeigt: Sieht aus wie der Schenkel einer alten Schindmähre, nicht wahr?, fragte er dann und lachte schallend.

In Guadalajara versöhnten wir uns beide bei einer Flasche kräftigen, herben Weins wieder mit Italien und den Italienern.

30

In diesem Krieg kursierten zahlreiche Geschichten. Der Großteil war von der Propaganda in die Welt gesetzt worden, und die Leichtgläubigkeit des Volks tat ihr Übriges. Und doch versetzte mich eines dieser Gerüchte in Angst und Schrecken. Es handelte von einem General der Frankisten, dem man einen Arm amputiert hatte und der sich nun für seine Verletzung rächte, indem er die Kriegsgefangenen auf schrecklichste Weise verstümmelte, um sie dann am Leben zu lassen. Selbst Jahre später erschien mir dieser General in Paradeuniform, mit lose baumelndem Ärmel und Barett auf dem Kopf in meinen Albträumen. Mit nur einem Arm hätte ich nicht mehr Geige spielen, keine Frau mehr umarmen und die *Göttin* nicht mehr mit beiden Händen in den Himmel halten können.

Vielleicht war dieser wiederkehrende Traum der Grund, warum ich immer versuchte, mit unseren italienischen Kriegsgefangenen zu sprechen. Sie sollten wissen, dass ich ihnen weder Arme noch Beine abschneiden würde. Nachdem Mussolini ihnen genau das Gegenteil erzählt hatte, wollten sie nun nicht mehr glauben, dass die Republik die rechtmäßige Regierung war und dass die Falangisten die

Aufrührer waren. Sie verstanden gar nichts mehr. Schließlich sagte ich ihnen, dass auch Gary Cooper und Charlie Chaplin auf unserer Seite seien. Vergebliche Mühe: Kaum jemand von ihnen war je im Kino gewesen.

Und dennoch hatten sie instinktiv begriffen, wie die Dinge standen. Viele Zeitungen berichteten später, dass die Italiener in Guadalajara einen weiteren historischen Beweis für ihre Feigheit geliefert hätten. Das stimmt nicht. Wer bei dieser Schlacht dabei war, so wie ich, weiß, dass nur die echten Faschisten feige davonrannten. Die anderen hingegen, die Mussolini zwangsweise, wegen eines Engpasses oder unter Vortäuschung falscher Tatsachen angeworben hatte – auf ihrem Militärpass stand nämlich, dass sie nach Afrika geschickt würden, um für vierzig Lire am Tag zu arbeiten –, wollten nicht auf andere Italiener schießen, die genauso arme Teufel wie sie waren, oder auf Spanier, die ihnen nichts getan hatten. Sie hatten keinen Grund dafür. Ihre Kapitulation war ein mutiger Akt, denn es war mehr Mut nötig, um das schmutzige Handwerk des Krieges aufzugeben und den Verstand zu benutzen und zu erkennen, dass man auf der falschen Seite kämpft, als weiterzumachen. Erst recht, wenn es einen das Leben kosten kann. Mit erhobenen Händen und verlorenem Blick kamen sie uns entgegen; sie glaubten, wir würden sie erschießen.

Aber es war nun mal ein verrückter Krieg.

Auf diese Weise kam es zu diesem ungewöhnlichen Schauspiel in Guadalajara: Das Volksheer einer rechtmäßigen Regierung, das jedoch von der Kirche exkommuniziert und von allen anderen Regierungen Europas vergessen wurde, schließt seine Kriegsgefangenen in die Arme, gibt ihnen Wein zu trinken und lässt sie auf gefederten Feldbetten und mit Wollresten gefüllten Säcken schlafen, nennt sie Brüder und begegnet ihnen mit dem Respekt, der unter Arbeitern herrschen müsste, damit sie verstehen, was richtig und was falsch ist, damit sie tief in ihrem Innern begreifen, dass diese »gottlosen« Kommunisten nichts anderes sind als der Schuhmacher ihres Landes, der Sohn des Friseurs, der Schwiegersohn eines Bekannten …

Dieser Krieg war wie Yemanjá, die in ihrer Brust das Wasser der ganzen Welt birgt. In Spanien hatten sich alle Flüsse der Erde miteinander vereint, die, die Hoffnung in sich bergen, und jene, die Irrtümer mit sich führen, sie alle hatten sich am selben Ort verabredet.

Ich hatte meinen Fluss gefunden in jener bunt zusammengewürfelten Brigade von Steinbrechern, Holzfällern und Bauern, Kommunisten, Anarchisten, Republikanern. Solange diese Einigkeit andauerte, zumindest unter uns Kämpfenden, hatte ich niemals Angst. Ich lernte die unterschiedlichsten Leute kennen, wie den Antifaschisten Carlo Rosselli und den spanischen Anarchisten Buenaventura Durruti, Dichter wie Antonio Machado oder Rafael Alberti sowie unzählige unbekannte Männer, die deswegen nicht weniger wert waren. In Spanien lernte ich, was *solidaridad* bedeutet, und konnte von da an nicht mehr ohne sie leben.

Bald jedoch sollten die Dinge einen schlimmen Verlauf nehmen.

Einen sehr schlimmen.

31

Anfang 1938 fand ich mich in Marseille wieder.

Bei der Verteidigung von Teruel hatte ich mir eine Infektion eingefangen, die mich beträchtlich geschwächt hatte. Ein politischer Kommissar und meine Kommandanten entschieden, dass ich der Sache nützlicher sein würde, wenn ich mich von der Front entfernte, und schickten mich aus Spanien fort.

Seit zehn Jahren hatte ich meine Mutter und meine Großmutter nicht mehr gesehen. Als ich vor ihrem Haus im Viertel Saint-Anton stand, rief ich zum Fenster hoch wie früher als Junge.

»Macht auf, ich bin's, Rigoberto, ich hab die Schlüssel vergessen.«

»Komm hoch, es ist nicht abgeschlossen«, antwortete meine Großmutter Mariannina mit ihrem noch immer ausländisch klingenden Akzent, so als wäre ich nur einen einzigen Tag weg gewesen und es wäre ein ganz normaler Sonntag.

Meine Mutter erwartete mich auf dem oberen Treppenabsatz und strich sich die Haare und das Kleid glatt. Sie sah mich an, als wollte sie mich um Verzeihung bitten, dass sie alt geworden war. Dann bat sie mich herein. Ich ging über den schmalen Flur des Hauses, in dem ich die letzten Jahre meiner Jugend verbracht hatte. Das Esszimmer lag im Halbdunkel, die Jalousien waren bis zur Hälfte heruntergelassen, die Gardinen zugezogen. Der Tisch war für drei gedeckt: weiße und blaue Teller und Servietten mit gestickten Initialen. Auf Anhieb erkannte ich das barocke R wieder, das ich, ein Fernglas und einen Weltatlas im Schoß, auf mein erstes Poesieheft gemalt hatte, ebenso wie das A für Aguyar und das M für Montiel.

»Wir dachten, du hättest bestimmt Hunger«, sagte meine Mutter.

Seit zehn Jahren deckten sie den Tisch für mich, um nicht unvorbereitet zu sein, wenn ich zurückkäme.

So war es bei uns zu Hause schon immer gewesen. Früher oder später ging jemand weg, und lange Zeit hörte man nichts mehr von ihm, gleich, ob er sich in einen goldenen Pokal verliebt hatte, emigriert war oder sich einem Befreiungsheer angeschlossen hatte. Nur die Frauen gingen nicht weg und schienen auch nie zu sterben, sondern blieben und entschieden, für wie viele Personen man den Tisch festlich schmücken musste.

Als ich klein war, legte meine Mutter noch lange Zeit ein Gedeck für meinen Vater auf, als könnte er eines Tages aus dem Jenseits heimkehren. Doch das geschah nicht, und so verließen Jahr für Jahr mehr Familienmitglieder das Haus, einschließlich der anderen Frauen, bis allein diese beiden Bewohnerinnen übrig blieben.

Ich rückte einen Stuhl zu meiner Großmutter und setzte mich neben sie. Von ihrem Sessel aus nahm sie ihre

Umgebung nur mehr verschwommen wahr. Mit ihren langen Fingern berührte sie mein Gesicht, die Stirn, die Nase, das Kinn.

»Ich wollte mich überzeugen, dass du es wirklich bist. Dabei habe ich dich bereits am Klang deiner Schritte erkannt. Ich wusste, dass du schon einige Minuten unter dem Fenster standst, bis du endlich beschlossen hast, zu rufen.«

»Du hast schon immer mehr gesehen als wir anderen.«

»Früher vielleicht einmal, inzwischen bin ich blind geworden.«

»Aber dafür hast du noch immer gute Ohren, wenn du mich schon gehört hast, bevor ich mich bemerkbar machte.«

»Ich habe immer gespürt, wer als Nächstes an die Tür klopfen und wer weggehen würde.«

»Erzähl mir von damals.«

Großmutter lachte.

»Bitte, Großmutter.«

»Du meinst die Geschichte von dem Schwarzen, der auf einem Schiff hierherkam?«

»Ja.«

Also begann Großmutter zu erzählen: »Es war ein hässlicher Schwarzer, mit seinen breiten Schultern, jedoch stämmig wie ein Baum. Er stieg im Hafen von einem brasilianischen Schiff, verirrte sich und gelangte in unser Viertel …«

Was sich wie der Beginn eines Märchens anhörte, war in Wahrheit die Geschichte, wie mein Vater zu ihnen gelangt war. Er hieß Astrojildo, kam aus Bahia, sprach kein

Wort Französisch und war pechschwarz. Die Großmutter vermietete ihm ein Zimmer in dem Haus, in dem sie damals wohnte, in Erwartung, dass er sich Arbeit suchen würde. Noch wusste sie nicht, dass sie sich einen abenteuerlustigen Revolutionär als Mieter eingehandelt hatte, der im Laufe weniger Monate folgenträchtig ihre Tochter verführen sollte. Erst als meine Mutter einige Jahre später als Witwe aus Brasilien zurückkehrte, mit einem dreijährigen Kind und einer siebzigjährigen Schwiegermutter, konnte sie sich im Gedenken an diesen ungeliebten Schwiegersohn mit ihm aussöhnen.

32

Aber ich war nicht nach Marseille gekommen, um in alten Erinnerungen zu schwelgen. Die kommunistische Partei hatte mich in propagandistischer Mission sowie zur Rekrutierung von Hafenarbeitern geschickt. Jeden Tag bemühte ich mich, mit möglichst vielen Menschen zu sprechen. Diese Leute kannten das Meer und wussten, dass, wenn sich ein Sturm zusammenbraute, es immer jemanden gab, der es vor den anderen spürte. Und so hörten sie mir aufmerksam zu. Doch mehr als meinen Worten lauschten sie meinem Schweigen. Mit ihnen spielte ich Belote und trank Pastis, und wir verfluchten gemeinsam die Diktatoren der Welt. Diese Stadt gefiel mir: Sie roch nach Anis und Ölschlamm.

Nach einigen Monaten hatte mein Leben wieder zu einer gewissen Normalität zurückgefunden. Abends ging ich ins Kino. Es war die Zeit von Fred Astaire, Myrna Loy und Clark Gable. Was ich zu sehen bekam, konnte ich kaum glauben: Während hierzulande die Welt im Gänsemarsch gen Hölle schritt, schien auf der anderen Seite des Ozeans alles in geordneten Bahnen zu verlaufen, man spielte Komödien und steppte.

Oft trat nach der Vorstellung auf dem schmalen Holzboden vor der weißen Leinwand und begleitet von den Pfiffen oder dem Beifall der Zuschauer ein lokaler Schauspieler oder Sänger auf. Für jemanden, der auf den Brettern der Welt Erfolg haben wollte, gab es damals keine härtere Probe als die Kinosäle.

Viel hing natürlich vom zuvor gezeigten Film ab, davon, ob er den Zuschauern gefallen hatte oder nicht. Aber kaum war das Licht wieder eingeschaltet und erhellte die schmuddeligen Wände, die unregelmäßigen Sesselreihen, die auf dem Boden verstreuten Papierreste, die Gewöhnlichkeit der Frauen und der Kleider, kurz und gut, das Schauspiel der deprimierenden Wirklichkeit, verbreitete sich wieder schlechte Laune, vergiftete die Atmosphäre und füllte sich der Saal mit einer schweigsamen, unterschwelligen Wut. Sogar die Leinwand, die bis vor Kurzem dem Luxus und der Leichtigkeit einer amerikanischen *comédie* Raum geboten hatte, war nach der Vorstellung wieder ein altes Laken, ausgefranst und fleckig – die alltägliche Oberfläche der Dinge –, und war nicht länger der luxuriöse, glatte Spiegel, in dem sich jeder schöner, faszinierender, brillanter gesehen hatte.

Ich habe Sänger vor Angst zittern sehen, wenn sie die drei Holzstufen hochstiegen, als wären sie in die antarktische Kälte hinausgetreten.

Normalerweise verließ das Publikum schon nach den ersten Klängen lärmend den Saal und verlieh so seiner Gleichgültigkeit Ausdruck. Wenn einige bis zum Schluss blieben, dann nur, um derbe Bemerkungen zu machen, etwa über das Dekolleté einer Sängerin.

Ich erinnere mich gut an den Blick unzähliger Varietékünstler. Besonders an das ausgemergelte, freche Gesicht eines mageren Jungen, der damals noch einen italienischen Namen hatte. Der Sohn eines Anarchisten. Ein paar Jahre später sollte er in Paris ein Lied singen, dessen Text von einem Dichter stammte und das von abgestorbenen Blättern und unvergesslichen Dingen handelte.

Oh! Je voudrais tant que tu te souviennes
Des jours heureux où nous étions amis.
En ce temps-là la vie était plus belle,
et le soleil plus brûlant qu'aujourd'hui.
Les feuilles mortes se ramassent à la pelle.
Tu vois, je n'ai pas oublié …

33

Paris.

Sie schickten mich im Sommer dorthin. Um anlässlich der dritten Fußballweltmeisterschaft heimlich Bande zwischen dem Fußball und dem Sozialismus zu knüpfen; der Vorschlag stammte übrigens von mir.

Meine Großmutter hatte es wieder einmal vorausgesehen.

»Du hast genau den gleichen schweren Schritt wie dein Vater«, sagte sie eines Abends. Erst jetzt wird mir bewusst, dass ausgerechnet sie, die immer eine Abneigung gegen ihn hegte, mir am meisten von ihm erzählt hatte. Sowohl meiner Mutter als auch meiner anderen Großmutter, Dona Francisca, schnürte sich allein bei der Erwähnung seines Namens der Hals zu, und sie mussten das Thema wechseln.

Mitten in der Nacht packte ich den Koffer. Ich brauchte nur eine halbe Stunde, hatte ja nicht viel Gepäck. Meine Mutter wollte ich nicht wecken. All die Trennungen machten mir zusehends zu schaffen.

Doch man sollte niemals nachts klammheimlich ein Haus verlassen, in dem eine Blinde wohnt. Als ich an dem

Sessel vorbeiging, in dem meine Großmutter immer schlief, packte sie mich am Handgelenk.

»Du kannst nie lange an einem Ort bleiben, als hättest du Fieber in den Beinen.«

Wie bei meiner Ankunft berührte sie mein Gesicht.

»Wir wussten, dass du wieder gehen würdest, du kannst nicht anders.«

»Ich komme in einem Monat zurück«, sagte ich.

Das war nicht gelogen. Ich sollte noch zwei Mal nach Marseille reisen, wegen zweier Fußballspiele. Danach sollte ich sie nicht mehr wiedersehen.

Ihre Hand gab mich frei.

Paris hatte sich seit meinem letzten Aufenthalt verändert, wie ich mich selbst auch. Als Erstes ging ich mir das Gemälde der Bombardierung von Guernica anschauen, das Picasso für den spanischen Pavillon der Weltausstellung von 1937 gemalt hatte. Das Gemälde hinterließ in mir ein schmerzliches Gefühl.

Paris kam mir wie eine Frau vor, die von einer unbestimmten Gefahr bedroht wird: Selbst wenn sie es nicht wahrhaben will, wird sie von einer Unruhe ergriffen, ist weniger leichtsinnig und definitiv schöner. Eine Stadt, die nur von jungen Menschen bewohnt schien oder von solchen, denen das Alter plötzlich Angst einflößt und die alles daransetzen, es zu verbergen und ja nicht aus diesem Paradies verbannt zu werden. Menschen, die die Cabarets füllten. Aus Russland stammende Investoren, Unternehmer aus Berlin …

Ich schlenderte über die Boulevards und Brücken, über die ich eines Abends mit Consuelo spaziert war. Frauen und Männer, die auf den ersten Blick nichts gemeinsam hatten, kamen mir Arm in Arm entgegen. Er mit weißem Haar und pathetischem Lachen und sie, mindestens zwanzig Jahre jünger, demonstrativ an ihn geschmiegt.

In meinen Augen ist das Alter eine Konvention, doch damals erstaunte mich die Häufigkeit, mit der ich solchen Paaren begegnete. Auch der umgekehrte Fall begegnete mir – auffällig geschminkte Frauen fortgeschrittenen Alters in Begleitung junger Männer, die sich mit befremdender Anmut bewegten.

Es war, als läge eine Unruhe, eine Art Taumel in der Luft.

34

Django traf ich im Club Saint-Germain wieder.

Er hatte ein Quintett gegründet.

Zwei Gitarren, Violine, Kontrabass und Schlagzeug, sagte er mit dem Stolz von jemandem, der gerade die chemische Formel des Universums ausgesprochen hat.

Er hatte sich nicht verändert. Noch immer die übliche amerikanische Rostlaube neben irgendeinem Brunnen, noch immer vom gleichen galanten, unergründlichen Wesen wie damals. Nur manchmal zeigte er beim Spiel eine nervöse, traurige Miene, die ich nicht an ihm kannte und die niemand sonst bemerkte.

Eines Abends kurz vor Anpfiff der Weltmeisterschaft betrat eine Gruppe Deutscher den Saal, die im Gefolge ihrer Mannschaft nach Paris gekommen waren. Sie hatten schwarze Koffer dabei. Musiker, wie sie uns sagten. Sie spielten nebenan, im Joie de vivre.

Django beendete gerade ein Solo.

»Hey, Zigeuner!«, rief einer der Deutschen. »Tob dich ruhig aus, denn bald wirst du wieder in einem Zirkus spielen.«

Die anderen lachten.

Django ging nicht darauf ein. Dummheit ignorierte er grundsätzlich.

Aber der Blonde ließ nicht locker. »Hey, du Dreckschmarotzer, mit dir rede ich.«

An den Tischen verstummten die Gespräche, als wären ihre Worte an den Kristallgläsern zerschellt. Das Klirren der Stille.

Am Kontrabass kam Louis Vola ein wenig aus dem Takt, wurde langsamer.

Django hielt mit einem seiner zwei gesunden Finger ein Dis aus, bis es nicht mehr ging; die andere Gitarre verstummte, ebenso der Kontrabass; nur die Violine folgte ihm eine Oktave höher … dann ließen beide den Ton frei, den sie eingefangen hatten. Wie einen Klagelaut. Wie einen Wutschrei.

Das Kratzen von Bürsten.

Zerbrechende Teller.

Ende.

Der Geiger ließ verstört den Bogen sinken. Niemand hatte den Mut zu applaudieren.

»Gut, Zigeuner«, sagte der Deutsche. »Jetzt sind wir an der Reihe. Er öffnete seinen Instrumentenkoffer und zog ein funkelndes Saxophon mit einer wertvollen Gravur hervor. Ein Mitglied des Ensembles stand auf, stieg auf die Bühne und öffnete den Deckel des Klaviers, das an diesem Abend bisher unbenutzt geblieben war. Ein anderer ließ die Schnallen seines Koffers aufspringen und brachte die einzelnen Teile einer Klarinette zum Vorschein, die er mit irritierender Ruhe zusammenfügte.

Die drei verständigten sich kurz in ihrer Sprache.

Dann stimmte der Mann am Klavier die ersten Takte von *I can't dance* an. Ich kannte das Stück. Eine Partitur voller unerwarteter Wendungen.

Das erste Solo spielte der Saxophonist mit arroganter Pose. Der Blonde verfügte über eine brillante Technik, blieb aber trotz des irritierenden Tempos seltsam kraftlos.

Nach ihm war der Klarinettist an der Reihe, das Thema zu entwickeln. Zunächst weniger virtuos, gelang es ihm bald, das Publikum zu faszinieren, weil er einen unglaublich langen Atem hatte.

Der Klavierspieler begann seine Improvisation mit Terzen, um dann bis zur Erschöpfung Tonleitern hinauf- und hinunterzuspielen. Hin und wieder führte er kecke Handwechsel aus, um dem Publikum sein Können und seine Fingerfertigkeit zu demonstrieren.

Die drei spielten eine gute Viertelstunde, während sie den Zuhörern zunächst nur ein verwundertes Flüstern entlockten und schließlich unverhohlen stürmischen Beifall. Sie ähnelten sich in ihrer Garderobe, im Haarschnitt: Alle waren sie herausgeputzt, hochnäsig und hölzern wie ihre Phrasierungen.

Django hörte ihnen nicht mehr zu. Bei jedem Applaus schien ihm seine Müdigkeit bewusster zu werden. Er war es müde, in sterilen Lokalen spielen zu müssen, in denen die Leute nichts mit Musik am Hut hatten. Er war des Laufs der Welt müde, der immer in die falsche Richtung ging. Er war sogar der Gauloises Bleues müde geworden. Bis er schließlich der Müdigkeit selbst müde wurde und beschloss, dass es Zeit war, sich wieder zu amüsieren. Er wiegte die Maccaferri auf den Knien, nahm Blickkontakt mit seinen Musikern auf, gab den Takt vor und unterbrach das Thema mit einer vollkommen überraschenden Kombination. Schräg und unberechenbar, wie es später Garrincha sein sollte. Ein Hinken der Hände. Unnachahmlich.

Das Schlagzeug folgte ihm, sein Bruder an der rhythmischen Gitarre stimmte in die Akkorde ein, und Louis Vola komplettierte das Ganze mit seinem Bassriff.

Ein Battle.

Der Violinist würde den Schiedsrichter und Sekundanten geben.

Django begann, von einer bekannten Tonalität zur nächsten zu springen – von Dur zu Moll durch alle Modi. Die zwei Finger folterten die Maccaferri mit ihrem gewaltigen Griff und strapazierten die Saiten aufs Äußerste, zerrissen die Tonleitern, während sie ständig den Grundton wechselten.

Der Erste, der sich geschlagen gab, war der Klarinettist. Seine Augen waren wässrig, sein Blick bestürzt.

Als Zweiter der Mann am Klavier. Er stand verärgert auf und rief: »Das ist nicht menschlich.« Der Hocker fiel um.

Der Blonde bot ihm noch für einige Takte die Stirn, doch der Ton brach immer wieder ab. Er hatte jeden harmonischen Bezug verloren und keine Chance mehr, aus diesem Labyrinth herauszufinden, ohne Fehler zu machen. Jede seiner Noten missriet ihm nun wie das törichte Abenteuer eines Anfängers ohne Talent.

Dann verließ auch er die Bühne, nicht ohne vorher Vola anzurempeln.

Alle hörten auf zu spielen.

Alle außer dem einen Gitarristen, der wie ein Storch auf seinen mageren Beinen tanzte.

Alle außer Django.

Er fuhr mit dem gleichen zerstörerischen, ausschweifenden Rhythmus fort, wie zu Beginn. Ohne sich zu verheddern. Nur ein Büschel Haare war ihm in die Stirn gefallen.

Er sah nicht einmal, wie sie zu ihrem Tisch zurückgingen, die Instrumente in den Koffern verstauten und das Lokal verließen. Im selben Moment wie die Tür zuschlug, zersprang ihm die Maccaferri zwischen den Fingern. Über dem, was ihm vom Hals und dem Resonanzkörper, zwischen den zerrissenen, entseelten Saiten geblieben war, regierte flammend sein Lächeln.

35

Eric hatte mir vor einigen Jahren von zwei russischen Bolschewiken erzählt, die im Auftrag von Stalin persönlich in Paris waren und die ihm für jeden seiner Artikel einhundertfünfzig Francs geboten hätten, solange er nur über Fußball war und im *Le Sport* erschien. Eine Art Undercover-Auftrag, hatten sie ihm erklärt, mit dem Ziel, den größtmöglichen Leserkreis mit dem Virus des Kommunismus zu infizieren. Daraufhin schrieb Eric einige Artikel, ohne nur einen einzigen Franc dafür zu bekommen und zu erfahren, was daraus geworden war.

Ich stellte Nachforschungen an. Niemand hatte je eine derartige Geschichte gehört. Weder die italienischen Flüchtlinge noch die Mitglieder der Kommunistischen Partei Frankreichs. Nur ein österreichischer Genosse, ein ehemaliger Redakteur eines Gewerkschaftsblatts aus Wien, erinnerte sich an zwei Russen, die bei den vielen am Hungertuch nagenden Exilschriftstellern und -journalisten zu lächerlichen Honoraren Texte kauften, vor allem Sportartikel, die sie dann an die wichtigsten Zeitungen der Stadt weiterverkauften. In seinen Augen zwei Betrüger – Hehler aus dem Zeitungsgewerbe.

Ich hatte begriffen. In Paris machte man damals die unglaublichsten Bekanntschaften. Die Idee, politische Botschaften mittels Sportberichterstattung zu transportieren, erschien mir durchaus interessant, und außerdem hatte ich die Parteiführung überredet, mir die Aufgabe anzuvertrauen, ein Band zwischen Fußball und Sozialismus zu knüpfen. Man könnte es auch als Berufung bezeichnen. Anfangs zweifelten sie offensichtlich an meinen geistigen Fähigkeiten. Also musste ich ihnen wohl oder übel von Montevideo und Rom erzählen, doch mit ihrer unnachgiebigen Haltung ließen sie sich nur schwer überzeugen. Nur ein Argument stimmte sie schließlich um: Es könnte sich als nützlich erweisen, bei der Weltmeisterschaft einen Mann aus ihren Reihen unter den akkreditierten ausländischen Journalisten zu haben. Freilich auf meine Kosten, falls ich es mir überhaupt leisten konnte. Für eine solche Schnapsidee würden sie keinen Heller hinblättern, meinten sie. Schade, zum ersten Mal hatte ich mich ernsthaft mit dem Gedanken auseinandergesetzt, mich mit der Gründung eines revolutionären Blatts selbstständig zu machen, selbst wenn es nur eine geringe Auflage erreicht hätte.

Ich musste also wieder jemanden suchen, der bereit war, mich zu beschäftigen. Unter den wenigen Habseligkeiten, die ich in meinen Koffer gestopft hatte, war mein alter Poncho. Ich zog ihn über und stellte mich beim *Express* als Reporter vor, der im Gefolge der brasilianischen und der kubanischen Mannschaft angereist war und im Moment keine feste Anstellung bei einer Zeitung hatte. Ich trug ein äußerst melodisches Portugiesisch und mein bestes Spanisch zur Schau.

Der Verleger, ein großer Mann, musterte mich eine Weile durch die runden Gläser seiner silbernen Brille. Seine Wangen waren bartlos und rosig wie die eines Babys.

»Sind Sie zum ersten Mal in Paris?«

»Ja«, log ich, »ich bin erst vor Kurzem angekommen.«

»Trotz Ihrer exotischen Aufmachung kommt mir Ihr Gesicht bekannt vor.«

Bestimmt besuchte er dieselben Bistros, in die ich, in bürgerlicher Kleidung, ebenfalls wieder ging, um zu schreiben.

»Es gibt jede Menge Brasilianer in der Stadt«, sagte ich.

François Lacombe, so hieß er, sah mich eine geschlagene Minute lang an. Die Faszination des Exotischen, auf die ich insgeheim gesetzt hatte, blendete ihn. Ich wagte meinen nächsten Zug.

»Wie wäre es, wenn Sie mir einen zeitlich begrenzten Vertrag anböten: Sie beschäftigen mich so lange, wie eine der beiden südamerikanischen Mannschaften im Spiel bleibt.«

Lacombe lächelte. Er schien gern Wetten einzugehen, außerdem war ich ihm wohl sympathisch.

»Einverstanden.« Er machte einen Schritt auf mich zu und schüttelte mir die Hand, die er lange in seiner behielt.

»Herzlich willkommen.«

Ich dankte ihm und verabschiedete mich schnell.

Dieses Mal sollte meine Anstellung bis zum Halbfinale dauern.

36

Es galt dasselbe Reglement wie vier Jahre zuvor: entweder drinnen oder draußen. Von Anfang an.

Die merkwürdigste Mannschaft, die an der Weltmeisterschaft teilnahm, war die aus Niederländisch-Indien. Ihr Name rief einem ins Gedächtnis, dass der Kolonialismus das System ist, das die Welt regiert. Uruguay hatte, so wie Argentinien, in diesem Jahr die Einladung erneut ausgeschlagen, um dagegen zu protestieren, dass zum zweiten Mal hintereinander ein europäischer Austragungsort gewählt worden war.

Deutschland hatte kurz zuvor Österreich annektiert, und im Übrigen auch einige seiner Fußballer, mit Ausnahme von Matthias Sindelar, des berühmten *Papiernen*, der nicht das deutsche Trikot mit dem Hakenkreuz auf der Brust tragen wollte. Wenige Monate später starb er unter mysteriösen Umständen zusammen mit einer italienischen Freundin in seiner Wohnung in Wien. An einer Kohlenmonoxidvergiftung durch einen defekten Ofen, wie es offiziell hieß. Glauben Sie mir, damals begann man in Europa zu ersticken.

Ausgerechnet der deutschen Mannschaft fiel es zu, das

Turnier zu eröffnen, in einem Spiel gegen die Schweiz im Stadion Parc des Princes. Ich ließ es mir nicht nehmen, laut zu pfeifen, während überall voller Stolz das nationalsozialistische Hakenkreuz geschwenkt wurde.

Tags darauf hätte ich eigentlich in Straßburg sein sollen, wo Brasilien spielte … reiste aber stattdessen nach Marseille, wie ich es Großmutter versprochen hatte, um bei der ersten Runde des amtierenden Weltmeisters dabei zu sein. An jenem Nachmittag überschlugen sich die Ereignisse. Nicht so sehr auf dem Platz als vielmehr im ganzen Stadion. Vor dem Spiel wandten sich die Italiener mit dem allgegenwärtigen römischen Gruß ans Publikum. Ein Teil der Ränge, der vorwiegend von Emigranten besetzt war, wogte vor Wut. Die Faschisten auf der gegenüberliegenden Seite lachten sich ins Fäustchen. Die Auseinandersetzungen der gegnerischen Fans dauerten die ganze Nacht.

In Straßburg hatte inzwischen Brasilien Polen nach Verlängerung sechs zu fünf geschlagen, in einer Begegnung, die ein ergrauter Jules Rimet als die pulsierendste der Fußballgeschichte bezeichnete. Mein Artikel darüber war voller Fehler, obendrein übertrieben und gekünstelt, und beruhte auf dem, was mir einige Kollegen berichtet hatten. Lacombe war begeistert.

Von einem Armenier, einem Insider, wusste ich, dass Vittorio Pozzo, der Trainer der Italiener, das Gebot der sexuellen Abstinenz aufgehoben hatte, um die Mannschaft von den politischen Protestkundgebungen abzulenken, und, entgegen den Gepflogenheiten, seinen Spielern sogar einen Bordellbesuch verordnet hatte. Als Vorbereitung auf die Begegnung mit Frankreich im Viertelfinale, wie er sagte. Lacombe amüsierte sich köstlich darüber. In meinen Artikeln für den *Express* prangerte ich dieses Vorgehen an, doch auf dem Fußballfeld ging Pozzos Rechnung auf.

Italien gewann das Spiel. Drei zu eins. Mit zwei Treffern von Piola.

An diesem Tag hätte ich eigentlich in Antibes sein sollen, wo die kubanische Nationalmannschaft spielte, aber ich hoffte, dass Italien aus dem Turnier ausscheiden würde, und das wollte ich mir nicht entgehen lassen. Frankreich hatte einen blitzschnellen Rechtsaußen aufgestellt, an dessen Namen ich mich nicht mehr erinnere. Das heimische Publikum feuerte ihn lautstark an. Auf einer Seitenbühne des Stadions saßen Parteifunktionäre der OVRA und sangen martialisch-faschistische Lieder; auf den gegenüberliegenden Rängen schwenkten Geächtete und Verbannte rote Fahnen und skandierten wutentbrannt den Namen Carlo Rossellis, der ein Jahr zuvor zusammen mit seinem Bruder Nello von Mussolinis Schergen in Bagnoles-de-l'Orne umgebracht worden war.

Bei ihrem Begräbnis hatte es, wie man mir erzählte, von allen Seiten Rosen und Chrysanthemen auf die mit roten Leintüchern bedeckten Särge geregnet. Ein Lautsprecher übertrug die Klänge der Siebten Sinfonie Beethovens, während sich schweigend ein gewaltiger Trauerzug von Aufständischen in Richtung des Père-Lachaise-Friedhofs bewegte.

In Antibes unterlag Kuba Schweden null zu acht, und die faschistische Presse feierte die Minderwertigkeit der schwarzen Rassen; im Stade Olympique von Colombes wiederholte sich hingegen, was schon in Marseille passiert war. In der Nacht improvisierte ich einen ziemlich wirklichkeitsnahen Artikel über die Kehrseiten des Schicksals und die Niederlagen, bevor ich mich mit der gleichen beherzten Unbekümmertheit wie in Spanien in das Getümmel auf den Straßen von Paris stürzte. Ich renkte mir eine Schulter aus, und um ein Haar hätte mir ein Mitglied der Schwarzhemden einen Dolchstoß in den Bauch versetzt, aber ich fühlte mich wieder lebendig und war endlich wieder mitten in einem Kampf, *carajo!*

Beim Halbfinale funkte Italien mir weiter dazwischen. Pozzos Männer trafen auf Brasilien, auch diesmal im Vélodrome von Marseille.

Den Lesern des *Express* verkündete ich die *Seleção* als sicheren Sieger und setzte bei einer illegalen Wette im Hafen meine wenigen Francs auf meinen Favoriten.

Die Brasilianer hatten schon den einzig möglichen Flug für das Finale reserviert, das drei Tage später in Colombes stattfinden sollte. Ademar Pimenta, der brasilianische Coach, gönnte seinen zwei besten Spielern eine Pause, um sie zu schonen: dem genialen Mittelstürmer Tim und seinem Torschützen Leônidas, dem überragendsten Stürmer des gesamten Turniers, der in Genua gegen Zamora ein Tor geschossen hatte und dem zehn Tage zuvor vier Treffer gegen Polen gelungen waren, einer davon sogar barfuß. In den Augen Pimentas war das Halbfinale eine reine Formsache. Er sagte, um dieses Spiel zu gewinnen, würde ihm Domingos da Guia reichen, sein Innenverteidiger, ein schwarzer, unbezwingbarer Riese. Den Vorabend der Begegnung verbrachten wir gemeinsam: Er tanzte eine Capoeira, während ich davon träumte, endlich meine *Göttin* in Händen zu halten.

Am Tag danach verlor ich sowohl meine Arbeit als auch das wenige Geld, das ich verdient hatte.

In der sechzigsten Minute schoss Meazza für Italien das zweite Tor, das entscheidende, einen Elfmeter. Er nahm Anlauf, um dann kurz vor dem Schuss noch einmal zu zögern. Erst viele Jahre später erst erfuhr man, dass ihm das Gummiband seiner Hose gerissen war. Wenn er in einem gerammelt vollen Stadion in Unterhosen dagestanden hätte, genau in dem Moment, in dem er einen Strafstoß ausführte, wäre bestimmt vieles anders gelaufen, da bin ich sicher. Das Foto wäre um die Welt gegangen, und vielleicht wäre sogar Mussolinis Regime, das sich athletisch, männlich und rassistisch gab wie alle Regime der Welt, im universalen Gelächter untergegangen.

Wenn.

Doch der Einzige, der es mitbekam und prompt lachen musste, war der Torwart. Der Ball rutschte ihm durch die Beine.

37

Vor dem Endspiel kam mir eine Idee.

Ich hatte schon in den Stadien von Marseille und Paris mit anderen Heimkehrern aus Spanien darüber geredet. Ein Galizier und ein Ire, die mit mir bei den Vorposten von Huesca im Einsatz gewesen waren, erklärten sich ebenfalls bereit mitzumachen.

Es ging darum, die *Göttin* verschwinden zu lassen, bevor die italienische Mannschaft sie ein zweites Mal gewänne, und dem Diebstahl dadurch eine revolutionäre Bedeutung zu verleihen. Danach würden wir mit dem Pokal nach Katalonien reisen und von dort aus den Widerstand gegen Franco, Hitler und den Grande Mascellone – »den Mann mit dem großen Kiefer« – wiederbeleben. Oder sie nach Moskau bringen und uns auf dem Roten Platz mit ihr fotografieren lassen.

Die Aussicht begeisterte uns.

Zu dem Galizier und dem Iren gesellten sich zwei weitere Kameraden, ein Toskaner, der immer rauchte, und ein Jugoslawe, der nie lachte. In der Nacht vor dem Endspiel waren wir bereit. Django sollte an der nächsten Straßenecke in seiner Schrottkiste auf uns warten.

Der Plan war perfekt. Nächtelang waren wir ihn in allen Einzelheiten durchgegangen. Er stellte uns vor keine besonderen Schwierigkeiten: Die Mannschaft, die ich zusammengestellt hatte, würde bestimmt die verwegenste und einzigartigste der Weltmeisterschaft sein. Die Zeitungen der ganzen Welt würden am nächsten Tag darüber berichten. Und endlich würde sich auch diese nervöse, wechselhafte Atmosphäre verflüchtigen, die die Stadt im Griff hatte.

Doch wenige Stunden vor dem Coup drang ein deutsches Geheimdienstkommando in das armselige Hotel in der Rue du Pot de Fer Nummer 5 ein, in dem ich abgestiegen war, und nahm mich mit. Das Finale verfolgte ich zusammen mit diesen Männern im Radio an dem Ort, an dem sie mich gefangen hielten, während ich insgeheim den Ungarn die Daumen drückte. Über die Ungarn hatte meine Familie mir immer nur Gutes erzählt, schließlich hatten sie sich im 19. Jahrhundert großmütig an mehreren Revolutionen beteiligt. Italien siegte. Zum zweiten Mal. Mit einem Telegramm hatte Mussolini seinen Spielern den Leitspruch ins Gedächtnis gerufen, den er ihnen schon vier Jahre zuvor mit auf den Weg gegeben hatte: Siegen oder sterben. Und auch diesmal nahmen sie ihn ernst. Am nächsten Tag brachte man mich nach Deutschland.

Erst Jahre später, Anfang der 1950er Jahre, sollte mir klar werden, wie es dazu gekommen war, wer mich verraten hatte und welchen Fehler ich gemacht hatte. In einem Gespräch mit einem Überlebenden von Birkenau, der für eine englische Zeitung schrieb, entdeckte ich, dass wir beide eine Woche vor unserer Verhaftung mit einer griechischen Prostituierten zusammen gewesen waren, die mit den Nazis kollaborierte und alle beschnittenen Freier denunzierte.

38

Gut, jetzt wissen Sie auch das.

Mein Großvater mütterlicherseits war Sepharde, wie ich wohl schon sagte. Als in Berlin ein SS-Offizier meinen Stammbaum so weit wie möglich zurückverfolgte, war er sprachlos: Er stieß auf Juden, Afrikaner, Zigeuner, Indianer, Inder … Und das war noch nicht alles. Sämtliche ihm verhasste Rassen aus dem Süden der Welt waren vertreten.

Er sah mich an wie ein Exemplar einer seltenen Art im Zoo. Sofort trommelte er die anderen Offiziere seiner Staffel zusammen. Am nächsten Tag schickten sie mich nach Berlin: Nun, da man alle Unterlagen beisammenhatte, wollte man meinen Fall dem Führer persönlich vorstellen, der höchsten Autorität auf diesem Gebiet.

So landete ich an einer der bedeutendsten Universitäten des Dritten Reichs, wo man eine Reihe von Experimenten mit mir machte. Man fotografierte mich von allen Seiten und an allen möglichen Körperstellen und veröffentlichte die Aufnahmen sowie die Daten, die meine mangelnde Intelligenz belegen sollten, in zahlreichen »wissenschaftlichen« Abhandlungen über die angebliche Unterlegenheit der nicht-arischen Rassen.

Die Tatsache, dass ich mehr als acht Sprachen beherrschte, auch wenn ich sie hin und wieder vermischte, wurde in einem Kapitel über die geistige Verwirrung der Mischlinge behandelt. Ein ganzes Kapitel widmeten sie dagegen meiner ungesunden Leidenschaft für den Fußball und den Weltpokal. Das hatte ich schon bei meinem ersten Verhör zugegeben, während ich hinter dem gelben Licht der Tischlampe den ratlosen Blick meiner Inquisitoren erahnte.

Während eines großen Fests, das vom Propagandaministerium organisiert worden war, zerrte man mich vor den Führer. Durch ein heftig knisterndes Mikrofon kündigte man mich an als den unschlagbaren Beweis für die Richtigkeit ihrer Theorie: als einzigartiges Exemplar der menschlichen Spezies, das die Abnormitäten und pathologischen Merkmale unzähliger Rassen in sich vereine, deren Erbe es in sich trug. Ein echter Scherz der Natur; ein lebendes Kompendium der kriminellen Anthropologie. Die Organisatoren glaubten, dass die geladenen Gäste mit großem Vergnügen der Begegnung zwischen dem bedeutendsten Mann der Welt und einem der letzten Vertreter einer dem Untergang geweihten Spezies beiwohnen und bei meinem Erscheinen in dem beflaggten Saal darin wetteifern würden, ihre Treue dem Führer gegenüber zu demonstrieren, indem sie versuchten, sich im Lachen gegenseitig zu übertrumpfen. Allerdings hatte ich durch die Verhöre und die wochenlange Haft etliche Kilo verloren. Die SS-Offiziere überlegten deshalb, dass es nicht ratsam wäre, mich so abgemagert und mit wildem Bart vorzuführen. Das musste nicht sein. Sie wollten mich ja nur lächerlich machen. Also bestellten sie einen Friseur, der allerdings zu spät kam und mich dann in aller Eile rasierte. In der Aufregung fiel niemandem der Bartflecken unter meiner Nase auf, den er aus Versehen hatte stehen lassen.

Kaum hatten sie mich vor Adolf Hitler geführt, breitete sich im ganzen Saal betretenes Schweigen aus. Ich verstand den Grund dafür erst, als ich dem Führer ins Gesicht blickte und gleichzeitig im Spiegel hinter ihm an der Wand mein Bild entdeckte. Da bemerkte ich, dass mein Gesicht seinem auf kuriose Weise glich. Nicht nur der aberwitzige Schnauzbart, auch der gleiche von Eifer beseelte Gesichtsausdruck. Ich wagte es, ein paar Fratzen zu schneiden, ähnlich denen, die ich bei ihm in den Wochenschauen im Kino gesehen hatte. Sie schienen mir auf Anhieb zu glücken. Natürlich hätte ich mich besser zusammengerissen und Haltung bewahrt, doch angesichts seines verbissenen Ernstes schaffte ich es nicht länger und bekam einen Lachanfall, der mir die Tränen in die Augen trieb. In der zu Eise erstarrten Stimmung mühten sich die beiden SS-Offiziere vergeblich, mich zu beruhigen. Sie packten mich unter den Achseln und brachten mich aus dem Saal.

1954 erzählte ich diese Episode einem weißhaarigen Mann, der mir irgendwie vertraut vorkam; er saß auf einer Bank am Ufer des Genfer Sees. Ich war zur fünften Fußballweltmeisterschaft in die Schweiz gereist und schrieb für den *Informateur* aus Lausanne. In der freien Zeit zwischen den Spielen besuchte ich der Reihe nach alle Orte, an denen Django zuletzt gespielt hatte.

Der alte Mann ahnte wohl meine Nostalgie und fragte mich, ob ich mit ihm etwas trinken gehen wolle. Auf dem

Weg zum Lokal bat er mich weiterzuerzählen. Wir betraten ein halbverlassenes Café und setzten uns an einen Tisch. Durch das große Panoramafenster blickte man auf den See. Es war ein grauer Tag, und auch das Wasser war trostlos. Das Ufer war von hohen Pappeln und Eichen gesäumt, und im Hintergrund erhoben sich geschliffen scharf die Bergrücken. Meine Zunge löste sich allmählich. Die Augen des alten Mannes neben mir erinnerten mich an die von Jules Rimet. Sie waren von Freundlichkeit und Unschuld beseelt und hatten mich vom ersten Blick an gefangen genommen, die Augen eines Mannes von unverrückbarer und schmerzlicher Reinheit. Ich erzählte ihm von Consuelo und den zahllosen Wechselfällen meines Lebens, und er hörte mir den ganzen Nachmittag zu.

»Ich habe schon immer geglaubt, dass die Begierde die Triebfeder des Lebens ist«, sagte er zum Schluss.

Den Satz hatte ich schon einmal irgendwo gehört. In einem Film.

Der Titel des Films fiel mir allerdings erst ein, als mir der Mann zum Abschied die Hand schüttelte und sagte, er habe schon durch einen Freund, einen deutschen Wissenschaftler, von meiner Begegnung mit Hitler gehört. Dieser hatte ihm erzählt, dass er den denkwürdigen Vorfall selbst miterlebt habe, bevor er in die Vereinigten Staaten emigrierte. Bis dahin hatte der alte Herr gedacht, es handle sich um einen Scherz, doch die Episode habe ihm dennoch so gefallen, dass er sie prompt in den Studios von United Artists gedreht hatte. Sie hätte sich gut als Schlussszene für den Film geeignet, an dem er damals gerade arbeitete: ein Saal, in dem sich die Menschen drängen, um das Rassenfest zu feiern, zwei Polizisten, die einen kleinen jüdischen Friseur, der aus einem Konzentrationslager geflohen war, vor den Diktator Hinkel zerren, und sein unkontrollierbarer Lachanfall, als er entdeckt, dass der Große Diktator ihm zum Verwechseln ähnlich sieht … Erst auf Druck der Kommission gegen antiamerikanische Aktivitäten und seines Produzenten habe er davon abgesehen, diese Szene zu verwenden. Er meinte, in irgendeinem Kellerarchiv müsste die Rolle noch heute liegen.

Ich traute meinen Ohren nicht. Schließlich versprach ich, ihm ein Telegramm zu schicken, sobald ich die *Göttin* geraubt hätte. Er gab mir seine Adresse: Charlie Chaplin, Vevey, Schweiz. Dann wünschte er mir viel Glück und entfernte sich auf der Uferallee.

Oder vielleicht war es auch ein bisschen anders. Wer weiß.

39

Aber jetzt muss ich mich ein wenig ausruhen. Hier dauern die Tage und Nächte Monate, und man hat den Eindruck, die Zeit bleibe stehen und man könne bis in alle Ewigkeit weiterreden. Es gibt keinen geeigneteren Ort als diesen, um auf das neue Jahr oder Jahrhundert zu warten. Nichts wird auf den Wechsel hindeuten. Kein erkennbarer Sonnenaufgang. Keine Drehung der Bojen. Nichts. Dieser Ort lehrt einen, dass sich die Dinge nur langsam verändern und sie horizontal zu betrachten, wie diese weiße unermessliche Ebene da draußen.

Horizontal, verstehen Sie, was ich meine?

Seit ewigen Zeiten liegt alles auf einer Ebene. Die Zeit ist nun mal der gerissenste Zauberkünstler. Wir glauben, vor denen zu stehen, die uns vorausgegangen sind, und dass sich alles nach oben bewegt, aber in Wahrheit ist die Zeit ein flacher Teich, auf dem sich die Menschen seit Jahrtausenden bewegen. Die Ungerechtigkeit ändert nur ihren Namen, und doch bleibt sie immer derselbe Mist. Derselbe Sumpf. Derselbe mit schwarzem Schnee gefüllte Graben.

Es ist alles hier, wo es schon immer war, zu unseren Füßen.

Wenn ich nach draußen blicke, kommt mir in den Sinn, dass uns das Weiß blind macht. Wenn man in einem dunklen Raum oder in einem Schacht lebt, kann man immer noch hoffen, dass von irgendwoher Licht eindringt; wenn man aber ganz in Licht eingetaucht ist, ist man blind, der Einbildung und Hoffnungslosigkeit ausgeliefert.

Die Welt ist krank von zu viel Licht, und das führt dazu, dass man bald gar nichts mehr erkennen kann. Nur die Erinnerungen, gewisse Erinnerungen sind schwarze Löcher, die die Gegenwart vergessen machen und uns für eine kurze Zeit Rettung bringen. Weil sie uns wieder an die Zukunft glauben lassen.

An einem bestimmten Punkt meines Lebens hatte ich das Gefühl, dass man sie mir raube. Man kann es Instinkt nennen, ich bin halt einer vom Fach. Nein, nicht das Alter oder irgendein latentes Fieber haben sie mir genommen. Auch nicht meine Unzufriedenheit. Es passierte nachts, im Schlaf. Da waren Spezialisten am Werk. Meine Erinnerung fiel in sich zusammen wie die Luftkammer eines abgenutzten Ballons. Nicht zuletzt deswegen bin ich hierhergekommen. Um nicht mehr von den unzähligen Beamten behelligt zu werden, die uns unsere Vergangenheit nehmen und die Freiheit, uns die Zeit auszumalen, die da vielleicht noch kommen wird.

Mich würde mal interessieren, wer, abgesehen von Ihnen, junge Frau, Lust hätte, mir zuzuhören. Ich für meinen Teil würde jetzt gern ein wenig verschnaufen.

An die Kriegsjahre erinnere ich mich nicht gern. Der Krieg verdient es nicht, erzählt zu werden. Er ist eine zu schmutzige Sache, eine allzu menschliche. Zudem habe ich durch den Krieg meine Mutter, meine Großmutter und einige Freunde verloren.

Es genügt zu wissen, dass ich mich irgendwie durchschlug, sowohl in Berlin als auch hinterher. Eine Gruppe Manouches, französische Sinti, hat mich bei sich versteckt. Während eines Luftangriffs waren wir gemeinsam aus einem Konzentrationslager geflohen. Es waren Verwandte von Django. Sie behandelten mich, als wäre ich sein leiblicher Bruder. Wir schlossen uns einem Zug anderer Flüchtlinge an – damals war Europa voll davon –, und ich blieb einige Monate bei ihnen.

Nachdem wir die italienische Grenze passiert hatten, ging ich in den italienischen Widerstand und lebte zwei Jahre lang in der Macchia. Bis wieder jeder seiner Wege ging. In Marseille hatte ich niemanden mehr. Ebenso wenig wie in Paris.

In verschiedenen Ländern bot man mir politische Posten an, doch ich war schon genug gereist in meinem Leben, außerdem wollte ich nicht, dass man mich mit einer Medaille behängt oder mir eine Krawatte umbindet. Mir genügt mein rotes Halstuch, das ich allein binden kann.

Auch morgen werde ich es tragen, wenn ich zum Ende der Welt aufbreche.

40

Mein Großvater mütterlicherseits, Doktor Alexander Montiel Goldenblum, der größte Mann, den ich je gesehen habe, war ein *Maskilim* aus Odessa. Ein Kulturverbreiter, wie man ihn zu Hause bezeichnete. Nachdem er viele Jahre auf dem Zollamt im Hafen von Genua gearbeitet hatte, war er als alter Mann in seine Heimatstadt zurückgekehrt. Dort half er seinem Bruder Osip in dessen Uhrengeschäft, und abends gab er den Kindern Musikunterricht. Auch mir hat er die Grundlagen vermittelt. Er war unheimlich geschickt mit seinen Händen. Ob auf den Klappen einer Klarinette oder den Tasten eines Klaviers, einer Ziehharmonika oder dem Griffbrett einer Gitarre. Als junger Mann hatte er in einer Band begonnen, und nachdem er alle möglichen Instrumente gespielt und Noten gelernt hatte, behielt er nur eine Violine. Ein berühmter Geigenbauer aus einem anderen Jahrhundert hatte sie gefertigt, und seither war sie in der Familie vom Vater an den Sohn und schließlich an den Enkel weitergereicht worden. Ich erinnere mich, mit welch stiller, aufmerksamer Anmut er sie aus dem Kasten holte, der so abgenutzt und zerfleddert war, dass man ihm sein Alter und seine

Herkunft aus einem anderen Land ansah. Wenn er sie berührte, errötete mein Großvater, als empfände er Scham. Dann nahm er die Geige, forderte mich auf, mich neben ihn ans Fenster zu setzen und einen Blick durch die F-Löcher zu werfen.

»Bei den Geigen ist es anders als bei den Menschen«, sagte er lachend, »ihre Seele kann man sehen.«

Also sah ich mir die Seele der Geige an – so nennt man den Stimmstock, der zwischen Decke und Boden eingepasst ist – und las den mit Bleistift geschriebenen Namen des Geigenbauers. Dann fuhr ich mit dem Finger über den Steg, der mit einer dünnen Kreideschicht bedeckt war; seither dachte ich immer, dass meine Seele, sofern ich eine hätte, bestimmt nicht größer wäre als dieser dünne Holzstab, und fragte mich, ob ich je in der Lage sein würde, sie zum Klingen zu bringen.

Auch mein Großvater sprach mehrere Sprachen. Seine Mutter war eine Kunstreiterin aus Karthago, Sie wissen schon, die Frau auf der Daguerreotypie mit dem weißen Haarknoten, die drohend einen knochigen, mageren Arm schwenkt und die in dieser Pose mehrere Berberüberfälle gegen das französische Protektorat anführte. Ihr Vater stammte aus Südspanien und hatte ihr den typischen Tonfall der Sepharden vererbt.

Eingehüllt in seinen langen schwarzen Mantel, mit seinen kleinen Augen und dem weißen Bart, die Haare nach hinten gekämmt, trug mein Großvater immer eine Bibel in der rechten Tasche bei sich und Schönbergs *Harmonielehre* in der anderen. Seinen Händen wohnte eine Eleganz inne, eine Art Respekt, und nie vergeudete er auch nur ein Wort. Bisweilen wirkte er zerstreut oder abwesend, doch wenn man in seiner Nähe war, konnte man ihn leise Gebete singen hören. Als er jung war, hatte er als Matrose die Meere Europas besegelt. Er wollte unbedingt das Andalusien seiner Vorfahren sehen. Das Spanien, das er sich so lange in seiner Fantasie ausgemalt hatte, erkannte er jedoch in den Augen eines sizilianischen Mädchens wieder. Er zögerte keinen Augenblick. Kurzentschlossen sprach er mit ihren Brüdern und ihrem Vater, sang an der Straßenecke eine Serenade für sie und nahm sie mit sich. Er starb an den schlechten Gewohnheiten seines Herzens, das ihm wie eine betrunkene Grille in der Brust hüpfte und das beim Anblick einer Landschaft, die ihn berührte, jedes Mal unversehens stehen blieb. Während einer Reise vergaß es dann, das Schlagen wiederaufzunehmen. Für die Beerdigung zog sein Bruder meinem Großvater ein Paar neue Schuhe an, damit er hin und wieder zurückkäme, um uns zu beschützen und uns zu berichten, wie es ihm erging. Von da an deckte die Großmutter einmal im Jahr für ihn, an seinem Geburtstag, und kochte für ihn zur Feier des Tages seine Leibspeise: in Lorbeerblätter eingewickelte Fleischspieße mit Brotkrumen.

Eines Nachts nach dem Krieg träumte ich von seiner Geige. Ich sah ihre Umrisse, die doppelte Zierleiste am Rand, den Kreidestaub auf dem Steg. Doch aus ihrem Inneren drang ein hohler, bedrohlicher Laut, wie ihn die Erde manchmal hervorstößt, bevor sie durch ein Erdbeben die Gebäude zum Einsturz bringt; ein Laut wie ein Seufzer, der auf das Holz drückte, auf den Resonanzkörper, die Zangen, das Griffbrett …

Ich wachte auf.

Am Morgen wurde mir ein Telegramm gebracht. In der Liste derer, die aus der Diaspora des Krieges nicht mehr heimkehren würden, erkannte ich die Namen meiner Mutter und meiner Großmutter. Alexander Montiel Goldenblum war es nicht gelungen, ihnen zu Hilfe zu eilen. Auch die Sohlen seiner Schuhe mussten sich durch all das Laufen abgenutzt haben.

41

Ich beschloss, nach Brasilien auszuwandern.

Ich hatte drei Fußballweltmeisterschaften erlebt, zwei Kriege, ein Gefangenenlager, ich war verletzt, gedemütigt und gefoltert worden, hatte mich unter die Flut der Obdachlosen und Familienlosen gemischt, die von einem Ort des Kontinents zum anderen schwappte und die Dörfer, Straßen und Landschaften überschwemmte: das schrecklichste Schauspiel, dem ich je beigewohnt hatte.

Ich war müde, meiner selbst müde, Europas müde, und brauchte dringend eine Luftveränderung.

Eine Zeit lang lebte ich wie ein Vagabund in den Dörfern an der Küste zwischen Genua und Marseille. Ich schlief, wo es sich gerade ergab, und aß in Suppenküchen, wenn ich es einrichten konnte. Schlimmer als der Orkan selbst ist die Einsamkeit danach. Erst jetzt begriff ich das alte Sprichwort. Ich hatte das Gefühl, der Zerstörung eines Theaters beizuwohnen. Ich spürte, dass mir keine Rolle mehr geblieben war, denn abgesehen vom Drehbuch, den Kostümen, der Kompanie und dem Publikum war auch die Bühne selbst zerstört worden. Kein *Buen Retiro* mehr für mich – kein Zufluchtsort, kein Komfort.

Hätte ich nicht an einem Kiosk gelesen, dass Brasilien nach der langen Unterbrechung durch den Krieg die vierte Fußballweltmeisterschaft austragen würde, wäre ich an Langeweile und Verzagtheit gestorben.

Siebzehn Jahre nach meiner ersten Reise über den Ozean auf der Conte Verde bestieg ich erneut ein Schiff. Als blinder Passagier. Den Hafen von Marseille kannte ich wie meine Westentasche. Eines Nachts schlüpfte ich in ein spanisches Motorboot auf dem Weg nach Bahia. Wenige Stunden nach der Abfahrt entdeckte mich ein Schiffsjunge. Abgesehen davon, dass ich unfähig war, einen Diebstahl zu begehen, schaffte ich es nicht einmal, eine Flucht zu organisieren. Aus Angst, über Bord geworfen zu werden, verlangte ich, mit dem Kapitän zu sprechen. Man brachte mich zu ihm. Der Kapitän war ein mürrischer Seemann und schien keine Lust zu haben, seine Zeit zu verschwenden. Atemlos erzählte ich ihm, dass ich an der Front von Aragonien und Guadalajara gewesen war. Und traf ins Schwarze. Er war ein ehemaliger Milizsoldat, der das Militär und die Pfaffen noch immer hasste. Ohne mich auch nur einmal zu unterbrechen, hörte er mir zu und bot mir zum Schluss sogar einen Cassis an.

»Als Repräsentant der Spanischen Republik im Exil«, sagte er feierlich, »der für deren verratene Freiheit gekämpft hat, können Sie immer auf unsere moralische, ökonomische und physische Unterstützung zählen. Zumindest auf diesem Schiff.«

Yemanjá, die Meeresgöttin, hielt ihre schützende Hand über mich.

Ich küsste das Medaillon mit ihrem Bild.

Am Abend bezog ich eine Kabine in der ersten Klasse. Ich bekam neue Kleidung, einen mit brasilianischen Real gefüllten Stoffbeutel, und im Bordrestaurant war ein Tisch für mich reserviert. Eine Woche später hatte ich mich vollständig erholt. In einem Leinenhemd und mit weißem Panamahut ging ich im Hafen von Salvador da Bahia von Bord, bereit für mein zweites Leben.

42

Als Erstes mietete ich in Pelourinho, der Altstadt, ein Zimmer bei einer Schwarzen, die einen verblichenen, durchsichtigen Rock über den breiten Hüften trug. Sie hieß Regina und wurde meine Haushälterin. Niemand fragte mich, wer ich sei, oder verlangte im Voraus die Miete. Meine Kleidung garantierte für meine Bonität. In dieser Gegend trug fast niemand Schuhe. Die Kinder kickten die Bälle an die Mauern der Häuser, spielten auf der Straße, auf den Treppen. Mit dem Fußball war es wie mit der Liebe, er kostete nichts. Dennoch war ich weiterhin auf der Hut und sprach Portugiesisch mit französischem Akzent. Als Fremder genießt man mehr Distanz und Respekt, wenn man nichts besitzt, dessen man beraubt werden kann. Aber diese Leute hatten die gleiche Hautfarbe wie ich – wobei meine eine Nuance heller war – und warteten nur darauf, dass ich endlich mit meiner Komödie aufhörte. Schließlich war dieses Land eine Nation von Mischlingen und nicht zuletzt die Heimat meines Vaters. Vom ersten Tag an fühlte ich mich in Salvador da Bahia weder fremd noch fehl am Platz, wie sonst überall. Bahia ähnelte anderen Städten am Meer: Palermo,

Marseille, Lissabon, Neapel … Überall die gleiche klebrige Salzschicht, das gleiche rutschige Kopfsteinpflaster, das gleiche Licht.

Ich ließ mir von meiner Vermieterin sagen, wo sich der nächste Markt befand, und ging gleich am ersten Nachmittag dorthin, um neugierig zwischen Ingwerpflanzen, an den Krallen aufgehängten Hühnern, Mäusegift, Zaubertränken und Maniokmehl herumzustöbern … Schon immer hatte ich das die beste Art gefunden, mir von einem Ort ein Bild zu machen.

Am nächsten Tag schritt ich zur Tat. Ich musste eine Arbeit suchen. Doch alle Zeitungen hatten genug Personal, alle bis auf den *Mercurio*. Kaum hatte Dr. Helder Ribeiro Lispector, der Verleger, von meinen Referenzen gehört, versprach er, mich einzustellen, allerdings erst nachdem man in Rio das größte Stadion der Welt fertig gebaut hätte. L'Estadio Mario Filho, das im Volksmund Maracanã hieß – der Name eines Papageis. Er lachte dröhnend. Er dachte wohl, er könnte mich mit einem Witz wieder loswerden: Das Stadion würde frühestens in zwei Jahren fertig sein, und wer weiß, wohin mich das Schicksal bis dahin verschlagen haben würde. Schließlich blieb ihm jedoch nichts anderes übrig, als mir schwarz auf weiß seine Zusage zu bestätigen. Er konnte keinen Rückzieher machen, wenn er nicht das Gesicht verlieren wollte. Ich drückte ihm die Hand und verabredete mich mit ihm für den Sommer 1950.

Bis es so weit war, nahm ich mir vor, jede Beschäftigung anzunehmen: gleich ob auf den Zuckerrohr- oder Kakaoplantagen, wobei es auf Letzteren tatsächlich nach

Schokolade roch, wie ich mir hatte sagen lassen, oder in den Minen von Minas Gerais. Aber dann setzte eines Nachmittags, als ich einer Gruppe von Jungen zusah, die auf einem unbebauten Feld voller Eifer und Einfallsreichtum mit dem Ball übten, ein furchtbares Unwetter ein; noch nie war ich so nass geworden wie damals. Ich flüchtete mich unter das Dach eines Schuppens. Aus dem Regen wurde ein Gewitter und aus dem Gewitter eine Sintflut. Die Erde zu meinen Füßen verwandelte sich in einen Schlammstrom, und an den umliegenden Hängen kullerten die Wellblechhütten herunter wie Glasmurmeln. Doch inmitten dieser Naturkatastrophe hörten die Jungen nicht auf zu spielen, sondern straften die Blitze mit Nichtbeachtung. Sie wetteiferten, wer den Ball am längsten in der Luft halten konnte, und stellten ihre akrobatischen Kunststücke zur Schau, indem sie dribbelnd Wind und Wasser trotzten. Wenn ihre Leidenschaft stärker war als aller Regen der Erde, würden die Brasilianer gewiss die *Göttin* erobern, sagte ich mir.

Plötzlich hatte ich eine Eingebung: Wenn es mir nicht gelungen war, den Pokal zu rauben, musste ich ihn eben gewinnen. Indem ich eine Mannschaft gründete, die das Zeug dazu hatte. Schon in Frankreich wären die Brasilianer als Sieger aus dem Turnier hervorgegangen, hätte Ademar Pimenta im Halbfinale nicht Leônidas, den Schwarzen Diamanten, geschont. Mein Vorhaben würde also spätestens in zwölf Jahren gelingen, wenn nämlich Brasilien zum dritten Mal Weltmeister würde und die Trophäe endgültig ihnen gehörte. Sofern nicht ein weiterer Krieg dazwischenkäme. Aber dazu brauchte es eine gehörige Dosis Opferbereitschaft und ein Quäntchen Glück. Es wäre jedenfalls eine ehrliche Sache. Auf diese Weise würde man mich nicht des Diebstahls beschuldigen können, wenn ich mir die Trophäe aneignete. Ich würde mir nur nehmen, was mir zustand.

Ich hatte also meinen neuen Beruf gefunden: Ich würde eine Fußballschule eröffnen.

Passen Sie auf. Ich werde Ihnen jetzt ein weiteres Geheimnis enthüllen.

Der brasilianische Fußball der Fünfziger- und Sechzigerjahre, der Fußball eines Ademir und Jair, eines Don Vicente Feola, eines Garrincha und Djalma Santos, beruhte auf meiner Arbeit.

Denn es war eine von mir erfundene Mannschaft, selbst wenn Sie jetzt sagen werden, die Mannschaft eines gescheiterten Schriftstellers. Die unglaublichste Mannschaft der Fußballgeschichte – mit ihren drei legendären Namen, die wie die Verse Palazzeschis klingen, eines anderen italienischen Dichters: Didi, Vavà, Pelé.

Wie sich herausstellen sollte, brauchte ich mehr Zeit, als ich vorausgesehen hatte, doch am Ende gelang es mir. Und zwar ohne dass jemand es bemerkt hätte. Ich betrachte es als mein Meisterwerk.

Ich habe den Werdegang jedes einzelnen dieser Jungs verfolgt, habe sie groß gemacht, habe sie unterstützt. Nicht mit Geld, das hat mir immer gefehlt. Sondern mit Enthusiasmus. Mit den Mitteln der Propaganda kannte ich mich aus, aber auch die nutzen einem nichts, wenn man nicht für ein Ideal kämpft. Ich hatte mich ja bereits für den Kommunismus geschlagen, allerdings erfolglos. Jetzt, da mich abermals das Verlangen nach der *Göttin* überkam, hatte ich es eilig.

Die *Escola de futebol Aguyar* war auf Anhieb beliebt, und der Erfolg ließ nicht lange auf sich warten. Auf der Suche nach jungen Talenten reiste ich im ganzen Land umher, vom Nordosten bis Porto Alegre. Inzwischen hatte ich einiges über diesen Sport gelernt, schließlich lebte ich in der vielversprechendsten Nation. Eine Nation, in der sich alles vermischt hatte, ein wenig wie in meiner Familie.

43

Die Nummern nähte ich selbst auf die Trikots der Jungen. Sobald ich sie für gut genug hielt, versammelte ich sie am Rand des Fußballfelds – meist handelte es sich allerdings nur um einen Platz in der Stadt, einen Strand oder einen Park – und rief sie einzeln zu mir. Wenn ich ein Trikot aus meiner Tasche zog, spürte ich, wie ihnen der Schweiß auf die Stirn trat, wie sie vor Freude darüber schier vergingen, dass endlich auch sie ein Trikot mit bunten Rändern an Halsausschnitt und Ärmelbund und ein Wappen über dem Herzen besaßen – einen Stern oder ein anderes Abzeichen; gleich am nächsten Tag würden sie es anziehen, vielleicht sogar am selben Abend, stand in ihren Gesichtern zu lesen. Dann fischte ich aus einer anderen Tüte die für sie bestimmte Nummer heraus. Es war, als würde ich ihnen ihr Schicksal zuteilen. Du Innenverteidiger, du Mittelstürmer, du Linksaußen … Du Torwart, aber nicht dass du denkst, das sei eine Strafe, aber ein schwieriges Los ist es schon. Ich durfte mir keinen Irrtum erlauben. Die Neun war übrigens die begehrteste Zahl.

Unter den Jungs fühlte ich mich am wohlsten. Ein wenig wie Großvater Alexander, nur dass ich ihnen eine andere Art von Musik lehrte. Vielleicht weil die Kindheit der radikalste Protest gegen die Welt der Erwachsenen ist. Nein, Unschuld würde ich es nicht nennen. Die Kinder sind weder unschuldig noch rein. Aber sie haben einen ausgeprägten Gerechtigkeitssinn.

Da standen sie also und betrachteten die weiße, leblose Nummer in meiner Hand, eine träge Hand voll Stoff wie eine schlaffe Marionette, nichts weiter als eine Nummer. Dann sahen sie zu, wie ich sie Stich für Stich auf die Rückseite ihres Trikots, in die Mitte zwischen den Schultern nähte …

Ich wusste, dass sie sie von nun an ihr ganzes Leben lang unsichtbar auf ihrem Rücken tragen würden.

44

Schließlich kam der Tag, an dem Helder Ribeiro Lispector sein Versprechen einlösen musste. Am 24. Juni 1950 schrieb ich meinen ersten Artikel für den *Mercurio*, eine Zeitung von Salvador da Bahia. Anlässlich der Eröffnung der vierten Fußballweltmeisterschaft und der Einweihung des neuen Stadions von Rio. Dem Maracanã fehlte noch die Pressetribüne, und überall waren die Überbleibsel einer Baustelle zu sehen. Doch als ich es zum ersten Mal betrat, raubte es mir den Atem. Die kreisrunde Arena war immens. Ein riesiger Ring, der sich für immer um einen zu legen zu schien. An diesem Tag schlug Brasilien Mexiko vier zu null, der Start hätte nicht besser verlaufen können.

Und dennoch hörten die Magier und *mães de santo* von Bahia nicht auf zu unken, dass diese Weltmeisterschaft unter schlechten Vorzeichen stehe. Regina, meine Hausherrin, sagte mir ein Magengeschwür voraus, von dem ich nie mehr geheilt würde. Mir und meiner Generation. Sie solle mit dem närrischen Gerede aufhören, antwortete ich, gab ihr einen Klaps auf den breiten Hintern und schnupperte neckend an ihrem Hals. »Brasilien wird gewinnen«, sagte ich zu ihr, »und dann werden wir eine Woche lang Liebe machen.«

Dreizehn Mannschaften waren angemeldet, und diese Zahl spornte den Aberglauben der Leute nur noch zusätzlich an.

Indien hatte seine Bewerbung zurückgezogen, weil seinen Spielern nicht gestattet worden war, barfuß zu spielen. Auch die Russen blieben zu Hause. Uruguay war nach zwanzig Jahren wieder mit von der Partie, und England, die launische Mutter des Fußballs, nahm ebenfalls zum ersten Mal wieder teil, nachdem sie die vorangegangenen Weltmeisterschaften boykottiert hatte, allerdings sollte sie ihren jahrzehntelangen Snobismus mit zwei herben Niederlagen bezahlen. Deutschland und Japan waren erst gar nicht eingeladen worden, wie schon bei den Olympischen Spielen in London. Zu qualvoll war noch die Erinnerung an den Krieg. Und Italien durfte nur deswegen teilnehmen, weil die *Resistenza* und zwei Jahre Bürgerkrieg seine Ehre gerettet hatten.

Die Coupe Rimet, wie die *Göttin* zu Ehren ihres Begründers inzwischen hieß, kam auf dem Meerweg. Auf dem Motorschiff Sises. Weiß der Teufel, wo die Italiener sie im Wirrwarr des Krieges und der Nachkriegszeit versteckt hatten, als alles Mögliche verloren ging. Einige behaupteten, in einem Schuhkarton unter einem Bett, andere, in einem Klarinettenkoffer. Die Schiffsreise, auf der sie zusammen mit den Titelverteidigern in Brasilien eintraf, dauerte zwei Wochen. Ein Jahr zuvor waren bei dem Flugzeugunglück von Superga fast alle Spieler des AC Turin und mit ihnen die halbe Nationalmannschaft ums Leben gekommen, und den Italienern war begreiflicherweise nicht mehr nach Fliegen zumute. Später sollten sie der langen Überfahrt von Neapel nach Santos die Schuld an ihrem schnellen Ausscheiden geben. Sie sagten, der Ozean hätte ihnen Augen und Muskeln verwässert, sie geschwächt und verletzlich gemacht. In der Tat ein Volk von Seefahrern …

Damit es mehr Spiele gab, loste man zwei Gruppenphasen aus, wobei in der ersten Runde wegen des Rückzugs von drei Mannschaften zwei Vierergruppen, eine Dreiergruppe und eine mit nur zwei Teams spielten.

Ich war sicher, dass wir diese Weltmeisterschaft gewinnen würden.

Und schrieb das im *Mercurio.*

Ich rede, als wäre ich der Trainer gewesen, und in gewisser Weise fühlte ich mich tatsächlich so. Eine Art Schattentrainer, so wie es in manchen Regierungen ein Schattenkabinett gibt. Meinen Namen wird man vergeblich in den Fußballchroniken suchen: Ich habe nie auf einer Trainerbank am Rand eines Fußballplatzes gesessen. Aber das heißt nichts.

Schließlich findet man auch nie den Namen des Lehrers neben dem seiner besten Schüler. Dabei ist ein Mensch immer zugleich das, was andere aus ihm gemacht haben. Eine weitere Wahrheit, die im Schatten der vom Rampenlicht beschienenen berühmten Namen verschwand.

45

Brasilien beherrschte alle Begegnungen.

Nur die Schweiz erzwang ein Unentschieden, dank des »Schweizer Riegels«, der Defensivstrategie, die die Franzosen *verrou,* die Italiener *catenaccio* und die Engländer *safety first* nannten. Ein fester Libero hinter der Abwehrkette, drei beinharte Manndecker, mindestens zwei unermüdliche Mittelfeldspieler, ein offensiv ausgerichteter Außen, ein Halbstürmer und zwei pfeilschnelle Stürmer für das Konterspiel. Das Spiel endete zwei zu zwei, und die Taktik wurde berühmt, weil sie das Ende des traditionellen Mittelläufers einläutete, wobei mir diese philosophische Rolle immer gefallen hatte. Doch für meine *Auriverdes*, die damals noch ein weißes Trikot mit blauem Kragen und gelbem Abzeichen an der Brust trugen, bedeutete dieses Unentschieden lediglich eine nachdenkliche Pause. Nach den vier Toren gegen Mexiko schossen sie zwei gegen Jugoslawien, sieben gegen Schweden und sechs gegen Spanien.

Dann kam das letzte Spiel.

Das vom 16. Juli 1950.

Gegen Uruguay.

Das Spiel, das dem Sieger den Titel einbrachte. Der Verlauf der Begegnung ist Legende, und einige haben die Geschichte so gut erzählt, dass sie mich noch heute berührt.

Der Schiedsrichter ist Engländer. Uns würde ein Unentschieden genügen, wir verleugnen aber nicht unsere offensive Natur und gehen in der ersten Halbzeit mit einem Treffer von Friaca in Führung.

Es hätte der größte Karneval der Geschichte werden können, wenn ein Riese aus Uruguay es nicht verhindert hätte: So sangen es selbst Jahre später die Liedmacher. Er hieß Varela, Obdulio Varela. *El Negro Jefe*. Breite Schultern, kurze, zurückgekämmte Haare, die Nummer fünf.

Nach dem Tor von Friaca holte er den Ball aus dem Netz, überquerte mit ihm langsam das Feld, während er dem gesamten Stadion und all seinen Gegnern geradewegs ins Gesicht blickte. Einem nach dem anderen, wie er später sagte. Einhundertsiebzigtausend Menschen plus elf auf dem Platz. Und denen auf den Bänken. Dem schwarzen Masseur. Dem Trainer Costa. Und dem Präsidenten der uruguayischen Mannschaft, der den Titelinhabern gesagt hatte, sie sollten eine Niederlage nicht so schwer nehmen, selbst wenn sie mit vier Toren Rückstand verlören. Auch uns Journalisten blickte er an. Er sah durch unsere schwarzen Sonnenbrillen hindurch, sah hinter die weißen Hemden, in die polierten Schuhe hinein.

Jener Blick entschied den Ausgang des Spiels. Inzwischen hatte ich gelernt, dass es Blicke gibt, die den Gang der Dinge umkehren und das Schicksal besiegeln können.

Mir brach der Schweiß aus.

Ich kannte die Uruguayer. Ihren Eigensinn. Ihre Furchtlosigkeit. Doch nicht Anmaßung sprach aus Varelas Blick, sondern strahlender Mut. Die einzige wirkliche Niedertracht ist die Feigheit, die keinerlei Rücksicht kennt.

Aber das verstanden wir damals nicht. Uns erschien dieser hoch erhobene Kopf im schlimmsten Moment als eine Unverschämtheit. Eine unerträgliche Arroganz. Wir hätten den Mut mit Mut beantworten sollen. Den Respekt mit Respekt. Stattdessen spielten wir die Gekränkten. Der verletzte Stolz ist wahrlich die dümmste menschliche Empfindung.

Diese Erkenntnis verdanke ich Varela. Er geht also zum Schiedsrichter und sagt ihm, dass es ein Abseits war, und ich spüre eine Wut in mir aufsteigen, wünschte, ich könnte auf den Platz rennen und ihn in allen Sprachen, die ich beherrsche, beschimpfen, ihn und die anderen, und ihn bespucken, wie es prompt jemand tut. Varela hingegen reagiert nicht. Varela wartet. Er spricht ein unverständliches Spanisch, sodass ein Dolmetscher kommen muss. Varela raubt uns die Freude, lässt unsere Beine weich werden, und als er sicher ist, dass er uns den Spaß verdorben und unser Blut gehörig vergiftet hat, sagt er, los, spielen wir weiter, wir haben schon genug Zeit verloren. In den Augen der Schiedsrichter und der Linienrichter einfach nur ein Sturkopf. Für den Rest des Stadions ein gemeines Aas.

Zwanzig Minuten später trifft ein fünfundzwanzigjähriger Kerl von einem Meter fünfundsiebzig bei neunundsechzig Kilo nach einem Pass von seinem Rechtsaußen Ghiggia zum Ausgleich.

Juan Alberto *Pepe* Schiaffino.

Der *Dio de fùtbol,* der *Fußballgott*, war an allen Mauern von Montevideo zu lesen.

Noch heute meine ich zu spüren, wie mir der Stift zwischen den Fingern zitterte. Trotz des Treffers sind wir weiterhin im Vorteil. Doch Brasilien lässt sich von niemandem an der Nase herumführen. Brasilien bebt vor Zorn, wie ein verletzter Stier, und geht, dümmer als ein Maulesel, drei Minuten später ein tödliches Risiko ein. Ich schreibe es gewissenhaft in mein Notizheft, aber es nützt nichts. Brasilien stürzt sich nach wie vor unvernünftig in den Angriff.

Elf Minuten vor Abpfiff macht Schiaffino eine Finte an der Strafraumgrenze. Mit seinen eleganten Bewegungen und der Brillantine im Haar ähnelte er Errol Flynn. Varela hatte ihm in der Umkleidekabine gesagt, dass es sich nicht um eine Modenschau handele, sondern um das Finale der Weltmeisterschaft, *por la gran puta*. Keine Antwort, nur ein rascher Blickwechsel. In der zweiten Halbzeit tritt Schiaffino drei Mal hinterhältig ein gegnerisches Bein, provoziert ums Haar eine Schlägerei, und nachdem er bereits zum Ausgleich getroffen hat, gibt er nun den Ball an Ghiggia ab.

Ich verfolgte seine Flugbahn wie in Erwartung eines Urteilsspruchs. Ich wusste, dass man die Geometrie der Dinge nicht ändern kann, wenn etwas dabei ist, vollkommen schief zu gehen. Aber das muss man erst erfahren, um es zu erkennen.

Ghiggia nimmt an.

Schuss.

Tor.

Zwei zu eins für Uruguay.

Moacir Barbosa, der erste schwarze Torhüter der Brasilianer, wurde aschfahl. Niemand würde ihm je verzeihen, dass er den Ball nur berührt hatte.

An die letzten zehn Minuten kann ich mich nicht mehr erinnern. Ein Moment des vollkommenen Vergessens, wie ich ihn nie wieder erlebt habe. Beim Schlusspfiff des Schiedsrichters erlahmte das Maracanã wie ein kleiner Papagei, dem man Feder für Feder die Flügel gestutzt und die Zunge abgeschnitten hat. Wie bei einem Sturz aus schwindelerregender Höhe bis zum Mittelpunkt der Erde. Paradoxerweise nannte sich die Mannschaft, die ihm den Stoß versetzt hatte, *la Celeste*, die Himmlische.

Später hieß es, dass im Stadion eine in der Geschichte des Fußballs einzigartige Stille geherrscht habe. Wer sie, wie ich, gehört hat, kann es bestätigen. Eine Stille von einhundertsiebzigtausend Menschen zerreißt einem das Trommelfell und schnürt einem die Kehle zu. Manche verstummten für immer. Der Radiokommentator des Spiels hängte seinen Beruf an den Nagel. Im ganzen Land begingen die Armen in den Slums und die Idealisten Selbstmord. Auch der Verteidiger Danilo versuchte es. Nie mehr sollte die Mannschaft das traditionelle weiße Trikot mit dem blauen Kragen tragen. In dieser absoluten Stille hörte man auf dem Rasen nur die Schritte eines alten Mannes, dem wohl diskretesten Menschen auf Erden. Jede seiner Bewegungen machte Lärm. Er konnte nichts dagegen tun. Es war, wie wenn man durch ein Wachs- oder Glasmuseum geht. Jules Rimets Gesicht war angespannt und in Falten gelegt. Die Wangen unter den Brillengläsern waren eingefallen. Sein Mund zusammengepresst. Er war verlegen wie ein ungebetener, unerwünschter Gast. Seine linke Hand zerknüllte das Blatt mit der vorbereiteten Rede in seiner Jackentasche, und selbst dieses unsichtbare Papier raschelte so laut, dass er wohl fürchtete, das ganze Stadion könnte es hören. Mit der anderen Hand umklammerte er Consuelos goldene Hüften, hielt die Statue jedoch nur zaghaft in die Höhe. Nach all den Jahren sah ich sie zum ersten Mal wieder, und abermals durch einen Tränenschleier. Rimet suchte den Kapitän der uruguayischen Mannschaft, um ihm die Trophäe zu überreichen und dann zu verschwinden. Varela nahm sie entgegen, hielt sie aber nicht in Siegerpose gen Himmel. Er küsste sie nur, als wollte er sich vor aller Welt entschuldigen, sie gewonnen zu haben.

Als alter Mann sollte er rückblickend bedauern, dass er kein Eigentor geschossen hatte. Denn die *Göttin* wurde ihm von den Funktionären des uruguayischen Fußballverbands entrissen. Politikern. Männern des Machtapparats. Der Art von Menschen, die er schon immer gehasst hatte. Um sie in einem weiteren Schuhkarton oder vielleicht in einem Schaukasten einzubalsamieren. Nicht einmal die Goldmedaillen ließen sie ihm, die Bastarde. Ihm nicht und damit auch seinem Volk nicht. Man schickte ihn mit einer Silbermünze und einer Geldsumme nach Hause, die gerade mal reichte, um sich einen alten Ford zu kaufen, der ihm binnen einer Woche wieder gestohlen wurde.

Ja, Varela hatte recht: Man hätte hin und wieder gegen die eigene Mannschaft spielen müssen, um ein weiteres, besseres Tor zu erzielen. Um nicht den Sinn für das Ganze zu verlieren. Und für die Gerechtigkeit. Ich bin überzeugt, dass Christophorus Kolumbus seinen Karavellen den Befehl zur Umkehr gegeben hätte – oder, besser noch, sie in einem Unwetter Schiffbruch hätte erleiden lassen –, wenn er gewusst hätte, welches Schicksal Lateinamerika bevorstand.

Als ich zwei Tage später nach Salvador da Bahia zurückkehrte, wartete Regina auf der Treppe auf mich, mit ihren Hüften, breit wie der schwarze Himmel. Wir haben übrigens nie miteinander geschlafen, sie und ich.

46

Nach der Weltmeisterschaft von 1950 überlegte ich lange, was ich Sinnvolles tun könnte. Ob ich die *Escola de futebol Aguyar* wiedereröffnen oder lieber als Korrespondent des *Mercurio* nach Rio zurückkehren sollte. Das hatte der Verleger Helder Ribeiro Lispector vorgeschlagen, nachdem seine besten Sportreporter den Beruf gewechselt hatten oder weggegangen waren. Drei Nächte nacheinander machte ich kein Auge zu. Brasilien hatte die *Göttin* noch nie gewonnen, Uruguay und Italien bereits zwei Mal. Bei der nächsten Weltmeisterschaft hätten sie die Trophäe für immer erringen können. Siehst du, dachte ich. Jetzt war ich zum ersten Mal nicht entlassen worden, und schon hätte ich eigentlich wieder die Koffer packen müssen, um mich erneut beim *Libertador* in Montevideo oder dem *Corriere sportivo* in Rom um eine Anstellung zu bemühen.

Doch schließlich nahm ich Lispectors Angebot an. Ich begann die Zeichen der Zeit zu spüren. Der Bart, den ich inzwischen trug, wurde allmählich weiß wie die Gletscher hier unten. Aber meine Entscheidung hatte nichts mit Müdigkeit zu tun. Nein. Ich wäre bestimmt meinem

Pokal hinterhergereist, hätte ich nicht ein Mädchen aus Ipanema kennengelernt.

Nicht irgendein Mädchen.

Vielleicht sollte ich besser »das Mädchen aus Ipanema« sagen.

Denn Dora verkörperte die *Garota de Ipanema.* Alle aus unserer Clique verliebten sich in sie; mein Freund Vinicius da Cruz de Mello Moraes und der Pianist und Komponist Tom Jobim schrieben und komponierten später sogar einen Song über sie, der um die Welt ging. *Na, na na na, Na, na na na na …*

Wer kennt sie nicht, diese ersten Takte?

Olha que coisa mais linda,
mais cheia de graça
é ela menina
que vem e que passa …

Manchmal ist das Leben die reinste Musik, man muss es bloß kopieren. Doras Bewegungen waren Rhythmus und Melodie, man musste sie nur ansehen, um es zu hören. *Balanço,* sagt man auf Portugiesisch.

Eines Nachmittags kam Jobim mit einer Staffelei an den Strand, als wäre er ein Maler, während die Sonne erbarmungslos auf unsere Köpfe brannte. Tom kam, ganz in Weiß gekleidet, dazu, stellte die Staffelei auf, legte ein Notenblatt darauf und nahm einen Bleistift, dann bat er Dora, die Uferlinie entlangzugehen, weil er sie zeichnen wolle. Dora stand auf und entfernte sich.

»So wiegen sich Engel in den Hüften«, sagte Vinicius nach langem Schweigen.

Es dauerte keine zehn Minuten. Schließlich zeigte

Jobim uns das Ergebnis. Auf den Notenlinien war Dora zu sehen, Dora, wie sie sich bewegte, Dora, wie sie lachte, Dora, wie sie weinte, Dora, wie sie am Strand entlangspazierte. Da war ihr herrlicher Hintern, der wie ein Metronom Zeit und Raum maß.

Der Kontrabassist seiner Band hatte Tom beigebracht, Musik auf diese Weise aufzuschreiben, mit Noten zu malen, als handelte es sich um ein Gemälde. Einmal spielte er ihm eine seiner Kompositionen vor, ein Lied über einen Akrobaten, der nicht mehr vom Seil heruntersteigen kann, auf dem er sich balancierend sein Leben verdiente. Anschließend zeigte er ihm die Partitur. Tom sah den Seiltänzer auf dem gespannten Seil des Notenliniensystems. Er folgte ihm in die Leere hinaus, Takt um Takt. *Para quem faz este trabalho não tem pior condena de não poder cair,* lautete der Text dieses Liedes: »Für einen Seiltänzer ist die schlimmste Verdammnis, nicht fallen zu können.« Tom war so bewegt, dass er sich ein Büschel Haare ausriss.

Es waren wunderbare Jahre damals. Die Atmosphäre ähnelte ein wenig der von Paris und Spanien. Mit der Musik war es so ähnlich wie zu Djangos Zeiten. Die Musiker spielten völlig neue, ungehörte Rhythmen.

Wer den Bossa Nova nicht kennt, meint, es handelte sich einfach nur um einen Musikstil. Weit gefehlt: Er ist sehr viel mehr. Diese Musik ist unser misstöniges Leben, sie kommt immer zu spät. In Brasilien pulsierten auch die Herzen der Menschen in heftigen Ausschlägen und in unregelmäßigem Takt.

Dora und die *Cinco elegias*, diese wunderbare Musik von Vinicius, gaben mir neuen Mut. Im Grunde hatte ich nur vier Jahre verloren. Ich überlegte, dass es als Journalist für mich einfacher gewesen wäre, das Land zu bereisen und neue Talente zu entdecken. Ich könnte meine Fußballschule wiedereröffnen, um sie danach Vicente Feola anzuvertrauen, einem genialen Trainer, der damals die Mannschaft des Staates São Paulo unter seinen Fittichen hatte. Zusammen könnten wir beide eine unschlagbare Mannschaft auf die Beine stellen.

Ich beschloss, alles auf Brasilien zu setzen, auf sein Spiel, seine stets nachwachsenden fußballerischen Talente und seine Frauen. Meinen Freunden schwor ich, dass ich in den nächsten zwölf Jahren die Coupe Rimet gewinnen würde.

»Warum liegt dir eigentlich so viel daran?«, fragte mich Vinicius.

»Um eine verlorene Liebe wiederzuerlangen«, antwortete ich.

Von da an nahmen alle die Angelegenheit ernst.

47

Wir begegneten uns auf den Straßen Rios während einer Demonstration gegen die Entsendung brasilianischer Soldaten nach Korea wieder. Der neue Krieg war einen Tag nach Beginn der vierten Fußballweltmeisterschaft ausgebrochen und hatte eine Krise zwischen den Vereinigten Staaten, der Sowjetunion und der Volksrepublik China heraufbeschworen. Ich konnte es nicht fassen, dass man abermals das Risiko eines Weltkriegs einging. Zwar hatte ich keine Lust, den Staub unzähliger hässlicher Erinnerungen aufzuwirbeln, doch mit meinem auf wundersame Weise unversehrten Körper eines Kriegsheimkehrers wollte ich wenigstens gegen den Wahnsinn der Regierenden dieser Welt protestieren.

Am Anfang war es eine Art Halluzination. Vor dem Stadttheater umhüllte mich die Wolke eines weiblichen Dufts, und ein kleiner Vogel flog über meinen Kopf hinweg. Ich hörte sein Zwitschern, konnte ihn allerdings nicht sehen. Unwillkürlich dachte ich an Consuelo. Hin und wieder passierte es mir noch, dass ich sie in anderen Frauen zu erkennen glaubte, doch jedes Mal war es nur ein einzelnes Merkmal von ihr, das in der Fremden wiederauflebte: das schwarze Haar, die Form ihrer Hüfte, die Schärfe ihres Blicks. Es war, als hätte Valmont, nachdem er sie verflüssigt hatte, den feinen Goldstaub ihrer Schönheit in alle Winde gestreut. Aber vielleicht lag es an mir, vielleicht war ich einfach nicht mehr in der Lage, sie in Erinnerung zu bewahren, und begann sie zu zerlegen, wie ein verzweifelter Chirurg ihr Andenken zu amputieren, bis ich nach und nach aus Wut und Vergesslichkeit diese nicht mehr wiederherzustellende Montage zerstörte. Wenn ich sie nicht mehr als Ganzes besitzen konnte, sagte ich mir, dann wenigstens in Teilen – ein Teil in jeder Geliebten. In jeder Frau, der ich begegnete und mit der ich schlief, erkannte ich etwas von ihr, einen Arm, ein Bein, eine Augenbraue … Der Unvollkommenheit geweiht zu sein, war zu meinem Schicksal geworden. Den Duft, diesen einzigartigen würzigen Duft ihrer Haut, hatte ich nie mehr bei einer anderen Frau gefunden, denn ein Duft ist die Summe aller Einzelteile und kann nicht zerstückelt werden.

Ich drehte mich nach allen Seiten, um zu ergründen, zu wem der Duft gehörte. Um mich herum eine Menge, alte und junge Menschen, die meisten schwarz, die antimilitaristische Sprüche gegen den amerikanischen Präsidenten Harry Spencer Truman mit seinen Atombomben skandierten, Fahnen schwenkten und mit Holzstäbchen die Drähte ihrer Berimbaus ausschlugen. Ich versuchte, mich aus dem Getümmel zu befreien, wurde aber vom Strom des farbenfrohen Demonstrationszugs mitgerissen. Bei der Chiesa della Candelaria nahm ich den Duft wieder wahr, diesmal so intensiv, dass seine Trägerin keine zwanzig Schritt von mir entfernt sein konnte. Und auch diesmal wurde er von dem Zwitschern eines unsichtbaren Vogels begleitet. Allmählich glaubte ich, dass sich ein Yoruba-Schamane einen Scherz mit mir erlaubte. Als der Zug endlich auf einem Platz zum Stehen kam, der uns alle aufnehmen konnte, hörte ich eine Frauenstimme hinter mir sagen: »Bist du einer von den Dichtern, die immer an den Strand kommen, um die Mädchen anzuschauen?«

Obwohl sie nicht Spanisch sprach, sondern ein grammatisch nicht ganz korrektes Portugiesisch, hatte ich Angst, mich umzudrehen. Ich fürchtete, Consuelos Gesicht zu sehen, oder, ein weiteres Mal, nichts. Nur eine Stimme. Ungreifbar. Wie das Zwitschern des unsichtbaren Vogels.

»Ich bin kein Dichter«, sagte ich und wandte mich blitzschnell um, bevor sie mir wieder entwischte.

Vor mir stand die schönste Mulattin von Ipanema und lächelte mich an.

»Ich folge dir schon seit fast einer Stunde«, sagte Dora.

Ich war verblüfft.

»Dein Freund Tom hat uns miteinander bekannt gemacht, und dieser andere, mit den großen Augen, vor nicht einmal einer Woche …«

Natürlich erinnerte ich mich an sie: Wenn man einer Frau wie Dora begegnet, hat man sie eine Woche später nicht schon wieder vergessen. Allerdings konnte ich nicht glauben, dass sich jemand an mich erinnerte.

Ich betrachtete sie näher. Sie hatte rein gar nichts von Consuelo. Alles an ihr war anders: ihr Teint, die Form ihrer Nase, der Lippen, ihr Haar. Anders ihre Art sich zu bewegen, zu sprechen und zu lachen. Nach so langer Zeit war sie die erste Frau, die mir gefiel, ohne dass ich auch nur ansatzweise das in ihr wiederfand, was ich suchte. Mit einer Ausnahme: Der Duft war der gleiche. Als wären beide aus demselben wohlriechenden Holz geschnitzt. Trotz dieser Unterschiede war mehr von Consuelo in ihr als in all den anderen Frauen, denen ich bisher begegnet war.

»Warum bist du hier?«

»Um gegen den Krieg zu demonstrieren«, sagte ich.

»Nein, nicht deswegen.«

»Weswegen denn?«

»Du bist hergekommen, um mich zu treffen.«

»Woher weißt du das?«

»Ich kann deine Gedanken lesen.«

»Dann sag mir, was du noch gelesen hast.«

»Dass nur dein Körper unversehrt ist.«

»Wie meinst du das?«

»Dass es unsichtbare Verstümmelungen gibt, und du hast einige davon, sie sind wie Splitter in deiner Seele.«

»Und du kannst sie sehen?«

»Ich kann noch mehr als das. Heute Nacht kann ich dir zum Beispiel die Illusion schenken, in die Vergangenheit zurückzukehren.«

»Dann lass uns gehen.«

»Aber es ist nur eine Illusion.«

»Lass uns trotzdem gehen.«

»Nieder mit dem Krieg.«

»Ja, nieder mit dem Krieg.«

48

Dora war die Tochter eines Italieners und einer Afrikanerin, wie ich war sie die Quintessenz einer Geschichte von Migration und Rückkehr. Mütterlicherseits reichten ihre Wurzeln zu den Hausa zurück, einem Volk, der sich zur Zeit der Sklaverei am rebellischsten und unerbittlichsten gezeigt hatte. Daher komme ihr impulsiver und aufrührerischer Charakter, erzählte sie stolz. Sie wohnte in einer Favela am Stadtrand von Rio, wo die Hütten aus Lehm und alten Eisenteilen bestehen und mitsamt ihren Bewohnern und der Einrichtung von den Hängen rutschen, wenn es regnet.

In dem Haus, das ich im Vorort Santa Teresa gemietet hatte, schliefen wir miteinander. Durch die Fenster sah man den *bondinho* vorbeifahren, die gelbe Straßenbahn, die das Viertel über dem alten Aquädukt durchquert. Die Liebe mit ihr war eine Mischung aus Wut und Subversion. Die blaue Rose der Begierde. Zuerst nacktes Vergnügen, dann unbändige Sehnsucht. Am nächsten Tag versprach ich ihr, sie zum Abendessen auszuführen. In meinen Liebesbeziehungen war ich schon immer unflexibel, und so spürte ich auch jetzt das Bedürfnis, ihr die Zeit ersetzen zu müssen, die sie der Verführung geopfert hatte. Mit Bedacht wählte ich ein kleines Restaurant am Strand aus, nüchtern und trotzdem elegant. Die Wände dezent in einer Farbe gehalten, behandschuhte Kellner. Kein Vergleich mit dem Lokal in Paris, in dem ich zwanzig Jahre zuvor mit Consuelo zu Abend gegessen hatte. Dieses Mal musste ich keinen Mantel verpfänden, obwohl mich die Einladung ein ganzes Monatsgehalt kostete.

Dora trug ein einfaches T-Shirt und einen leichten Rock. Sie brauchte keine eleganten, teuren Kleider. Bei ihr tat es irgendein Stofffetzen, denn es war sie, die den Dingen Schönheit verlieh, nicht umgekehrt. Wie Consuelo. Trotz ihres Aufzugs erregte sie Aufmerksamkeit, auch sie war verflucht dazu, das Verlangen der Männer zu erregen.

Wie von einem Drehbuch vorgeschrieben, wandten sich alle Köpfe nach ihr um, sobald wir das Restaurant betraten. Ich ärgerte mich und stellte ihr prompt die unglücklichste, stumpfsinnigste, unverschämteste, verabscheuungswürdigste und widerwärtigste aller Fragen. Ich wollte nicht, dass mir so was wie mit Consuelo noch mal passierte, dass ein Schriftsteller mir am nächsten Tag sagen musste, Dora sei die Frau eines Drogenhändlers oder eines Kinderräubers oder irgendeines anderen illustren Vertreters der menschlichen Rasse.

»Gehst du eigentlich mit vielen Männern ins Bett, außer mit mir?«, fragte ich sie.

Sie sah mich an, unschlüssig, ob sie gekränkt sein oder lachen sollte. Damals glaubten zwar die meisten Leute, ich sei nicht ganz richtig im Kopf, aber sie mochten mich trotzdem. Nur ich hasste mich wegen meiner angeborenen Fähigkeit, kein Fettnäpfchen auszulassen. Doch jetzt hatte ich mich selbst übertroffen. Wie kann man eine Prostituierte fragen, ob sie mit anderen Männern ins Bett geht, nicht wahr, junge Frau?

»Ich schlafe mit allen, die mir gefallen, der Rest ist Arbeit«, antwortete Dora unbefangen und mit lauter Stimme. Dann zitierte sie, leicht abgewandelt, ein bahianisches Sprichwort: »Man kann nicht mit allen Männern auf der Erde ins Bett gehen, aber man kann es versuchen.«

Von einem der Tische blickte jemand neugierig zu uns herüber.

Ich wollte das Thema wechseln, aber es zwar zu spät. Dora ließ es nicht zu. Laut und vernehmlich wie eine Volksrednerin begann sie, mir von ihrem Werdegang zu erzählen. In allen Einzelheiten schilderte sie ihre ersten Erfahrungen als Opfer von Gewalt, zuerst in der Familie, später in der Schule, bis ich mich schämte, als Mann geboren zu sein, Rigoberto zu heißen. Beim ersten Gang, *Caldo de sururu*, wenn ich mich richtig erinnere, lieferte sie einen harten, gnadenlosen Bericht über ihre Jugend, und beim zweiten Gang, einem *moqueca de camarões*, erzählte sie von den Männern, die sie sich selbst ausgesucht hatte, aus Liebe, um des Vergnügens willen, und nicht wegen des Geldes. Das ganze Restaurant hatte zu essen aufgehört und hörte ihr aufmerksam zu. Eine junge, blonde Frau mit auffälliger Frisur ließ sich sogar zu einem einsamen Applaus hinreißen. Ein Paar stand dagegen auf, ließ sich entrüstet über das unanständige Verhalten der jungen Generation aus, die keinerlei Schamgefühl besitze, und verließ laut schimpfend den Saal.

Als die Beilagen serviert wurden, *Farinha de tapioca* und ein Palmenherzen-Salat mit Ruccola, schweifte Dora unvermittelt vom Schicksal der Frauen zu dem der Bauern ab. Beim Obstnachtisch griff sie empört die Politik der Regierung an, die die Kommunistische Partei Brasiliens verboten hatte, und tadelte die Rückkehr des Exdiktators Getulio Vargas in das Präsidentenamt. Beim Dessert, ich weiß nicht mehr genau, was wir hatten, wahrscheinlich *sorvetes de açaì*, hielt sie ein langes Plädoyer, in dem sie das Erdölmonopol des Staates verteidigte, und als das Abendessen vorbei war, rief sie alle Anwesenden zum Widerstand gegen den Vormarsch der Imperialisten im Land auf und dazu, die Nordamerikaner hinauszuwerfen.

Ein überflüssiger Appell, denn bis auf uns waren alle Gäste bereits gegangen, und mir war es nicht ein Mal gelungen, sie zu unterbrechen.

Ein Kellner forderte uns mit gezwungener Höflichkeit auf, die Rechnung zu begleichen und das Restaurant von unserer Anwesenheit zu befreien. Wir mussten ihm den Abend ziemlich verdorben haben. Dora stand beleidigt auf, nicht ohne allen bürgerlichen und farblosen Restaurants wie diesem einen raschen Untergang zu wünschen. Die Revolution würde sie für immer von den Strandpromenaden Brasiliens hinwegfegen.

In diesem Moment war mein Verlangen nach ihr ungefähr so groß wie meine Scham. Ich bezahlte und folgte ihr zum Strand. Es war eine schwüle, mondlose Nacht, und das Hemd klebte mir am Körper.

49

Auch um den Preis, mich lächerlich zu machen oder mich ständig zu wiederholen, wie nur Kinder und alte Menschen es tun, muss ich Ihnen bekennen, junge Frau, wie sehr ich immer das Gefühl hatte, fehl am Platze zu sein, die falschen Worte in den Mund zu nehmen, falsche Blicke zu werfen. Woher kam bloß all diese Traurigkeit? Ganz herausgefunden habe ich es nie. Brasilien heilte mich zwar von diesem Unbehagen, wie ich schon sagte, aber manchmal erlitt ich schlimme Rückfälle. Die Landschaften, die auf meinen zahlreichen Zugreisen zu irgendwelchen Auslandsspielen an mir vorüberzogen, konnten mich ein wenig beruhigen. Allmählich glaubte ich, dass für mich vor allem die Gegenwart anderer Menschen ermüdend und befremdlich war, ja dass ich sie sogar als feindlich empfand. Selbst unter Freunden, während eines Abendessens oder eines Besuchs, wurde ich von einem Unwohlsein gepackt, das mir im Magen brannte und mich zu einem zerstreuten Schweigen zwang, das ich nicht hätte rechtfertigen können, hätte man mich nach dem Grund gefragt. Meine ganze Verwundbarkeit war wieder zurückgekehrt. Ich bin nie in der Lage gewesen, sie zu kontrollieren, nur sie zu verheimlichen und zu maskieren – als Unbeholfenheit, Verwirrtheit, Besorgnis, Zurückhaltung. Doch immer lauerte sie in meinem Innern, um sich wegen nichts mit Gewalt aufzubäumen, mich zu tyrannisieren, mir die Stimme zu rauben, mir die Beine zu brechen.

Der Anfang eines Liedes oder das Ende eines Films konnte mich in eine tiefe Melancholie stürzen, gegen die es kein Mittel gab. Wenn ich an einer Mauer oder auf einem Werbeplakat eine geflügelte Figur sah, weinte ich leise und untröstlich. Ich versteckte mich vor meinen Freunden, aber hin und wieder überkam mich eine unerträgliche Zärtlichkeit gegenüber den Frauen. Der Impuls, die erste Frau, die mir über den Weg lief, anzuhalten, nur weil ich sicher war, sie mit einem Blick erfasst zu haben, sie und ihre ganze Existenz. Ein Wahnsinn, der mich dazu trieb, unendlich viele fremde Frauen um eine Umarmung oder einen Kuss zu bitten.

Dora hatte es verstanden. Sie war mehr als eine Prostituierte, sie war eine Zauberin. Lassen Sie es mich so sagen: Sie verstand die Männer augenblicklich. Abends flößte sie mir seltsame alkoholische Getränke ein, deren Zusammensetzung ich nicht kannte. Sie behauptete, ein verirrter Dämon würde in mir wohnen und wir müssten ihm helfen, seine Hölle wiederzufinden. Und dazu musste man ihn betrunken machen, denn nur ein betrunkener Dämon findet wieder in seine Hölle zurück. Er war es auch, der dafür sorgte, dass ich mich für einen Schriftsteller hielt, wenn ich unter Musikern war; für einen Musiker, wenn ich mit Redakteuren redete; und für einen Sportreporter, wenn ich mit Schriftstellern ausging … also immer das Falsche am falschen Ort. Nur nachts, wenn der Dämon schlief, konnte ich mich frei ausdrücken, ohne Scham und Zurückhaltung, wie gewiss jede Frau bestätigen würde, die mit mir verkehrt hatte. In Wahrheit gelang es nur Dora – wie eine Göttin aus Fleisch und Blut –, nachts meine bösen Geister zu bannen und mir meine Gefühle in ihrer seligen Nacktheit zurückzuerstatten.

Nur sie begriff intuitiv die Zärtlichkeit, die ich bisweilen für einen weiblichen Körper empfand. Dora lehrte mich eine Grammatik der Begierde, frei von Eifersucht und Lüge.

Es waren leidenschaftliche Jahre. Dora verschaffte mir Zugang zu den im Untergrund operierenden Flügeln der Kommunistischen Partei Brasiliens. Als Erstes organisierte ich eine Solidaritätsdemonstration für Pablo Neruda, der sich damals in seinem eigenen Land verstecken musste. Als Zweites ein Freundschaftsspiel zwischen Marxisten und utopischen Sozialisten.

Fast jeden Abend trafen wir uns zu Diskussionen über Politik, Literatur und Fußball. Mit Dora an meiner Seite gelang es mir sogar, mich einigermaßen wohl in meiner Haut zu fühlen. Meine Wohnung war recht unauffällig und war daher unaufhörlich voll von Exilanten, Musikern, Studenten, Sporttrainern … Nie klopfte die Polizei an meine Tür – Doras große Furcht. Früher oder später würden sie uns holen kommen, sagte sie. Doch sie lachte darüber, wie über eine lächerliche Verabredung. Sie war die eigentliche Hausherrin; sie kochte großartig und steckte alle mit ihrem unerschöpflichen Lebensmut an.

Ich erinnere mich noch, wie die Zimmer nach Ingwer und Zitrone rochen.

Damals quoll mein Notizbuch vor Namen über. Darunter fanden sich etliche Theoretiker des Kommunismus, grenzgängerische Romanschriftsteller und Gesellschaftsphilosophen, vor allem aber junge, vielversprechende Fußballtalente. Um sicher zu gehen, dass ich keinen übersah, besuchte ich auch die Spiele der niederen Ligen auf den staubigen Fußballplätzen der Vororte und die improvisierten Spiele auf Straßenbaustellen oder in irgendwelchen Pfarrgärten … Seit Paris wusste ich, dass sich das Schicksal immer seltsame Orte für seine Begegnungen aussucht, und ich hatte eine Mission zu erfüllen und wusste, dass ich früher oder später auf den Jungen treffen würde, der unser Leben veränderte. Die größten Talente nahm ich in meiner Schule auf, wofür ich insgeheim Geldmittel abzweigte, die Dora für die Revolution gesammelt hatte.

Auf wundersame Weise hatte ich meine Hoffnung wiedergewonnen, eines Tages in den Besitz der *Göttin* zu kommen, selbst wenn ich mein ganzes Leben dafür opfern müsste. Nur ein Schatten legte sich unvermittelt auf die Heiterkeit jener Tage. 1953 erreichte mich die Nachricht von Djangos Tod. Vinicius arbeitete damals an einem Theaterstück über den Orpheus-Mythos.

Im *Mercurio* erschien gerade mal eine Randnotiz.

Kurzentschlossen ging ich zum Verleger und schlug ihm für die Ausgabe des folgenden Tages einen Nachruf auf der ersten Seite vor. Dann setzte ich mich an die Schreibmaschine.

In der vorangegangenen Nacht war Django mir im Traum erschienen. In tadellosem Aufzug wie immer. Gestreiftes Jackett, dunkle Krawatte, Schnürschuhe aus Leder. Der unverwechselbare Schnurrbart. Er hatte seinen amerikanischen Straßenschlitten, rostiger als je zuvor, mitten auf der Straße stehen lassen, wie er es in jungen Jahren in Cannes oder an anderen Orten der Côte d'Azur gemacht hatte. Doch in dieser Nacht war er weder auf der Croisette noch in Palm Beach. Und auch nicht in Korsika oder Algier.

In dieser Nacht fuhr er durch meinen Traum.

Auf einer Straße aus roter Erde.

Er hielt nur kurz an, um sich von mir zu verabschieden. Er hatte in seinem Wagen gewartet, bis ich mich am Terrassengeländer zeigte. Um einen letzten vergnügten Blick mit mir auszutauschen. Dann verschwand er wieder mit seinem Schlitten.

In ganz Frankreich wurde ihm nicht ein solcher Nachruhm zuteil wie in diesem Nachruf einer brasilianischen Zeitung.

50

Zwei Monate später debütierte in der Nationalliga ein Junge, das siebte Kind eines Nachtwächters. Im Fußball hat es nie mehr jemanden wie ihn gegeben.

Durch zahlreiche Operationen hatte man versucht, seine angeborenen Fehlbildungen zu korrigieren. Ein Bein war sechs Zentimeter kürzer als das andere, das linke. Lassen Sie es uns die Metrik der Misere nennen. Nach Ansicht der Ärzte hätte er nie mehr richtig gehen können.

Ich hatte ihn in der Nähe von Rio entdeckt, in dem Dorf Pau Grande. Eines Morgens sah ich ihm auf der Straße beim Dribbeln zu. Ich fragte die anderen Jungen, ob er das oft machte.

»Immer«, antworteten sie mir. »Er trickst uns aus und macht mit dem Ball, was er will.« Sie hatten die Nase voll davon, ihm immer hinterherzurennen.

»Komm her, *menino!*«, rief ich ihm zu. Und als er zu mir kam, hinkend und krumm, erinnerte ich mich an Djangos Worte: Gott, wenn es ihn gibt, ist verstümmelt und lahm und obendrein blind.

»Wie heißt du?«, fragte ich ihn.

»Ma… Ma… Manuel Fra… Francis… Francisco dos

dos dos S… Santos«, antwortete er und verhaspelte sich in der Aussprache seinen Namens – Worte zu dribbeln, schien nicht seine Sache zu sein.

Manuel Francisco dos Santos.

Ich schrieb den Namen in mein Notizbuch.

»Du kannst wieder gehen«, sagte ich zu ihm.

Noch wusste ich nicht, dass ich gerade Bekanntschaft mit Mané Garrincha gemacht hatte. Dem hässlichsten Vogel des Mato Grosso.

Mit seinem schiefen und zugleich fröhlichen Gang entfernte er sich schwankend.

Garrincha hatte den Bossa Nova schon in den Beinen, bevor er Elza Soares kennenlernte. Am Tag seines Debüts trug er das gestreifte Trikot von Botafogo, dessen Trainer ich auf ihn aufmerksam gemacht hatte. Er schoss drei Tore, und Botafago gewann sechs zu drei gegen Bonsucesso. Ich hatte den Engel gefunden, der mir die *Göttin* überreichen würde. Doch ein Jahr später wurde er nicht in die Nationalelf berufen.

Was für Idioten.

Ohne Garrincha würde Brasilien in der Schweiz nicht weit kommen, das wusste ich. Ich versuchte, über die Presse die Auswahl des Managers Zezé Moreira zu beeinflussen – vergebens. Da startete ich im *Mercurio* eine erbitterte Kampagne gegen ihn. Ich war sicher, den richtigen Riecher zu haben, aber dann entließ mich Helder Ribeiro Lispector wenige Wochen vor der Weltmeisterschaft. Das war mir noch nie vor dem Anpfiff passiert. Ein Rekord. Lispector sagte, dass dieser Krach nur Unglück bringe. Und wenn er es sich recht überlege, hätte ich von Anfang an Unglück gebracht, von dem Tag an, als ich sein Büro betreten hatte, um ihm eine Falle zu stellen, ihn mit einem Fluch zu belegen.

»Sie verstehen weder etwas von Fußball«, sagte ich zu ihm, »noch von Menschen.«

Im Monat darauf, wieder einmal arbeitslos und mit wenigen Hoffnungen im Gepäck, reiste ich nachts ab. Mein Reiseziel: die Schweiz.

51

Kaum war ich angekommen, suchte ich das Lokal, in dem Django zuletzt aufgetreten war, und betrank mich. Er war mit Dizzy Gillespie in Belgien gewesen und hatte dann hier gespielt. An manchen Abenden war seine Migräne so schlimm, dass er nicht mal mehr die Hände schließen konnte. Das erzählte mir ein italienischer Jazzmusiker mit großem Einfühlungsvermögen, der ihn bei einigen Konzerten mit dem Flügelhorn begleitet hatte – einer aus den Langhe, wo ich gekämpft hatte.

In Lausanne suchte ich eine Anstellung, wie in alten Zeiten. Zum ersten Mal war das Fernsehen dabei, aber ich hatte keine Erfahrung mit Kameras. Schließlich wurde ich vom *Informateur* engagiert, wie gewohnt als Auslandskorrespondent im Gefolge der südamerikanischen Mannschaften.

Noch nie war der Spielmodus so umständlich und umstritten gewesen. Vier Gruppen mit je vier Mannschaften. Im Viertelfinale traten dann die Gruppenersten und -zweiten gegeneinander an. Der Mechanismus war so kompliziert wie der einer rückwärtslaufenden Uhr. Das Meisterwerk von Bürokraten, die es immer schafften, die Dinge zu komplizieren.

Um eine Desillusionierung zu überwinden, musste man, das wusste ich inzwischen, erst vom Fieber geheilt werden, das sie verursacht hatte. Aber keiner von uns hatte sich wieder vom Finale vor vier Jahren erholt. Es gibt Begegnungen, die man nie vergisst, wie Frauen, die einen verlassen haben. Uruguay jedenfalls war für immer in unser Gedächtnis gebrannt.

Noch immer war der inzwischen siebenunddreißigjährige Obdulio Jacinto Muiño Varela, *el Negro Jefe,* mit von der Partie. Der uruguayische Fußballverband konnte ihn nicht ausstehen: Er und sein Fußballclub hatten sich geweigert, auf ihren Trikots für ein Unternehmen zu werben, mit der Begründung, dass die Zeiten, in denen die Schwarzen Nasenringe trugen, vorbei seien. Und dennoch hatten sie den Helden des Maracanã nicht zu Hause lassen können. Wie vier Jahre zuvor führte Juan *Pepe* Schiaffino den Sturm an. Sie waren *die* Weltmeister, die einzige ungeschlagene Mannschaft seit 1930. Zwei Teilnahmen, zwei Siege. Man musste sie im Auge behalten, zusammen mit den Italienern. Sie hätten schon dieses Mal die *Göttin* für immer gewinnen und meine Zukunft als Dieb besiegeln können. Montevideo oder Rom. Doch ich hatte nicht mehr die geringste Absicht, Brasilien zu verlassen, und wurde zusehends nervöser.

Italien war die erste Mannschaft, die mich um eine Sorge erleichterte. Binnen sechs Tagen wurde sie zwei Mal von den Gastgebern besiegt. Ein emigrierter Antifaschist, der seit dreißig Jahren in der Schweiz lebte, sagte zu mir, dass sie deshalb nicht gewonnen hätten, weil sie von einem ungarischen Trainer mit unaussprechlichem

Namen trainiert wurden – Lajos Czeizler. Die Spieler hätten jedes Mal, wenn sie ihm etwas sagen wollten, Zeit und Ball verloren.

Dann kam die Reihe an Brasilien. Im Viertelfinale gegen die Favoriten, die von Kapitän Puskás angeführten Ungarn, die ein Jahr zuvor im Wembley-Stadion die Engländer vor heimischem Publikum mit sechs zu drei geschlagen hatten. Das hatte noch niemand geschafft. Die *verdeoro* konnten nichts ausrichten. Für den *Informateur* schrieb ich ein wütendes Resümee ihrer nervösen Niederlage. Nach sieben Minuten hatten die Ungarn schon zwei Tore geschossen. Es folgten zwei Elfmeter, je einer auf beiden Seiten. Gegen Ende dann mehrere Raufereien und Streitereien und drei rote Karten. Kurz vor dem Schlusspfiff besiegelte Kocsis den Sieg für die Ungarn. Der Rest ist die Chronik dessen, was wir Reporter später als die Schlacht von Bern bezeichnen sollten. Ein Fotograf, der einen Polizisten niederschlägt; Puskás, »der Major«, der der brasilianischen Trainerbank den Vogel zeigt und dem Mittelfeldspieler Pinheiro eine Flasche auf den Kopf haut; der ungarische Trainer, der sich in das Gerangel wirft und verletzt wird.

Von der Prügelei abgesehen, hätten sie eigentlich Weltmeister werden müssen. Die Ungarn. Die goldene Mannschaft. *L'Aranycsapat.* Puskás, Kocsis, Czibor, der Torwart Grosics … und Hidegkuti.

Als Taktik hatten sie das WM-System gewählt: zwei schnelle Halbstürmer, einen zurückhängenden Mittelläufer, hervorragende Kondition. Was für ein Spektakel. Eine wahrhaft goldene Formation. Koscis wurde Goldkopf genannt, denn trotz seiner bescheidenen eins siebenundsiebzig sprang er höher als jeder andere Abwehrspieler. Und golden war auch ihr Spiel mit dem Trick, einen Mittelstürmer einzusetzen, der im Mittelfeld blieb, um Platz für Flügelangriffe zu schaffen. Hätte Valmont diese Mannschaft gesehen, hätte er sie sicher in einem einzigen Block verewigt.

Es war ein kommunistisches Team. Sein Coach, Gusztáv Sebes, war Sohn eines Schuhmachers, der als junger Mann bei Renault gearbeitet und in einer ungarischen Emigrantenmannschaft gespielt hatte, Nomád Paris. Von Puskás und seinen Jungs wurde er Onkel Guszhi genannt. Nur ein Schuhmachersohn konnte eine solche Mannschaft auf die Beine stellen, schließlich kannte er die Füße der Menschen von Kindesbeinen an. Sein Vater hatte die Werkbank zu Hause in der Küche stehen, mit allen dazugehörigen Gerätschaften – Hämmern, Schuhsohlen, Leisten, Nägeln … Dort arbeitete er sogar nachts in seiner blauen Schürze, und der kleine Guszhi sah immerzu hinter der Glastür das Licht schimmern. Der Vater schickte ihn zu seinen bürgerlichen Kunden nach Hause, um Maß zu nehmen oder eine fertige Arbeit abzuliefern, und so lernte er sämtliche Geheimnisse eines Fußes kennen: die Hornhautverhärtungen, Probleme mit den Fersen, Störungen des Stützapparats. Das war seine Lehrzeit, wie Sebes zu sagen pflegte, und wenn es darum ging, seinen Spielern eine Taktik oder Methode zu erklären, nahm er hölzerne Schuhabsätze mit Nummern, die er auf einem Tisch verteilte, um anhand von ihnen die Bewegungen auf dem Spielfeld zu zeigen. Fußball war für ihn eine ebenso demütige Arbeit wie das Schuhmacherhandwerk. Und obendrein eine politische Frage: Auf dem Fußballplatz wurde die weltliche Schlacht zwischen Sozialismus und Kapitalismus ausgetragen.

In meinen Augen war das schon immer so gewesen. Außerdem hatte ich gerade die marxistische Lehre studiert, interpretierte seine Taktik durch eine ideologische Linse. Seine Mannschaft war stolz, die Vitalität der sozialistischen Ideale zu demonstrieren, die Bedeutung des Kollektivs, den Flügelstoß der Freiheit; gleichzeitig machte sie deutlich, wie verschanzt und steril das Spiel der westeuropäischen Mannschaften war, die krampfhaft darum bemüht waren, ihre imperialistischen Interessen zu verteidigen.

Und genau das war der Grund, warum Ungarn die Weltmeisterschaft nicht gewann.

Auch die Partie gegen Brasilien hatte Sebes als persönliches Duell angelegt, gegen einen der reaktionärsten und rückwärtsgerichtetsten Despoten Südamerikas, inzwischen im Gewand des Präsidenten – Getulio Vargas. Er hatte nicht Unrecht: Während alle anderen brasilianischen Kollegen schrieben, dass der englische Schiedsrichter dieser Partie im Dienste eines internationalen kommunistischen Komplotts gestanden habe, verteidigte ich Ungarn und lobte seinen subversiven, großzügigen und rebellischen Charakter. Und sein Talent, sich immer neue Spielzüge einfallen zu lassen. Brasilien hatte nur wegen seiner inkompetenten Kader verloren, die den Fehler begangen hatten, Garrincha nicht aufzustellen. Ich nahm mir vor, diese Zusammenhänge Vinicius und den anderen zu erklären, sobald ich zurückgekehrt sein würde.

Uruguay hatte mehr Wind in den Segeln als Brasilien. Es wurde Gruppenerster, um dann, ohne mit der Wimper zu zucken, England mit vier zu zwei auszuschalten. Doch im Halbfinale gegen die Ungarn im Stadion La Pontaise in Lausanne ging die Mannschaft mit null zu zwei in der ersten Halbzeit in Rückstand, in einem Regen, so beständig wie ein Akkordeonbass, und im schönsten Fußballspiel aller Zeiten. Trotzdem ließen sie sich wie immer nicht aus der Ruhe bringen. Sie sorgten dafür, dass der Rückstand nicht größer wurde, und zogen in der zweiten Halbzeit gleich. Vier Minuten vor Abpfiff. Zwei zu zwei. Noch zwei Minuten, und Schiaffino verfuhr nach gewohnter Manier, wie schon im Maracanã, diesmal spielte er jedoch keinen Pass, sondern sah, dass der Torwart vor seinem Tor stand, und lupfte den Ball über ihn hinweg ins Tor. Ich spürte nicht mehr den Regen, der mir übers Gesicht strömte, denn ich wusste, dass dieser Schuss die *Göttin* für immer verführen würde. Nach Ungarn würden Schiaffino und Varela bestimmt auch Deutschland schlagen, im Finale, und ich würde nach Montevideo zurückkehren und mich von der uruguayischen Polizei beim Versuch festnehmen lassen, die Trophäe zu rauben. Doch das Schicksal wollte es diesmal anders, wollte, dass die Dinge völlig schiefgingen. Der Ball rollte in Richtung Tor, aus dem sich Grosics weit entfernt hatte, wurde dann aber kurz vor Erreichen der Torlinie von einer Pfütze gestoppt. Ich schlug mein Notizbuch auf, und während der Regen die Seiten durchtränkte und die Tinte verwässerte, notierte ich das gerade erlebte Ereignis und küsste das Medaillon mit Yemanjá, der Göttin der Meere und der Pfützen.

In der Verlängerung schoss Kocsis zwei Tore, und Ungarn war im Finale.

Ich ging ins Hotel zurück und verfasste einen Artikel über die unaufhaltsame Kraft des Kommunismus, der man in dieser Weltmeisterschaft nur auf eine Weise begegnen konnte: durch ein schmutziges Spiel.

Am nächsten Tag rief mich der Verleger des *Informateur* in sein Büro. Er war ein zierlicher und aalglatter Typ und hieß Lisowsky, Jonathan Lisowsky.

»Sind Sie verrückt geworden?«, herrschte er mich an.

Seine Stimme passte nicht zu seiner schmächtigen Gestalt.

»Warum?«, fragte ich.

»Es ist noch nicht lange her, dass der Koreakrieg zu Ende ging, da sind diplomatische Verwicklungen das Letzte, was ich will. Ich habe Sie eingestellt, damit Sie über Sport schreiben, haben Sie verstanden? Ausschließlich über Sport.«

Ich senkte resigniert den Kopf. Meine letzten beiden Artikel lagen ihm schwer im Magen. Es wäre zwecklos gewesen, ihm zu erklären, dass alles im Leben von Politik durchdrungen ist, selbst die Art und Weise, miteinander zu schlafen, und das Verhältnis zwischen einem Verleger und seinem Reporter.

»Ich habe Sie nur wegen Ihrer jüdischen Wurzeln behalten, weil ich auch welche habe. Aber da keine südamerikanische Mannschaft ins Finale gekommen ist, bin ich leider gezwungen, Ihre Mitarbeit bei unserer Zeitung zu beenden.«

»Schon mal gehört, Lisowsky. Ich habe es erwartet.«

Am 4. Juli ging ich als einfacher Zuschauer ins Stadion von Bern und bezahlte sogar für meine Eintrittskarte. Ich erinnerte mich an ein anderes Finale der Ungarn, das ich im Radio verfolgt hatte, als ich in Paris von deutschen Spionen festgehalten wurde. Puskás spielte trotz eines verletzten Fußknöchels. Er wollte unter allen Umständen dabei sein. Nach wenigen Minuten schoss er ein Tor. Sekunden später erhöhte Ungarn seinen Vorsprung, wie schon gegen Brasilien. Ungarn gegen die Bundesrepublik Deutschland – zwei zu null. Beim Gruppenspiel zwei Wochen zuvor hatte Ungarn die Deutschen mit acht zu drei vom Platz gefegt. Und diese Begegnung schien eine Reprise zu werden. Doch dem war nicht so.

Die Deutschen begannen zu rennen, als wäre ihnen der Teufel auf den Fersen, und am Abend legten sie sich mit hohem Fieber ins Bett. Hepatitisinfektion, wie es hieß. Aber ich bin sicher, dass Doping im Spiel gewesen war. Ich wusste es, konnte es aber nicht beweisen. Mein Instinkt sagte es mir. Die Begegnung endete drei zu zwei für sie.

Wie so oft hatte ich die ganze Zeit den Verlierern die Daumen gedrückt.

52

Inzwischen hatte ich viel gelernt. Ich wusste, dass die Pokale der Diktatoren groteske Bronzeamphoren waren. Und dass ein Blick das Schicksal besiegeln, eine Pfütze das Leben verändern konnte. Ich wusste auch, dass man mit nur drei Fingern Gitarre spielen konnte. Und Fußball mit einem zu kurzen, krummen Bein.

Als ich nach Salvador da Bahia zurückkehrte, beschloss ich, dass ich genügend Erfahrung gesammelt hatte, um eine eigene Tageszeitung zu gründen. Ich war es leid, immer wieder die Koffer zu packen, von einer Redaktion zur nächsten zu wandern. Und mir von jedem Verleger die Leviten lesen zu lassen. Außerdem hatte ich meine Ideale. Auf der ersten Seite meiner Zeitung würde ich immer über die schlimmsten Ereignisse in der ganzen Welt berichten.

In der *ganzen* Welt, verstehen Sie mich?

Nicht nur in dem Land, in dem ich wohnte, oder in den Vereinigten Staaten oder in Europa.

In der ganzen Welt, auf dem ganzen Planeten.

Ich gebe Ihnen ein Beispiel: Wenn in Kolumbien bei einem Arbeitsunfall dreißig Menschen starben oder in Indien ein Zug entgleiste, würde es diese Nachricht aufs Titelblatt schaffen. Weil jedes menschliche Leben denselben Wert hat, egal, ob das eines Touristen aus dem Westen, eines kolumbianischen Arbeiters, eines in einem Fluss ertrunkenen Inders oder eines hungernden Afrikaners. Heutzutage haben wir eine merkwürdige Vorstellung von menschlicher Distanz und Achtung. Und eine merkwürdige Art, die Toten zu zählen. Lassen Sie uns lieber zum Fußball zurückkehren.

Von nun an sollte ich mithilfe meiner zahlreichen Einträge im Notizbuch über die Aufstellung der brasilianischen Nationalmannschaft entscheiden, wenn auch im Geheimen. Ich hatte nicht mehr viel Zeit, wenn ich nicht doch noch in die Rolle des Diebes schlüpfen und das Schicksal herausfordern wollte.

Nein, an Ideen mangelte es mir nicht, aber an Geld. Das versuchte ich mir zu beschaffen, indem ich meine *Nova Escola de futebol Aguyar* wiedereröffnete; wann immer es mir möglich war, verfolgte ich persönlich das Training am Morgen. Den Rest besorgte Fernando Pernambuco, ein philanthropischer Trotzkist, der ein Familienvermögen geerbt hatte und abends im Zentrum von Salvador da Bahia ein Weinlokal betrieb. Ich versprach ihm, dass wir ein wahrlich revolutionäres Blatt machen würden und dass ich es *Esperanza perdida*, »Verlorene Hoffnung«, nennen wollte. Pernambuco kratzte sich nachdenklich seine Adlernase, gab etwas Tabak auf ein Papier und rollte sich eine Zigarette, bevor er in den Keller ging, um die beste Flasche Wein zu holen, die er besaß. Einen Monat später erschien die erste Nummer der *Esperanza perdida*.

Hin und wieder kam Dora mich besuchen. Jedes Mal war es eine Freude, wenn auch nur von kurzer Dauer. Ihr politisches Engagement nahm sie fast ganz in Anspruch. Die Kommunistische Partei Brasiliens hatte sie nach São Paulo geschickt, wo niemand sie kannte, um Flugblätter zu verteilen und, mithilfe ihrer unschlagbaren Methoden, neue Mitglieder anzuwerben.

»Du bist müde«, sagte ich zu ihr, »ruh dich ein wenig bei mir aus.«

»Es gibt zu viel zu tun«, antwortete sie mir. »Dinge müssen aufgebaut und verändert werden.«

Sie befürchtete nur, dass die Männer der Delegacia de Ordem Política e Social, der DOPS, der berüchtigten Geheimpolizei von São Paulo, sie daran hindern könnten mitzuerleben, wie sich Brasilien in eine wirklich demokratische Republik verwandelte, eine Republik, in der eine Frau in einer Favela die gleichen Rechte wie alle anderen hatte. Dass diese Männer die Hoffnung auf eine bessere Zukunft zunichte machen könnten.

»Unsere Zeit wird erst nach der Zukunft kommen«, sagte Dora oft, wenn sie traurig war. »Eine Zeit nach der Zukunft, die noch keinen Namen hat. Wir müssen sie erfinden, Rigoberto. Wir müssen einen Namen erfinden für die Zeit, in der Menschen wie wir zu leben beginnen.«

Wenn ich sie zum Bahnhof von Bahia begleitete, versicherten wir uns gegenseitig jedes Mal, dass wir uns umeinander kümmern und dass auch wir eines Tages Glück haben würden.

Manchmal kamen uns Vinicius und Tom besuchen, die jetzt beide in Paris lebten. Vinicius hatte eine Stelle als zweiter Sekretär auf der brasilianischen Botschaft bekommen, und Tom komponierte Filmmusik für Autorenfilme, für die sich keine Geldgeber fanden. Sooft sie konnten, kehrten sie in ihre Heimat zurück. »Du hast uns den Weltmeistertitel versprochen«, neckten sie mich und drohten mir mit dem Finger.

»Nächstes Mal werden wir einen nicht zu stoppenden Rechtsaußen haben, ihr werdet schon sehen«, versprach ich ihnen, »und einen hundert Kilo schweren Trainer, der sanft wie ein Dickhäuter wirkt, aber scharf ist wie ein Tiger.«

Die zwei sahen mich argwöhnisch an und sangen dann ihren neuesten Song. Um sich Mut zu machen.

53

Don Vicente Feola, ein wahrer Buddha des Fußballs, zählte zu unseren Stammlesern. Wie ich hatte auch er italienische Wurzeln. Sein Vater stammte aus Torre Annunziata. Weil er dick war und eine Vorliebe für mollige Frauen hatte, nannten wir ihn *o Gordo*. Sein zweiter Spitzname war *Pisolo,* denn es hieß, dass er auf der Trainerbank manchmal einnickte. Hatte er die Augen geöffnet, waren sie jedoch rege und aufmerksam. Die Augen eines intelligenten Mannes. Endlich jemand, mit dem man vernünftig reden konnte. Er schloss sie nur, um das Geschehen besser zu verfolgen, wie manche Schachspieler vor dem nächsten Zug.

Die CBF, der brasilianische Fußballverband, sollte sich allerdings noch drei Jahre Zeit lassen, um ihn endlich zum Trainer der *Seleção* zu ernennen. Für mich stand fest, dass es früher oder später so kommen würde. Ich hatte einen Freund im Verband, Nadir Machado do Magalhães, dessen Kennzeichen ein Goldzahn war, der darauf hinarbeitete. Feolos Berufung fand im Frühjahr '57 statt. Und wir waren bereit.

Ich hatte für Feola an die hundert neuen Spieler ausfindig gemacht. Davon wählten wir vierundzwanzig. Die Auswahlmannschaft war die stärkste aller Zeiten.

Im Tor Gilmar, die Giraffe.

Außenverteidiger: Djalma und Nilton Santos, zwei Brüder auf dem Spielfeld. Bekannt auch als *o Rato*, die Ratte, und *o Enciclopedia do futebol*.

Innenverteidiger: Bellini und Orlando, perfekt aufeinander abgestimmt.

Zentraler Angelpunkt, gelenkig und geschmeidig: Zito.

Und dann der Angriff. Teuflisch wie nie zuvor.

Auf der rechten Seite Garrincha, mit der Aufgabe, den Stürmer Vavá freizuspielen. Didi, der Regisseur im Mittelfeld, und der unermüdliche Zagallo im linken offensiven Mittelfeld, Wasserträger von Edson Arantes do Nascimento, bekannt als Pelé. Ein Junge von gerade mal sechzehn Jahren, aber reifer als manch alter Mann. Stark im Dribbeln, schnell und hart in den Zweikämpfen, schaffte er hundert Meter in elf Sekunden und war mit einer derartigen Kopfballstärke gesegnet, dass er seiner Größe zum Spott mit den Haaren die Wolken kitzelte. Der einzige Stürmer, der das Gesetz der Schwerkraft bezwang. Der in der Luft schwimmen konnte. Nach dem Endspiel von 1950, als er noch ein Kind war, hatte er seinem Vater unter Tränen versprochen, dass er für ihn den Goldpokal erobern würde, es gebe also keinen Grund mehr, sich zu grämen.

Pelé, die schwarze Perle. Eintausendzweihunderteinundachtzig Tore in eintausenddreihundertvierundsechzig Spielen im Laufe seiner Karriere.

Seine Legende wurde in Schweden geboren, doch ohne Garrincha wäre Pelé nicht zu dem geworden, was er war. Das hat er selbst sogar einmal zugegeben.

In einigen Büchern ist zu lesen, dass ein ungarischer Trainer die Erfolgsformel für diese Mannschaft nach Brasilien gebracht habe, Béla Guttmann, der aus Italien geflohen war, weil er nach einem Autounfall der fahrlässigen Tötung angeklagt wurde. Als Coach von São Paulo führte er das 4–2–4-Spielsystem ein, das sich die brasilianische Nationalelf zum Vorbild nahm und damit zur nächsten Weltmeisterschaft reiste.

Ich dagegen war es, der Feola auf die Idee brachte, einen zweiten Manndecker einzusetzen. Ich kam darauf, als ich, um im Fußballjargon zu sprechen, ein Spielsystem erfand, um Dora vor den Männern der DOPS zu schützen.

Allerdings hätten weder ich noch Don Vicente noch Béla Guttmann wenige Monate davor, im Oktober 1956 in Budapest, einen Demonstrationszug von hunderttausend Menschen vor den Schüssen einer ganz anderen Polizei schützen können. Es waren vorwiegend Universitätsstudenten, die die Donau überquert hatten, um ihre Solidarität mit den Arbeitern zu bekunden und gegen die Intervention der Sowjetunion und den autoritär-diktatorischen Führungsstil ihres Präsidenten zu protestieren. Die Niederschlagung der Kundgebungen rief einen Volksaufstand hervor, und die neue Regierung sah sich gezwungen, den Austritt Ungarns aus dem Warschauer Pakt zu verkünden. Wenige Tage darauf fielen die Panzer der Roten Armee in die Stadt ein und passierten die Kettenbrücke.

Ich verfolgte die Ereignisse und hielt die wenigen

Stammleser der *Esperanza perdida* täglich auf dem Laufenden. Von Anfang an stellte ich mich auf die Seite der Demonstranten und schrieb offen, dass es sich beim Aufstand der Ungarn, eines Volkes, das ich gut kannte, um eine freiheitliche, sozialistische Revolution handele und nicht etwa um eine reaktionäre, faschistische, klerikale Bewegung. Wie ich vorausgesehen hatte, bezogen fast alle kommunistischen Parteien weltweit eine gegenteilige Position und rechtfertigten das sowjetische Eingreifen als unumgänglich, unvermeidbar und als Verteidigung des Friedens. In ihren Augen konnte man den imperialistischen Angriff nur auf diese Weise stoppen.

Wer weiß, ob sie tatsächlich daran glaubten. Ob ihnen nicht ab und an Zweifel kamen? Viele hingegen wurden durch die sowjetische Unterdrückung des Aufstands unangenehm überrascht. So auch Dora, die eine Woche lang weinte. Ich nicht. Durch meine Erfahrung im Spanischen Bürgerkrieg hatte ich vieles begriffen. Das Alter bringt das klägliche Privileg mit sich, im Voraus zu wissen, wer verlieren wird. Und leider fiel die Rolle des Verlierers abermals Ungarn zu.

Schlimmer noch als 1938 in Paris. Und schlimmer als zwei Jahre vorher in Bern.

Es machte mich wütend, meine Arbeit mit Feola ausgerechnet zu einem Zeitpunkt aufzugeben, an dem sich ein Licht am Horizont abzeichnete. Keiner meiner Vorfahren hätte untätig bei der Unterdrückung einer Demokratie zugesehen. Wie gesagt, hatte ich immer nur Gutes über die Ungarn gehört. Viele hatten für die Republik von Rio Grande gekämpft. Andere, zusammen mit meinem Urgroßvater André, für die Römische. Ein Ungar im roten Hemd marschierte beim »Zug der Tausend« an der Seite von General Garibaldi nach Sizilien. Wie hätte ich also die Augen vor den Geschehnissen verschließen können. Unter meinem alten Pseudonym Rimbaud schrieb ich einen Artikel mit dem Titel »Die Belagerung von Budapest«, einen polemischen Abgesang auf die Freiheit, und kündigte an, dass ich der unterdrückten Arbeiterklasse zu Hilfe eilen würde, mochte ich auch vergeblich auf einsamem Posten kämpfen.

Ich dachte, dass diese Zeilen nur die üblichen Leser erreichen würden.

Doch dann wurde ich am Flughafen von einem Agenten festgehalten, während mir ein zweiter eine Faust in den Magen stieß und mir ein dritter einen Fußtritt ans Ohr versetzte. »Das ist für die Weltmeisterschaft von 1950«, sagten sie. »Und das für die von 1954.« Am Abend fand ich mich hinter Gittern wieder. Wegen aufwieglerischer Tätigkeit, so die offizielle Begründung. In Wirklichkeit wollten sie mich an der Ausreise hindern. Sie observierten mich schon seit längerem. Mich und die wenig vertrauenserweckenden Leute um mich herum. Schriftsteller, denen vor Gram die Haare ausgingen, militante Prostituierte, exzentrische Musiker … Sie kannten meine Gewohnheiten, wussten über meine wechselnden Aufenthaltsorte Bescheid. Sie hatten sich an meine Fersen geheftet. Hatten jede einzelne Ausgabe meiner Zeitung gelesen. Eine Zeitung, deren Titel allein eine Provokation darstellte. Und deren Sportteil immer kritisch war, vor allem gegenüber den Entscheidungen des Fußballverbands.

Sie schlossen mich in einen Hangar ein, und drei vierschrötige, bullige Bastarde beschlossen, jeden meiner Leitartikel mit einer anderen Art von Folter zu beantworten. Ihre Methoden waren noch ausgetüftelter als die der Nazis. »Wenn wir dich nicht umbringen«, sagten sie zu mir, »dann nur, weil es heißt, du würdest dafür sorgen, dass wir die Weltmeisterschaft gewinnen. Aber wehe dir, wenn nicht, dann schnappen wir dich erneut, da kannst du Gift drauf nehmen.« Um keine Zweifel an ihren Absichten aufkommen zu lassen, drohten sie für den Fall meines Scheiterns damit, meine »schwarze Nutte« dafür bezahlen zu lassen.

Keine Zeitung machte auf meinen Fall aufmerksam. Kein Oppositionspolitiker kümmerte sich darum oder schrieb mir einen Brief, um mich seiner Solidarität zu versichern.

Jean Améry hat es am besten in Worte gefasst: »Wer der Folter erlag, kann nicht mehr heimisch werden in dieser Welt.« Weil er weiß, dass niemand ihm zu Hilfe eilen kann. Weil er unerträglichen körperlichen Schmerz erfährt. Weil der Schaden, der ihm zugefügt wird, nicht wieder gutzumachen ist. Weil die Folter seine Würde verletzt und ihn in den Tod treibt.

All das kannte ich schon und musste es nun ein zweites Mal durchmachen. Wenn ich es überlebte, dann nur, weil ich mich in Gedanken an der *Göttin* festklammern konnte, sie mich mit ihren goldenen Flügeln ein wenig von der Gemeinheit der Menschen und der Verletzbarkeit des Körpers ablenkte.

Als ich schließlich in meine kleine Redaktion der *Es-*

peranza zurückkehrte, war der ungarische Aufstand niedergeschlagen worden. Ich erkundigte mich, wie es Sebes, Onkel Guszhi, ergangen war und erfuhr, dass er am Tag, als die Unruhen begannen, zusammen mit seiner Nationalelf bei einem Turnier im Ausland war. In Madrid. Die Geografie des Schicksals, dachte ich und war mir sicher, dass Puskás in Spanien bleiben würde. Und sollte Recht behalten: Er wurde von Real unter Vertrag genommen, Kocsis und Czibor hingegen landeten in Barcelona. Schließlich kehrte die ungarische Nationalelf nur zu sechst in die Heimat zurück. Das Ende der goldenen Mannschaft.

54

In letzter Zeit suchte Consuelo mich nachts wieder heim.

Wie viele Laken ich bei all den ins Leere gehenden Umarmungen zerknittert habe! Ich spürte ihre Haare auf meiner Haut, erkannte die Form ihrer Brüste, die sich unter dem Kleid abzeichneten, ihre großen goldenen Flügel, war betäubt vom Geruch, der ihrem würzigen Körper entströmte …

Doch auf dem Höhepunkt der Lust versuchte ich jedes Mal vergeblich, sie zu berühren. Es war, wie wenn man glaubt, einen Schmetterling in der Faust gefangen zu haben, um dann festzustellen, dass man ihn in Wirklichkeit mit der hastigen Bewegung davongescheucht hat.

Obwohl ich wusste, dass ich sie bald gewinnen würde, reagierte ich noch immer viel zu überstürzt; es gelang mir nicht, meine Bewegungen in Einklang zu bringen, sie mit der nötigen Leichtigkeit und Festigkeit auszuführen, den Dingen und den Empfindungen ein Maß zu geben und ihnen freien Lauf zu lassen, sie mit Armen und Augen zu erfassen, sie mit der Stimme zu erreichen.

Ich suchte Consuelo in jeder Frau, die mich bei sich versteckte, an allen Orten, an denen ich wohnte, in jedem

Wort, das ich schrieb und verschwieg. Aber es gibt nichts Schwierigeres und Quälenderes, als einen Geist zu verführen.

Mir wird klar, dass ich mein ganzes Leben lang nichts anderes versucht habe, als mit meinen Träumen Liebe zu machen.

55

In Stockholm erfüllte sich endlich, worauf ich seit achtundzwanzig Jahren gewartet hatte.

Die *Speranza perdida* erschien wieder, obwohl ich weiterhin Drohungen erhielt und mich die Vorstellung traumatisierte, dass eines Tages wieder uniformierte Männer auftauchen, mich verhaften und mir, im besten Fall, die Finger brechen würden, um mich am Schreiben zu hindern. Ich hatte auch Dora gewarnt, sie solle aufpassen, weil es eine Polizeiakte über sie gab.

Um nach Schweden zu reisen, musste ich auf einen meiner vierzehn Pässe zurückgreifen. Keiner davon war gefälscht. Aus Vorsicht hatte ich mir die Nachnamen meiner Großväter angeeignet: In einem Land, in dem niemand mit seinem Taufnamen bekannt ist, gab es keinen Beamten, dem das auffiel.

Ich ließ mir wieder einen Schnurrbart wachsen und reiste mit einem Journalistenausweis in der Tasche, der auf den Namen Zef Carrion Goldenblum ausgestellt war, nach Stockholm. Nicht einmal auf die Gefahr hin, noch einmal gefoltert zu werden, hätte ich mir das Vergnügen nehmen lassen, bei unserem ersten Sieg dabei zu sein.

Doch ohne Tarnung hätte ich es nicht geschafft. Außerdem hatte jemand ganz oben dafür gesorgt, dass mein Arbeitsvertrag bis zum Endspiel lief.

Dabei wäre ich so oder so bis zum Finale geblieben, selbst wenn ich ein Engagement bei der *Times* gehabt hätte. So oder so. Weil Brasilien sechzehn Tore schoss und sämtliche Spiele gewann, mit Ausnahme des zweiten, gegen England, das überraschend mit einem Unentschieden endete.

Der Spielmodus für diese spektakulärste Weltmeisterschaft aller Zeiten war wieder linear und überschaubar: Italien und Uruguay hatten sich zur Verblüffung aller nicht qualifiziert. Und das beruhigte mich. Es gab mir weitere vier Jahre Zeit.

Bei der dritten Begegnung unserer Nationalelf in der Vorrunde hatten die Russen – mit Lew Jaschin im Tor, der in seiner Karriere mehr als hundert Elfmeter parierte – in drei Minuten kein einziges Mal Ballkontakt und gerieten sogleich in Rückstand: Vavá zu Didi, Didi zu Garrincha, der dribbelt und gibt an Didi zurück, der an Pelé, der an Vavá …

Musik.

Die Brasilianer waren wie Dominosteine. Wie die Rädchen eines Uhrwerks.

In der Provinz Bahia lasen nicht mehr nur die Polizeischergen meine Zeitung. Ich war der geheime Schmied dieser Mannschaft, und keiner konnte wie ich ihr Spiel erläutern. Feola gab mir Exklusivinterviews, und meine Artikel wurden an der brasilianischen Küste strandauf, strandab diskutiert.

Gilmar, die Giraffe, blieb dreihundertneunundsechzig Minuten lang ungeschlagen, und ich prophezeite, dass wir im Halbfinale und im Finale mit demselben Ergebnis gewinnen würden.

Fünf zu zwei.

Von da an nannten mich meine Leser den Zauberer. Nein, keine Zauberei, Leute. In Wahrheit hatte ich mit Garrincha um eine Flasche Schnaps gewettet, ob sie in jedem Spiel fünf Tore schießen würden. »Die hau'n w… wir rein, Mi… Mi… Mister, die hau'n w… wir rein.«

Frankreich hatte einen äußerst starken Angriff, aber eine butterweiche Abwehr. Zuerst schoss Vavá ein Tor, dann glich Just Fontaine für Frankreich aus, ein in Marokko geborener Bretone, der sich während des Turniers die Extravaganz von dreizehn Toren leistete; es folgte ein Treffer von Didi, *dem schwarzen Reiher*, der Brasilien kurz vor der Halbzeitpause wieder in Führung brachte. In der zweiten Halbzeit baute Pelé mit einem Hattrick die Führung aus, woran auch ein gegnerisches Tor eines Spielers mit italienischem Namen nichts mehr änderte.

Wir hatten diese Expedition mit viel Sorgfalt vorbereitet. Offiziell hatte ich meinem Freund mit dem Goldzahn die Führung überlassen, einem fähigen Mann, vor allem was seine Beziehungen zur Fifa anging. In Wirklichkeit konnte Nadir Machado do Magalhães die Bürokratie nicht ausstehen, deren Hürden er immer mit seinem außerordentlichen diplomatischen Geschick umging. Aber nicht deswegen war meine Wahl auf ihn gefallen. Sondern wegen seines Lächelns, das strahlend war und glücklich und leuchtend. Als ich ihn kennenlernte, dachte ich: Er ist der richtige Mann für die *Göttin*. Ihm verdankte ich meine Handlungsfreiheit. Wer weiß, wie viele Generäle und Regierungsmitglieder er mit seiner goldenen Eloquenz überzeugt hatte, um mich zu protegieren.

Als Erstes teilten wir die Aufgaben auf. Ich würde mich um die Journalisten kümmern: Ich kannte das Umfeld. Américo, unser schwarzer Masseur, war damit betraut, auf der Trainerbank in der Nähe von Feola zu sitzen und ihn zu wecken, falls er einschlief. Abgesehen von einem Arzt bestand ich auf einem Zahnarzt, Mario Trigo Loureiro, denn eine Karies kann tückischer sein als ein knochenbrecherischer Verteidiger. Schließlich engagierten wir sogar einen Psychologen, denn einige Bornierte waren der Ansicht, dass man das Schicksal der Nation nicht in die Hände eines Minderjährigen wie Pelé oder die eines Behinderten wie Garrincha legen könne, der in ihren Augen nicht nur die Hässlichkeit, sondern auch den Geist und die Flatterhaftigkeit eines Urwaldvogels besaß. Doch dann war Dr. Raimundo Rocha der Erste, der aus dem Gleichgewicht geriet: Nach dem zweiten Sieg spazierte er nackt durch die Straßen Stockholms und rief sich schon als Weltmeister aus. Eine Zeit lang musste ich ihn vom Geschehen fernhalten. Pelé und Garrincha blieben auf ausdrückliches Verlangen des Volkes im Team.

Zum Glück sorgte Feola für ausreichend Spannung und schaffte es gleichzeitig, die Gemüter zu besänftigen. In seinen Sessel versunken, in dem er nur mit Mühe Platz fand, hielt er scheinheilig vor versammelter Mannschaft seine Ansprachen und sorgte für die richtige Ordnung. Er ähnelte Charlie Parker, dessen Foto ich in einer Zeitschrift gesehen hatte. Wie dieser und Django konnte auch Feola in zwölf verschiedenen Tonarten improvisieren: mit seinen elf Stammspielern und einem Reservetorhüter.

Vor dem Finale fuhren wir zum Angeln an den Mälaren-See. Um unsere bis zum Reißen angespannten Nerven zu beruhigen. Es war das einzige Mal, dass mir Vic anvertraute, er sei müde und habe Angst. Der Himmel war grau und das Ufer von langfaserigen Algen übersät. Feolas Stimmung verdüsterte sich. Überall sah er negative Vorzeichen. Auf der Rückfahrt nach Stockholm waren die für uns reservierten Plätze im Waggon mit der Nummer siebzehn. Bei der Auslosung der Trikotfarben hatten wir den Kürzeren gezogen: Schweden durfte in Gelb spielen, während wir die Wahl zwischen Grün und Blau hatten, Farben, die wir nie zuvor getragen hatten. »Und dann regnet es in diesem Scheißland auch noch ständig«, fluchte er. »Und die Frauen sind alle blond.«

Um zu verhindern, dass sie trübsinnig wurden, hatte er die Jungs geschickt, Bekanntschaft mit diesen Frauen zu schließen. Ich erschauderte.

Im Laufe des Nachmittags betete ich zu sämtlichen Göttern Afrikas, dass es uns nicht erginge wie Stabile und seiner argentinischen Mannschaft, die eins zu sechs verloren hatte und völlig entkräftet war.

Die Götter erhörten alle meine Gebete.

Schweden erwies sich als zu langsam und zu methodisch für uns. Zehn Jahre zuvor hatten auch sie über ein legendäres musikalisches Trio verfügt. Gre-No-Li, skandierten die Fans damals. Gren, Nordahl, Liedholm. Jetzt waren nur noch zwei davon mit von der Partie. Liedholm schoss dann auch das erste Tor. Doch mein Team ließ sich nicht aus der Ruhe bringen. Endlich waren die Wunden der Niederlage im Maracanã vernarbt. Garrincha spurtete zwei Mal los und hängte den gegnerischen Verteidiger ab. Und zwei Mal musste Vavá nichts anderes tun, als den Ball ins Netz zu schieben.

In der fünfundfünfzigsten Minute stoppte Pelé im Strafraum den Ball mit der Brust, lupfte ihn vor dem Kopf des Abwehrspielers senkrecht in die Luft und schoss ihn mit dem rechten Fuß ins Tor.

Sie haben ihn bestimmt gesehen, diesen Treffer. Ich habe ihn noch immer vor Augen. Für mich hat die Zeit damals stillgestanden, so hingerissen war ich von der Eleganz. Nur Pelé tanzt auf diese Weise, der Rest wirkte wie unter Wasser.

Mit dem Fußball ist es wie mit der Liebe. Wer einmal davon gekostet hat, wird sich nie mehr mit einer schalen, abgeklatschten Kopie begnügen, selbst wenn die jüngere Generation sie hartnäckig unter demselben Namen verkauft. Und mit der Musik ist es ebenso. Wenn man das Glück hatte, Django zu hören, oder Yves oder Tom und Miles, Thelonious Monk, Coltrane, De André, Chico, Caetano …, ist man zur Sehnsucht verdammt, schätzt sich aber glücklich, es erlebt zu haben. In der *Esperanza* griff ich diesen Gedanken auf.

Der Rest des Finales, einschließlich der drei nachfolgenden Tore, war im Grunde nichts weiter als ein Nachspiel dieses Augenblicks.

Nach dem Schlusspfiff kam Magalhães zu mir auf die Pressetribüne und zog mich in seinem Siegestaumel mit sich auf das Fußballfeld. Seit dem Tag, an dem ich sie auf Valmonts Tisch gesehen hatte, war ich der *Göttin* nie mehr so nahe gekommen. Sie hatte nichts von ihrem Glanz verloren, und ich musste all meine Instinkte bezwingen, um sie nicht den Händen Königs Gustav VI. Adolf zu entreißen und mit ihr über den Rasen zu fliehen, das ganze Stadion auf den Fersen. Auf einigen Fotos bin ich sogar zu sehen – die einzigen unachtsamen Momente meiner Laufbahn. Etwas verborgen hinter Don Vicentes Bauch und dem zu Tränen gerührten Pelé wohne ich der Siegerehrung bei. Und hinter Garrincha, der fragte: »Mister, und wann findet das Rückspiel statt?«

56

Jene Jahre waren auch die der Revolution.

Und endlich Jahre der Triumphe.

Gemeinsam mit der *Göttin* war ich aus Schweden nach Brasilien zurückgekehrt. Nun wusste ich sie in Sicherheit. Im Sitz der CBF in Rio, dem ich früher oder später einen Besuch abstatten würde: nach dem dritten Sieg und damit dem endgültigen Gewinn der Göttin. Doch ich hatte keine Zeit, den Sommer zu genießen. Kaum hatte ich erfahren, dass in Kuba zwei Rebellenkolonnen unter dem Kommando von Ernest Guevara und Camilo Cienfuegos auf die Hauptstadt zumarschierten, packte ich erneut meine Koffer. Genau rechtzeitig, um die Einnahme von Santa Clara mitzuerleben.

Seit dem Angriff auf die Moncada-Kaserne sechs Jahre zuvor verfolgte ich die Ereignisse in Kuba mit. In der *Esperanza* hatte ich Castros Verteidigungsrede bei seiner Gerichtsverhandlung mit dem berühmten Satz »Die Geschichte wird mich freisprechen« in Fortsetzungen veröffentlicht. Ich informierte meine Leser über die gefahrenreiche Seefahrt der Rebellen von Mexiko nach Kuba auf der Yacht Granma von 1956. Dann hielt ich sie regelmäßig über die Guerilla-Aktionen auf dem Laufenden, die von der Sierra Maestra aus gegen Fulgencio Batista gesteuert wurden, diesen Verräter aller Mulatten.

Am Flughafen zeigte der Passierschein des Fußballverbands, den Magalhães mir unter der Bedingung ausgestellt hatte, dass ich rechtzeitig zur nächsten Weltmeisterschaft zurückkehrte, mehr Wirkung als irgendein Reisepass. Die Zollbeamten wollten nicht einmal meine Ausweispapiere sehen und eskortierten mich nach der Landung wie einen hochrangigen Diplomaten zum Ausgang.

In Kuba stieß ich in einem klapprigen Omnibus zu Guevaras *columna rebelde* in der Provinz Las Villas. Che erzählte ich, dass ich in Spanien gekämpft hatte, an der Front von Aragon. In der Brigade Garibaldi. Er zog die Baskenmütze vom Kopf und sah mich respektvoll an. In meiner persönlichen Sammlung von Blicken, die sich aus lückenhaften, ungeordneten Erinnerungen zusammensetzt, nimmt der seine einen Ehrenplatz ein, denn darin lag die ganze verletzte Menschlichkeit eines Kontinents, mit ihrer Loyalität und ihren Träumen. Er gab mir ein Gewehr und übergab mir die Führung eines Trupps von Schuhputzern mit der Aufgabe, das Gerichtsgebäude anzuzünden.

Ich schüttelte ihm die Hand, und er entließ mich mit dem schlichtesten aller revolutionären Grüße. »*Viva la libertad*«, sagte er mit einem Lächeln, das die Berge der Sierra einschloss, die Zuckerrohr- und Kaffeeplantagen, die faltige Haut der Bauern und die glatte der Prostituierten, den Enthusiasmus und die Angst der Guerillas, den Flug der Vögel, die Geometrie der Dinge, die schiefgehen, und jener, die glattlaufen, die offenen Venen aller

Länder, alle Inselbuchten dieser Erde und die zerklüfteten Küsten aller Hoffnungen.

»*Viva la libertad*«, antwortete ich und ließ mir jede Silbe auf der Zunge zergehen. *Carajo,* es war zwanzig Jahre her, dass ich sie zuletzt ausgesprochen hatte.

Das Gerichtsgebäude anzuzünden gelang mir nicht, aber die Revolution siegte trotzdem. Ich kaufte mir ein blaues Hemd und ließ mir wieder einen Bart wachsen.

Wie jeder ordentliche Milizsoldat.

Vor Kurzem hatte ich die fünfzig überschritten.

57

Eine siegreiche Revolution.

In der Geschichte meiner Familie erlebte man das zum ersten Mal. Nach all den Belagerungen, die ein schlechtes Ende genommen hatten. Und all den Niederlagen. Der Sieg der *Göttin* brachte mir Glück.

Ich blieb mehr als drei Jahre im Süden der Insel. Es gab damals viel zu tun und viel zu schreiben. Man musste einen neuen Weg erfinden, um zu überleben. Doch schon bahnte sich eine andere Belagerung an, eine Belagerung, die noch immer andauert, jetzt, in diesem Moment. Die Verschwörungen der CIA, die Exkommunikationen, das Embargo … die großartige Außenpolitik des Westens! Man könnte eine Fußballmannschaft mit den Diktatoren aufstellen, die die Vereinigten Staaten in den letzten fünfzig Jahren unterstützt haben. Früher einmal kannte ich die Namen der elf Spieler auswendig. Mal sehen, ob ich sie noch zusammenbekomme. Im Tor: Alfredo Stroessner; in der stahlharten Abwehr: Carlos Castillo Armas, François und Jean-Claude »Baby Doc« Duvalier, Castelo Branco … im Mittelfeld: der Kerl von den Philippinen, wie hieß er gleich – Marcos, ja, Ferdinand Marcos, und der Indonesier, Haji Mohamed Suharto; der Angriff hatte es ebenfalls in sich: Georgios Papadopoulos, Augusto Pinochet, Juan María Bordaberry, José Napoleón Duarte. Auf der Trainerbank die türkische Militärjunta, alle, die da waren: die Generäle, Feldwebel, Obersten … Und Pinochet als Mittelstürmer.

Eine wahrlich martialische Auswahlmannschaft. Ich hätte sie nur allzu gern herausgefordert, zusammen mit ein paar alten Freiwilligen. Bis zum letzten Schuss. Ich war schon immer der Ansicht, dass die Präsidenten der Vereinigten Staaten insgeheim eine unheilbare Leidenschaft für Fußball haben, den einzigen Sport, in dem sie nicht gewinnen können, und aus Rache ihre Meisterschaften im Verborgenen austragen, auf dem Rasen des Weißen Hauses. Schon seit langem übertreffen die potenziellen Spieler bei weitem die benötigte Anzahl. Zurzeit sind sie gewiss dabei, weitere Reserven auszuheben, um die Verschwundenen oder Gestürzten zu ersetzen und neue Spielorte zu suchen.

Aber von denen sollte ich besser nicht sprechen, denn sonst sitzt mir unweigerlich ein Kloß im Hals, wie ein unverdauter Brocken, der einem wieder hochkommt. Ich war dabei, Ihnen von Kuba zu erzählen. Am Anfang der Sechzigerjahre sandte die Regierung Tausende freiwilliger Lehrer und Studenten auf der ganzen Insel aus. Sie sollten in ein, zwei Jahren die Bevölkerung alphabetisieren. Sofort war ich Feuer und Flamme für diese Mission. Ich bat Che, an diesem Prozess mitwirken zu können, um meinen Beitrag zur Revolution zu leisten. Sie teilten mich für die Provinz von Santiago ein. Überall wurden provisorische

Klassenzimmer eingerichtet, und zum Unterricht erschienen nicht nur die Kinder, sondern auch ihre Väter. Alles Bauern. Noch heute sehe ich ihre Gesichter vor mir, trocken wie die Erde, die sie bestellten. Und ihre rissigen, knotigen Hände. Hände, die endlich lernten, ihren Namen zu schreiben. Die Bewegung eines Verbs, den Luxus eines Adjektivs. Die Geschichten, die seit Jahrhunderten von Mund zu Mund getragen wurden.

Es war wie die Erschaffung der Welt. Im Laufe eines Monats begriffen sie die Macht der Sprache und die verführerische Macht der Worte, etwas, was andere jahrhundertelang auf sie ausgeübt hatten.

»Aber die Welt war längst erschaffen, bevor wir schreiben lernten«, sagten sie dann zu mir.

»Um die Dinge zum Leben zu erwecken, muss man sie benennen«, erklärte ich ihnen.

»Dafür reicht auch die Stimme«, sagten sie.

Es war eine schwierige Diskussion. »Wenn man die Dinge aufschreibt, sind sie lebendiger«, erklärte ich abschließend. Aber richtig überzeugt war ich selbst nicht.

Das Schöne an dieser Revolution war, dass sie sich an die Kinder wandte. Sie half ihnen, sie heilte sie, sie beschützte sie. Und auf diese Weise beschützte sie sich selbst, denn nur die Kinder können für den Fortbestand der Revolution garantieren, indem sie sie als Erwachsene verteidigen.

In jener Gegend nannte man mich *profesor*, und ich muss sagen, dass mich diese Bezeichnung mit Stolz erfüllte. Doch alles in allem brachte ich ihnen ja nur eine Hand voll Buchstaben und Zeichen bei, während sie mich dagegen unendlich mehr lehrten: wie man einen Toten beweint und dass nachts in jedem Haus ein anderer *orisha* wohnt, der auf der Schwelle wacht, und dass der heilige Petrus Oggún der Schmied ist, der Gott der Berge und der Mineralien, und die weiße Madonna eine Mulattin und die Flussgöttin Ochún die Mutter der freien Liebe und der Fraulichkeit, die Freundin von Yemanjá. Wie damals in Spanien fühlte ich mich vollkommen wohl in dieser ungebildeten und magischen Welt.

Die Alten brachten mir Domino bei, und wir spielten jeden Abend, bis einer hundert Punkte erreicht hatte. Dieses Spiel hat mich schon immer fasziniert, weil das Schicksal darin auf vergnügliche Weise die Unendlichkeit seiner Möglichkeiten aufzeigt. Indem es jedes Mal das Muster verändert. In jener Zeit lernte ich das Gedicht *La Edad de Oro* von José Martí auswendig und kaufte mein erstes Revolutions-Sammelheft.

L'Album de la Revolución Cubana – das Album von der Kubanischen Revolution.

Es erschien als Beilage zur Kinozeitschrift *Revista Cinegrafico.* Mit Fidel auf dem Titelbild. Die darin erzählte Geschichte begann mit dem Putsch vom 10. März und endete mit dem Triumph der Revolution. Sie las sich wie ein fesselnder Comic: Die Figuren waren gut gezeichnet, und die Bildlegenden erinnerten mich an die epischen Werke der italienischen Resistenza. Auf der letzten Seite war eine fröhliche Werbeanzeige.

Gracias mamá por el postre de hoy – »Danke, Mama, für den leckeren Nachtisch« –, sagte ein Mädchen mit Zöpfen zu seiner hübschen Mutter, die es anlächelte. Es war eine

Konservenwerbung. Für die Marke Felices. Alle gaben damals vor, fröhlich zu sein. Sogar eine Guavenmarmelade.

Doch die Zeit in Kuba verging wie im Flug. Die Weltmeisterschaft von 1962 stand vor der Tür. In meiner Provinz gab es keinen einzigen Analphabeten mehr, und Fidel Castro Ruz war persönlich nach Santiago gekommen, um die Erreichung des Ziels zu feiern. Am Abend besuchte ich ihn in dem Haus, in dem er zu Gast war. Jetzt, da ich meine Aufgabe erfüllt hatte, wäre ich für ihn und die Republik von größerem Nutzen, wenn ich mit Fußballreportagen in einer Tageszeitung Propaganda für den revolutionären Sozialismus machen könnte, erklärte ich ihm. Im Grunde genau das, was ich schon immer getan hatte, wenngleich mit eher niederschmetterndem Ergebnis.

Castro aß sein Vanilleeis zu Ende und kratzte sich geräuschvoll am Bart. Er musste sich häufig die merkwürdigsten Vorschläge anhören, nahm aber jede Idee ernst, mochte sie noch so absurd sein, und genau das machte einen Teil seiner Stärke aus. Er legte sich in eine bunt gestreifte Hängematte, nahm einen langen, tiefen Atemzug und begann mit seiner hellen Baritonstimme zu reden. Von Sport. Von Politik. Seiner Kindheit. Drei Stunden später stand ich nach wie vor an den Türpfosten gelehnt da. Inzwischen hatte sich die Nacht über den Garten gelegt, und Fidel machte keine Anstalten, seinen Monolog zu beenden. Er sprach bis zum Morgengrauen weiter. Er trainiere für seine Volksreden, sagte man. Ich hingegen hatte den Eindruck, er wolle mich auf die Probe stellen.

Als er sich aus der Hängematte erhob, war ich erschöpft, doch ich hatte der Versuchung widerstanden, die

Augen zu schließen, und mich die ganze Zeit auf den Beinen gehalten. Castro kam auf mich zu und sagte: »Wende dich an den Verleger des *Rebelde*. Sag ihm, du kommst von mir. Aber jetzt gehen wir erst mal frühstücken.«

Es war gar nicht so einfach, Juanito Gómez Medina, den Verleger des *Rebelde*, zu überzeugen, dass der Fußball das beste Mittel sei, um den Lauf der Welt und die Dynamik des Geldes verständlich zu machen. Für ihn war die Erde eine diamantenförmige Insel und Baseball der einzige Schlüssel zum Leben. Widerwillig gab er mir den Auftrag, mit den sechs Nationalelfen des amerikanischen Kontinents zur Weltmeisterschaft nach Chile zu reisen. Ich dankte ihm brüderlich. Am Flughafen wartete eine Gruppe von Bauern auf mich, um mir alles Gute zu wünschen. Ich lieh mir von einem anderen Passagier eine Sonnenbrille aus und stieg die Gangway hinauf.

Für mich war die Zeit gekommen, erneut aufzubrechen. Von einem Santiago zum anderen.

58

Chile war eine Entdeckung. Vor der Austragung wollte ich das Land bereisen, wollte alles sehen.

Das dramatische Weiß der schneebedeckten Kordilleren, das mit der dunklen Farbe der Frauen, der Baumrinden, der Pferde kontrastierte. Der Atem des Ozeans.

Damals kaufte ich das Haus in Puerto Williams, wo ich Jahre danach Zuflucht suchen sollte. Ein niedriges, gelbes Haus mit weißen Fenstern. Ich glaube, der Kauf war eine reine Bauchentscheidung. Denn man sollte immer einen Rückzugsort haben. Vor allem, wenn man sich so vieler Vergehen schuldig gemacht hat wie ich. Früher oder später wird es immer jemanden geben, der es einem heimzahlen will. Darüber machte ich mir keine Illusionen.

Doch ich kaufte es auch, weil es mir gefiel. Ein bescheidenes Haus mit umlaufender Terrasse, die auf den Kanal blickte, von dessen Fluten sie hin und wieder überschwemmt wurde. Den Großen Süden vor der Nase.

Es sollte eine weitere Etappe meines Wegs ins Exil von der menschlichen Gemeinschaft kennzeichnen. Eines unumgänglichen Wegs. Wenn meine Großmutter von all den Familienmitgliedern erzählte, die sie hatte weggehen sehen und für die sie noch immer vergeblich im Esszimmer ein Gedeck auflegte, tröstete sie sich mit der Erkenntnis, dass man erst bis zur äußersten Grenze gehen muss, bevor man wieder nach Hause zurückkehren kann.

Wie viele Stunden bin ich wohl auf Quiqueg geritten, meinem gescheckten, muskulösen Paso Peruano, um vom Sattel aus das Ende der Welt zu betrachten? Einmal nahm mich ein Nachfahre der Yaganes-Indianer, der mir in der ersten Zeit als Führer zur Verfügung stand, zum Gipfel des Cerro Bandera mit. Es war ein Tag voll unerträglicher Helligkeit. Alles strahlte so klar und schien blank geputzt, dass es schmerzte. Die Szenerie des Beagle-Kanals. Die Silhouette der Berge. Der Flug der Kondore hoch oben in der Luft. Die Gedanken, die wieder in die richtige Ordnung rückten. Die Dinge, die geschehen waren. Und die, die noch geschehen mussten. Selbst die bizarrsten Anblicke erschienen mit einem Mal logisch. Wo Licht war, würde bald Regen und Wind sein, und abermals Licht.

Dieser Ort passte zu meinem Leben wie kein anderer.

In der Nähe von Patagonien, der Gegend der Großfüßer, wie Magellan sie nannte. Tief unten in Feuerland. In der Nähe eines Gletschers namens Garibaldi. Jenseits der Fjorde der letzten Hoffnung. Einige Wellenschläge von Kap Hoorn entfernt.

Puerto Williams. Das südlichste Dorf des Planeten. Mein letztes Zuhause, bevor ich hierherkam.

59

In Chile wurde die brasilianische Nationalelf nicht mehr von meinem Freund Don Vicente trainiert. Doch Spielmethode und Aufstellung waren die gleichen. Es war ein perfektes Räderwerk, das mindestens weitere vier Jahre überdauern sollte. Aimoré Moreira ersetzte lediglich zwei Spieler, ohne das Gleichgewicht zu ändern: Bellini durch Mauro und Orlando durch Zozimo. Ansonsten setzte er auf dieselbe Formation wie in Schweden.

Manch einer hielt sie für verbraucht und traute ihr eine Wiederholung des Erfolgs nicht zu. Und als sich Pelé beim zweiten Spiel an der Leiste verletzte, stimmten alle Zeitungen voreilig ein Requiem an.

Alle, bis auf den *Rebelde.*

In Chile lag eine Art schwarzer Staub in der Luft, eine Disharmonie. Das schrieb ich auch für meine kubanischen Leser. Zwei Jahre davor hatte ein Erdebeben das Land erschüttert, aber die Organisatoren hatten nicht von der Austragung der Weltmeisterschaft absehen wollen. In Wahrheit verunreinigten nicht nur die Wunden, die das Erdbeben gerissen hatte, die Luft. Es waren die Vorboten der Zukunft, denn das Estadio Nacional in Santiago sollte sich ungefähr zehn Jahre später in einen Ort der Folter und des Todes verwandeln.

Es wurde hart und rau gespielt. Nach einem Spiel mit den Chilenen, das zeitweise in eine Schlägerei ausartete, und nachdem ein englischer Schiedsrichter sie verhöhnt hatte, schieden die Italiener von der Weltmeisterschaft aus. Brasilien dagegen zeigte, dass es auch leidensfähig war – und stärker als alle Verwünschungen.

Nach Pelés Verletzung suchte mich Aimoré Moreira in meinem Hotel auf. Er war verzweifelt. Ich mixte ihm eine Caipirinha und beruhigte ihn. Jemand musste ihm gesagt haben, dass ich der Einzige sei, der ihm noch helfen könne. Aus der Schublade meines Nachttischs zog ich mein Notizheft hervor, das voller Skizzen von Kampfstellungen war. Ich hatte sie erarbeitet, als ich mich mit der kubanischen Guerilla auseinandersetzte. Wenn sie in den Bergen der Sierra Maestra funktioniert hatten, würden sie ebenfalls auf einem viereckigen Rasenstück funktionieren. Man musste angreifen und sich in kompakter Formation wieder zurückziehen, an den Flügeln in Kolonnen vorrücken, die eine etwas weiter vorn, die andere leicht zurückversetzt, die einen, um zu decken, die anderen, um zu stören. Moreira, der neugierig geworden war, verbrachte die ganze Nacht damit, meine Diagramme zu kopieren. Sie seien revolutionär, sagte er zum Schluss und drückte mir energisch die Hand. »Machen Sie sich keine Sorgen«, versicherte ich ihm nochmals, »falls die Strategie nicht aufgeht, wird uns ein vielversprechender junger Spieler aus der Patsche helfen: Amarildo Tavares de Silveira.« Ich hatte ihn beim Training beobachtet, und ein kurzer Blick hatte genügt. Seit drei Jahren schaute ich mir keine Fußballspiele mehr an, aber noch immer erkannte ich, wenn einer vom Schicksal vorbestimmt war. Amarildo hatte kurz davor mit dem Verein Botafogo den brasilianischen Meistertitel gewonnen.

Garrinchas Mannschaft.

In Wahrheit hätte er allein bei dieser Weltmeisterschaft genügt.

Für Garrincha machte es keinen Unterschied, wer vorn spielte, seine Arbeit machte er so oder so, und die anderen mussten nichts anderes tun, als den Ball ins Netz zu schießen.

Er war in Bestform. Mit seinem legendären Doppelpass trickste er die Gegner aus wie blinde Ameisen. Wenn sie besonders unsympathisch und arrogant waren, drehte er sich um und dribbelte von neuem los. Um ihnen eine Lektion zu erteilen. Und er nannte sie alle João.

Einige Monate zuvor hatte er in Rio in einem Spiel gegen Wales ein unglaubliches Tor erzielt: Mit je einer Finte spielte er zunächst einen Verteidiger schwindelig, dann einen Außenläufer, dann noch einmal den Verteidiger, der versuchte, den Ball zurückzuerobern, und schließlich den Torwart.

Mané Garrincha, der tropische Paradiesvogel.

Für Carlos Drummond vom Club Andrade war er ein kleiner, armer Sterblicher, der ein ganzes Land aus seiner Niedergeschlagenheit befreite. Es heißt, wenn man in Brasilien gegenüber den Alten den Namen Pelé erwähnt, ziehen sie den Hut, wenn man aber von Garrincha spricht, weinen sie.

Nach der Weltmeisterschaft von 1958 hatte er sich während einer Liveübertragung auf Rete Globo geweigert, Geschenke vom Gouverneur von Rio anzunehmen, darunter eine kleine Villa an der Copacabana. Er hatte nur einen Wunsch: dass man eine Taube aus einem Käfig freiließe, den er beim Hereinkommen gesehen hatte.

Im Viertelfinale schoss er zwei Tore gegen England. In Viña del Mar. Alf Ramsey, der sich sicher war, dass Moore und Charlton keinerlei Schwierigkeiten haben würden, die Carioca zu besiegen, hatte Wilson zu Garrinchas Deckung aufgestellt. Einen starken, aber langsamen Verteidiger. Garrincha demütigte ihn nach Strich und Faden.

Im Halbfinale in Chile schoss er zwei weitere Tore, bis ihn ein gegnerischer Spieler beleidigte und er seinerseits den Schiedsrichter, der nicht eingegriffen hatte und den er für einen Chinesen, Japaner oder Indonesier hielt. Weil der Schiedsrichter Yamasaki hieß und wie ein Asiat aussah, dachte Garrincha, er könne weder Portugiesisch noch Spanisch, dabei handelte es sich um einen Peruaner mit japanischen Wurzeln, der jedes einzelne seiner Worte verstand und ihn, ohne mit der Wimper zu zucken, vom Platz stellte. Garrincha ging in Richtung der Umkleidekabine, als folgte er seinem eigenen Sarg. Da traf ihn ein Stein am Kopf, jemand von der Tribüne wollte wohl sicherstellen, dass Garrincha ein für alle Mal außer Gefecht gesetzt war: Selbst vom Spielfeldrand aus jagte er einem Angst ein.

Trotzdem war am Ergebnis nicht mehr zu rütteln. Garrincha wurde mit vier Stichen genäht und stieg nach seinen letzten beiden Treffern zusammen mit Vavá an die Spitze der Torschützentabelle.

Und an diesem Punkt trat ich in Aktion. Ich lancierte zum zweiten Mal eine Pressekampagne zu seinen Gunsten, diesmal, um zu verhindern, dass man ihn vom Endspiel ausschloss. Es wäre gewesen, als hätte man die Fantasie disqualifiziert, die Kühnheit, die Respektlosigkeit gegenüber der Macht, schrieb ich. Dieser im *Rebelde* veröffentlichte Appell wurde von der Weltpresse aufgenommen und ging um die Erde. Während der Weltfußballverband zögerte, zog mein Freund Nadir Machado do Magalhães, der unsere Expedition wieder leitete, hinter den Kulissen die diplomatischen Fäden, bis die Disziplinarkommission der Fifa schließlich entschied, dass Garrincha spielen dürfe. Im Finale sollte Garrincha auf die Tschechoslowakei treffen. Eine unangenehme, pragmatische und eiserne Mannschaft. Eine Mannschaft, die den Ball lange hielt, jede Kreativität im Keim erstickte und mit beiden Füßen fest auf der Erde blieb.

Aber es waren noch immer meine Brasilianer, die gegen sie antraten.

Im Estadio Nacional in Santiago traf Amarildo vor achtundsechzigtausend Zuschauern sensationell zum Ausgleich des Treffers von Masopust, und Zito und Vavá machten schließlich den Weltmeisterschaftstitel klar.

Den zweiten.

Auch diesen Erfolg hefte ich mir ans Revers.

Seit vier Jahren war die *Göttin* nun in Rio, und in Rio, da war ich mir sicher, würde sie bis in alle Ewigkeit bleiben. Ich musste mich jetzt nur vier weitere Jahre gedulden. Bis ich sie für immer entführen könnte.

Warum erst dann?

Wegen eines Versprechens. Sehen Sie, ich habe nicht nur unzählige Erinnerungen, sondern auch Menschen und Worte verschwinden sehen. Die Kinder lernen heutzutage auf stummen Abc-Tafeln lesen und schreiben, und niemand lehrt sie mehr, wie wichtig gewisse Hoffnungen sind.

Nachdem ich es also Tom und Vinicius, Dora, den Männern von der Polizei und sogar Fidel Castro sowie den Verlegern der Zeitungen in den Dritte-Welt-Ländern versprochen hatte, begegnete ich nach meiner Rückkehr nach Brasilien am Strand einer Gruppe Straßenkinder aus Salvador und Aracaju. Jemand musste ihnen gesagt haben, dass ich Journalist bin und die Seleção nach Schweden und Chile begleitet hatte. Und dass ich ein Freund von Garrincha sei. Sie umringten mich und torpedierten mich mit Fragen. Sie ließen mich erst gehen, als ich auch ihnen schwor, dass wir den Pokal für immer gewinnen würden. Ich sah zu, wie sie sich auf der Strandlinie entfernten. Mit ihrem unheilbaren Schmerz über ihr trauriges Dasein riefen sie mir all die kubanischen Kinder ins Gedächtnis, denen ich Lesen und Schreiben beigebracht hatte; nie würde ich es übers Herz bringen, ihnen Kummer zu bereiten.

Ja, eine Geschichte à la Dickens. So ist es. Aber nur bis zu einem gewissen Punkt.

60

Nach vier Jahren des Schweigens erschien die *Esperanza perdida* wieder regelmäßig. Für Pernambuco war ich einer der Helden der Kubanischen Revolution, und er zögerte keine Sekunde, meine Zeitung erneut zu sponsern. Ich warb einige junge fähige Mitarbeiter an und erhöhte die Seitenzahl. Der Inhalt wurde sogar um einen Musikteil erweitert. Noch immer bewahrte ich die Geige meines Großvaters auf, auch wenn ich inzwischen meine Leidenschaft für die Gitarre entdeckt hatte. Die ersten Akkorde hatte mir Django beigebracht. Eines Tages wollte ich es richtig lernen, hatte ich mir damals vorgenommen. Und nun war der Zeitpunkt gekommen. Abends ging ich zu einem alten Bahianer mit kleinen, aber flinken Händen, einem Freund von Regina, der mir die Grundlagen zeigte. Im Gegenzug brachte ich ihm Lesen und Schreiben bei. Inzwischen hatte ich ja Übung darin.

Ansonsten schrieb ich wie gehabt über Fußball und Politik. Ich propagierte meine Vision eines den ganzen Kontinent überspannenden Sozialismus, wie ihn sich Che erträumte, und tat so, als unterhielte ich einen ständigen Korrespondenten in Kuba. In Wahrheit bediente ich mich der Briefe meiner zahlreichen kubanischen Freunde und Artikeln, die im *Rebelde* erschienen, den mir der Verleger nach wie vor wöchentlich schickte, sowie der endlosen Ansprachen von Fidel.

Dora lebte nicht bei mir.

Noch immer wog sie sich engelsgleich in den Hüften, aber ihr enthusiastischer und respektvoller Kampf für die Freiheit nahm sie so sehr in Anspruch, dass sie sich nicht mehr ihrem eigenen Leben widmen konnte. Noch immer pendelte sie zwischen Rio und São Paulo hin und her, und noch immer waren ihr die Männer der DOPS auf den Fersen. Außerdem wusste sie, dass ich, solange ich nicht mein altes Liebesversprechen eingelöst hätte, mit keiner Frau zusammenwohnen konnte. Das war mein Fluch.

Doch auch in dieser Pause zwischen zwei Weltmeisterschaften veränderte sich vieles. Und nicht zum Besseren.

61

Mein alter Freund Don Vicente war auf die brasilianische Trainerbank zurückgekehrt. 1966 in London wehte allerdings ein neuer Wind.

Was war geschehen?

Die Amerikaner hatten eine halbe Million Soldaten nach Vietnam geschickt; in Afrika wackelten die letzten Kolonien; Che hegte Pläne, wie man die Revolution exportieren konnte; und in Brasilien …

Hören Sie sich einfach die *Marcha da Quarta-feira de Cinzas* an – den »Aschermittwochsmarsch«, und Sie werden es verstehen.

Zwei Jahre zuvor, an einem Aschermittwoch, war Präsident Goulart durch einen Militärputsch gestürzt worden.

Ein Staatsstreich, sagte man. Und Vinicius schrieb dieses schöne Lied darüber:

Acabou nosso carnaval
ninguém ouve cantar canções
ninguém passa mais brincando feliz …

Vorbei mit der fröhlichen Ausgelassenheit, vorbei der Karneval. Brasilien würde in England verlieren. Ich war mir sicher, dass wir verlieren würden.

Ich befürchtete, dass sich auf unbestimmte Zeit der schwarze Staub der Diktatur auf das ganze Land legen würde. Ich war drauf und dran, nach Kuba zurückzukehren und einen Schlussstrich zu ziehen. Eine Auswanderung wäre jedoch nicht ganz ungefährlich gewesen. Trotzdem versuchte ich, Dora von meinem Vorhaben zu überzeugen. Aber sie hatte sich inzwischen der ALN angeschlossen, der vom Kommandanten Marighella geführten Ação Libertadora Nacional. Neuerdings bezeichnete sie sich als eine Stadtguerillera. Sie gab mir einen maschinengeschriebenen Text zu lesen: »Ein Stadtguerillero ist jemand, der die Militärdiktatur bekämpft; er ist ein Revolutionär und flammender Patriot, ein Freund des Volkes und der Freiheit. Der Stadtguerillero operiert in den brasilianischen Großstädten.« So in etwa fing er an. Ich hielt sie für verrückt, mit solchen Pamphleten in der Tasche herumzulaufen. Wie auch immer, Dora war fest entschlossen, in Brasilien zu bleiben und zu kämpfen. Und ich? Was für eine Hilfe konnte ein in die Jahre gekommener Guerillero wie ich überhaupt sein?

Es war in jener Zeit, zwei Monate vor der Weltmeisterschaft, dass ich versuchte, die Coupe Rimet zu rauben.

Damit wollte ich meinen alten Plan in die Tat umsetzen, sie zu stehlen und gleichzeitig den Widerstand gegen die Militärregime wiederzubeleben. Es war meine einzige Möglichkeit, mich nützlich zu machen.

Die *Göttin* war vorzeitig von Rio nach London geschickt worden, um öffentlich ausgestellt zu werden. Die Gelegenheit, auf die ich schon so lange gewartet hatte. Feola und Magalhães hatten durchgesetzt, dass ich als Journalist und Berater im Gefolge der brasilianischen Mannschaft mitreisen durfte. Ich sollte rechtzeitig vor Beginn der Meisterschaft in London sein, um das Terrain zu sondieren.

Ja, ja, ich weiß, was Sie jetzt einwenden werden: Sie werden mich an mein Versprechen erinnern, das ich den Straßenkindern gegeben hatte – dass wir siegen würden …

Doch die Diktaturen heben nicht nur die Freiheit auf, sondern auch die Versprechen. Für die Straßenkinder machte es im Übrigen keinen großen Unterschied: Hauptsache, es handelte sich um eine aufsehenerregende Aktion. Um ihnen von neuem Hoffnung zu machen und zu verhindern, dass ein weiterer Diktator seine Hände um die Hüften der *Göttin* legte, als hätte er sie persönlich gewonnen.

Anfangs schien es ein Kinderspiel. Kein deutscher Agent kam zu mir ins Hotel, um mich festzunehmen. Niemand funkte mir dazwischen. Niemand beobachtete, wie ich das Vorhängeschloss aufbrach. Die Dunkelheit hüllte mich ein wie ein Umhang. Es war mitten in der Nacht, der Ausstellungssaal war verlassen und durch keine Alarmanlage gesichert.

Mit zitternden Händen nahm ich sie aus der Vitrine. Sechsunddreißig Jahre waren vergangen, seit Uruguay sie zum ersten Mal gewonnen hatte.

Die Trophäe.

Die *Göttin*.

Consuelo.

Sie zu berühren, war, wie wenn man seine Frau nach unzähligen Jahren zum ersten Mal wieder berührt.

Ich küsste sie im Schein einer Taschenlampe. Wie im Märchen. Zwar wurde sie nicht wieder lebendig, doch sie strahlte wie eh und je. Es war, als würde ich das Firmament küssen. Sie war mein, verstehen Sie? Endlich mein.

Nachdem ich sie in eine Wolldecke gehüllt hatte, flüchtete ich durch die Straßen von Soho. Wie ein verrückt gewordener, aus seiner Umlaufbahn geschossener Planet. Die Sterne bellten mir nach. Und die Hunde.

In diesen Apriltagen spürte ich, wie mir unzählige Polizisten auf den Fersen waren. Aus den Vereinigten Staaten, der Sowjetunion, aus Uruguay … Bestimmt existierte in allen europäischen Hauptstädten eine Polizeiakte über mich, aber jede unter einem anderen Namen: Niemandem war es bislang gelungen, meine wahre Identität zu lüften. Die Informationen über mich und meine familiären Wurzeln, die die Gestapo über mich gesammelt hatte, waren höchstwahrscheinlich bei Kriegsende unter den Trümmern Berlins begraben worden. Und mit ihr alle Hinweise auf meine Existenz. Es gab nur noch über die halbe Welt verstreute Indizien.

Zahlreiche Details über mein Leben waren bekannt: mein antifaschistischer Kampf, meine Teilnahme am Spanischen Bürgerkrieg, meine Begegnung mit Hitler, meine antimilitaristische und antiimperialistische Propaganda in unzähligen Tageszeitungen, mein merkwürdiges Auftauchen bei jeder Fußballweltmeisterschaft, meine Beziehungen zu Che, mein Kampf gegen die brasilianische Diktatur ... Fast jeden einzelnen Punkt meines Bildes kannten sie, doch auch wenn man die Punkte zusammenfügte, ergab sich kein brauchbares Phantombild. Sobald man die Ordnung änderte, kam ein neues Gesicht heraus. Einige bezweifelten, dass es sich um ein und dasselbe Individuum handelte, andere hielten mich für eine aufgebauschte Nachricht. Ein Gerücht. Eine Erfindung. Vielleicht, so meinten sie, verschwendeten sie ihre Zeit, indem sie einem Phantom nachjagten. Andererseits konnte man kein Risiko eingehen. Für beide Seiten war ich inzwischen ein zwielichtiges Idol: Aufrührer, Anarchist, ein Spion, der seine revolutionären Umtriebe mit dieser grotesken Geschichte um die Coupe Rimet verbrämte. Der gefährlichste Geheimagent der Welt.

Vinicius, der damals in Paris lebte, warnte mich. Er rief mich bei einer verabredeten Nummer an. Seine Informationen bezog er von anderen im Exil lebenden Südamerikanern. Er wollte von mir gar nicht wissen, ob etwas daran war, sondern sagte nur, ich solle auf mich aufpassen, weil ich in Gefahr sei.

Inzwischen zogen die Hunde den Kreis immer enger. Hunde, die auf Gold abgerichtet waren und auf Störenfriede der gesellschaftlichen Ordnung. Scotland Yard durchkämmte sämtliche Stadtteile von London und dehnte die Suche bis zur Küste aus. Es verging eine Woche, bis ich mir nicht mehr anders zu helfen wusste, als die *Göttin* auf einer Müllhalde zu deponieren und mich in der Nähe zu verstecken. Was für ein Versteck für eine Göttin, und der schlimmste Abschied meines Lebens! Sobald sich die Wogen geglättet hätten, wollte ich wieder zurückkommen und sie holen. Ich warf einen letzten Blick auf sie, sie lag da in ihrem Bett aus Müll wie auf einem Altar. Ihre Schönheit verlieh sogar dem menschlichen Abfall ein wenig Glanz. Ihr Anblick wühlte mich noch mehr auf, und ich riss mich von ihr los. Doch alle Mühen waren vergeblich. Sogar im Müll fand sie dieser Pickles, oder wie immer der verflixte Kerl auch hieß. Dieser gescheckte Hundehurensohn! Er wurde zum Nationalhelden, und ich entwischte wie durch ein Wunder. Mit einem gehörigen Hass auf ihn, denn hätte ich seinen Geruchssinn gehabt, hätte ich wenigstens Consuelos Duft noch mal riechen können.

Offiziell wurde ein arbeitsloser Hafenarbeiter des Diebstahls beschuldigt, ein gewisser Edward Bretchley, der mit zwei Jahren davonkam. Damit wurde die Angelegenheit erst einmal zu den Akten gelegt. Vergeblich bemühte ich mich um seine Freilassung, indem ich einen langen Brief an die englische Presse schrieb, worin ich die internationalen Geheimdienste beschuldigte, ihre Hände im Spiel zu haben. Aber keine einzige Zeitung druckte ihn ab, sie hielten seinen Urheber wohl für einen Geisteskranken.

62

Zwei Monate lang reiste ich ziellos im englischen Hinterland herum und versuchte wieder zu Kräften zu kommen, bis die Spiele begannen. Ich fühlte mich, als wäre ich gerade von allen Wettbewerben ausgeschlossen worden und wüsste nicht mehr, was ich jetzt anfangen sollte. In den Pubs hörte ich mir aus den Jukeboxes die letzten Songs der Beatles an und sah den Frauen hinterher, die ihre Beine frech zur Schau stellten, und dennoch gelang es mir nicht, den Zeitgeist dieser Jahre einzufangen. Jede Menge seltsamer Lokale eröffnete, in denen Underground-Bands auftraten. In den Theatern experimentierte man mit neuen Aufführungsformen, und in den Kinos wurden Amateurfilme gezeigt. Ich erinnere mich an einen, der von einem Querschnittsgelähmten gedreht worden war, der seine Eindrücke dokumentierte, während er mit dem Rollstuhl durch London fuhr. Und wieder empfand ich die gleiche Unruhe wie seinerzeit in Paris vor dem Krieg. Während um mich herum ein irrationaler Optimismus herrschte, war mir, als grübe in meinem Innern eine Raupe einen Tunnel, der alles aufwühlte und durcheinanderbrachte.

Wie immer trug ich mein altes Notizbuch bei mir. Diesmal hatte ich nur einen Namen hineingeschrieben, den einzigen, an den ich mich noch erinnerte.

Halfpenny Hatch.

Der Name eines brachliegenden Felds vor der Westminster Bridge.

1768, fast genau zwei Jahrhunderte zuvor, hatte einer meiner Vorfahren mit dem Erbe seiner Mutter das Feld von einem protestantischen Schäfer erworben, um eine Reitschule darauf zu errichten. Er war Oberstabsfeldwebel der Kavallerie und ein begnadeter Reiter im Dienste Ihrer Majestät der Königin und hieß Philip Astley.

Als Erstes grenzte er auf dem Halfpenny Hatch eine kreisrunde Reitbahn zum Voltigieren ab. Um die ideale Größe des Platzes zu bestimmen, maß er den Radius mit einer Zirkusdirektorpeitsche aus.

Mit der Zeit zog er immer mehr Publikum an. Zuerst blieben die Bauern der Umgebung stehen, dann kamen auch Frauen und Kinder. Seine Pferde bezauberten sie, und mit angehaltenem Atem verfolgten sie die akrobatischen Darbietungen. Nach dem Ende des Trainings hatte Philip Mühe, seine kleinen Zuschauer wieder loszuwerden. Schließlich blieb ihm nichts anderes übrig, als das Gelände einzuzäunen. Er beschloss, die Arena einzufrieden und für die Vorführungen Eintritt zu verlangen. Er quittierte seinen Dienst beim Heer, engagierte eine Seiltanztruppe, kaufte drei Schimpansen und zwei dressierte Hunde. Zehn Jahre später feierte er mit seiner Truppe in Paris Triumphe. Nach seiner Rückkehr wandelte er seine Reitarena in ein festes, aus Holz erbautes Amphitheater um.

Astley's Royal Amphitheatre.

Mein Vorfahr hatte den Zirkus erfunden.

Doch auch das ist nur eine der vielen Geschichten, die man sich bei uns zu Hause erzählte.

63

Von Anfang an war klar, wer diese Weltmeisterschaft gewinnen würde.

Verdient hätte es in meinen Augen der Portugiese Eusebio da Silva Ferreira gehabt, der *Schwarze Panther*, ein junger Spieler, den die Manager von Benfica in Moçambique aufgegabelt hatten, wo er bei einer Mannschaft der Hauptstadt, dem Sporting Club Lourenço Marques, spielte. Er verfügte über eine mitreißende Kraft. In meiner Fantasie war er ein edler Ritter auf dem Spielfeld, in Rüstung und mit feurigen Augen, wie eine dieser sizilianischen Puppen, mit denen mir die Heldenepen zu veranschaulichen meine Großmutter nicht müde wurde. Ein *vrascadù*, pflegte sie zu sagen, einer wie wir, an dem die zu lang geratenen Arme herabhingen. Er wurde in einem Vorort von Maputo, damals noch Lourenço Marques, namens Mafalala geboren, und sein Name wurde bei keinem Meldeamt registriert. Als Jugendlicher baute er eine Mannschaft auf, die sich *Os brasileiros* nannte: Der Mythos meines Brasiliens reichte sogar bis nach Afrika. Bevor er zum *Schwarzen Panther* wurde, hatte er den Spitznamen *Ninguém*, »Niemand«, den Odysseus benutzt hatte, um den Kyklopen Polyphemos zu überlisten. Und in England gab ihm jemand einen dritten Beinamen, *Der Prinz*. Denn er erkannte in ihm den Erben Pelés oder eben des *Rey* – des Königs. Im Viertelfinalspiel im Stadion von Liverpool lag Portugal gegen Nordkorea null zu drei im Rückstand. Das passte dem Prinzen ganz und gar nicht. Zwischen der 27. und der 59. Minute landete er vier Treffer. Das Spiel endete mit fünf zu drei, und ich betrank mich zur Feier des Tages.

Auch Lew Jaschin hätte den Weltmeistertitel verdient gehabt, die Nummer eins der russischen Nationalelf, der mir schon in Chile aufgefallen war. Er war eine Spinne, kein Panther, aber auch schwarz – wegen seines Trikots. Noch nie habe ich bei einem Torwart, abgesehen von Zamora damals, einen so entschlossenen Blick gesehen.

Wie auch immer, den Titel gewannen die »Meister«, wie sie sich selbst gern nannten. Die Erfinder des Fußballs. Die Wahrer der Tradition. Kurz, die Engländer.

Ich verfolgte den Wettkampf wie ein x-beliebiger Fußballfan und ließ mich kein einziges Mal auf der Pressetribüne blicken. Abends diktierte ich einem Mitarbeiter der *Esperanza* telefonisch meine Artikel und ließ sie unter einem meiner unzähligen Pseudonyme erscheinen, Amid Lynch. Doch ich wusste, dass man mir nach wie vor auf den Fersen war, und lebte in ständiger Furcht, aufgegriffen zu werden. Sie würden keine Ruhe geben, bis sie mich nicht aus dem Verkehr gezogen hätten. Von nun an würde sich mein Bewegungsradius immer mehr einschränken.

Es war eine schmutzige Weltmeisterschaft.

Dass die Coupe Rimet diesmal nicht endgültig an eine Mannschaft gehen würde, war von Anfang an klar. Denn alle drei Teams, die den Pokal schon zwei Mal gewonnen hatten, erlitten eine Schmach.

Die Italiener wurden von einem Oberfeldwebel der nordkoreanischen Armee gedemütigt.

Brasilien gewann sein erstes Spiel, mit je einem Tor durch Pelé und Garrincha. Es schien, als hätten die beiden wieder eine Unterhaltung aufgenommen, die sie vier Jahre zuvor mittendrin unterbrochen hatten. Doch der Bulgare Zecev verletzte Pelé so schwer am Knie, dass dieser ausschied. Gegen Ungarn wurde er durch Tostão ersetzt. Der tat sein Bestes, erzielte sogar ein Tor. Aber das reichte nicht. Die Grüngoldenen führten nur eine Halbzeit lang. Garrincha war nicht mehr derselbe. Seine Flügel waren vom Alkohol und der verdorbenen Luft des Regimes gelähmt. Er flog nicht mehr. Er erfand nichts mehr. Er begann dick zu werden. Sein Privatleben war ein einziges Chaos. Endstand drei zu eins für Ungarn. Eine weitere Tracht Prügel holten sie sich vier Tage später gegen Eusebios portugiesische Mannschaft, obwohl Pelé mit zusammengebissenen Zähnen wieder auf dem Platz war. Das Spiel endete mit demselben Ergebnis, die Koffer wurden gepackt.

Uruguay hingegen wurde von einem englischen Schiedsrichter außer Gefecht gesetzt, der ihnen im Viertelfinalspiel gegen die Bundesrepublik Deutschland einen Elfmeter verweigerte und zwei Mann vom Platz stellte.

Meine Stimmung war im Keller. Ich blieb nur in England, um der Polizei die Stirn zu bieten, obwohl ich schon wusste, wie die Weltmeisterschaft ausgehen würde.

Das Endspiel zwischen England und Deutschland entschied, wie es der Abwehrspieler Schnellinger formulierte, ein Linienrichter.

Eine legendäre Episode. Erste Halbzeit der Verlängerung. Spielstand zwei zu zwei. Hurst nimmt den Ball im Strafraum volley. Das Leder kracht an die Unterkante der Latte, prallt von dort auf die Torlinie, ohne diese in vollem Umfang zu überschreiten, und springt zurück ins Feld. Die Sicht ist dem Schweizer Schiedsrichter Dienst versperrt. Er wendet sich an den Russen Bachramov, seinen Linienrichter, während die deutschen Fotografen, die hinter dem Tor in einer Reihe stehen, Stein und Bein schwören, dass der Ball die Torlinie nicht passiert habe. Der Russe nickt jedoch, ohne zu zögern. Der Schiedsrichter gibt das Tor.

In diesem Jahr spiegelte sich in allem die Ungerechtigkeit der zurückliegenden und auch der kommenden Zeiten.

64

Glauben Sie mir, es ist furchtbar, wenn man ständig das Gefühl hat, verfolgt zu werden. Nachdem ich, besiegt und verängstigt, wieder nach Salvador da Bahia zurückgekehrt war, vergewisserte ich mich immer, dass die Tür hinter mir fest verschlossen war. Ich schlief schlecht. Bevor ich mich ins Bett legte, warf ich erst einen Blick unters Bett. Jedes Geräusch, das durch ein Fenster oder die Toilette drang, war für mich das Signal einer Gefahr. Ich fühlte mich in meine Kindheit zurückversetzt. Damals hatte ich Angst, eine Schranktür zu öffnen oder allein in ein anderes Zimmer zu gehen. So lebt man also in einer Diktatur, sagte ich mir. Wie verängstigte Kinder. Doch mit der Zeit gewöhnte ich mich daran.

Auf gewisse Weise habe ich mich immer verfolgt gefühlt. Wenn man sich wie ich für das Schicksal eines Diebes entscheidet, und zwar bereits als junger Mensch – mochten auch all meine Versuche, die *Göttin* zu rauben, bisher gescheitert sein –, muss man sich mit derlei beklemmenden Umständen abfinden. In meinen Albträumen wurde ich Nacht für Nacht von einem Spezialkommando der SS verhaftet, von Schwarzhemden der OVRA,

Offizieren der uruguayischen Armee, Agenten der DOPS, des Scotland Yard, des KGB oder der CIA. Sie fesselten mich an den Händen, verbanden mir die Augen und schleppten mich dann an einen Ort, der voller Menschen war und den ich erst erkannte, als man mir die Binde von den Augen nahm: einen Fußballplatz. Ich stand in einem der beiden Tore, und vor mir, auf Höhe des Strafstoßpunktes, war ein Exekutionskommando mit Gewehren im Anschlag aufgereiht, das von den Menschenmassen auf den Rängen angefeuert wurde, die den Arm zum römischen Gruß gestreckt hielt. Wenn dann ein frankistischer General den Soldaten den Feuerbefehl zubrüllte und den Stummel seines amputierten Arms hob, bekam ich unter dem Laken feuchte Füße, und selbst der Gedanke, dass man bei einem Strafstoß danebenschießen kann, vermochte mich nicht zu beruhigen. Stattdessen fuhr ich jedes Mal erschrocken hoch und konnte danach nicht wieder einschlafen.

Meine Angst war durchaus begründet.

Man hatte die *Esperanza perdida* geschlossen, meine Mitarbeiter entlassen, nicht ohne vorher auf sie einzuschlagen, und die Druckmaschinen sowie Pernambucos Weinlokal verwüstet. Wieder einmal war ich arbeitslos, und die Gefahr, dass man mich, zusammen mit meiner Zeitung, eliminieren würde, bestand nicht nur im Traum.

Im selben Winter wurde auch Dora verhaftet, während sie Flugblätter verteilte, auf denen stand: *Abaixo a ditadura militar fascista* und *Viva la democracia.* »Nieder mit der faschistischen Militärdiktatur« und »Es lebe die Demokratie«. Sie hatte keine Zeit mehr, die Blätter aufzuessen, so wie die Katalanin. Ich hatte schon immer gewusst, dass es früher oder später passieren würde. Sie hatten es mir geschworen. Diese Leute vergessen nie, ihre Drohungen wahrzumachen. Doras Name steht heute auf der langen Liste der *Desaparecidos,* der Guerilleros, die die Staatsmacht hat verschwinden lassen. Der Verdammten. Ich habe sie auf jedem Bürgersteig von Rio und São Paulo gesucht, so wie ich damals Consuelo in Paris suchte. Es kommt mir vor, als hätte ich jede Prostituierte von Brasilien nach ihr gefragt. Vielleicht bin ich mit meinen Begierden und dem Fluch meiner Familie schuld daran, dass sich alle Frauen, denen ich begegnete, irgendwann in Luft auflösten.

Einige Zeit später räumten achtzig Agenten der Delegacia de Ordem Política e Social auch Hauptmann Marighella aus dem Weg, für das Regime Staatsfeind Nummer eins. Sie lauerten ihm am Stadtrand von São Paulo auf und töteten ihn in seinem Auto. Als nächstem Mulatten würde es mir an den Kragen gehen, das wusste ich, dem geheimnisvollen Feind, dem gegnerischen, namenlosen Phantom, das niemand kannte, aber um das sich zahllose Legenden rankten.

Wieder packte ich die Koffer. Magalhães hatte einen Mann an der Grenze zu Uruguay bestochen, damit ich mich in Sicherheit bringen konnte, wenigstens bis zur nächsten Fußballweltmeisterschaft. Von dort aus reiste ich nach Chile und ließ mich in Puerto Williams nieder. Um darauf zu warten, dass sich die Wogen glätteten. Ich fing wieder an zu schreiben. Briefe an Menschen, die nicht antworten konnten. Erzählungen. Gesellschaftskritische Artikel, die ich vergeblich an meine alten Zeitungen schickte – Schmähschriften gegen den Autoboom, den Konsumterror, gegen das Phänomen, dass sich neuerdings jedes Dorf als global bezeichnete.

In Wahrheit ist nur das Elend global.

Einige Zeit später fand ich heraus, dass viele dieser mit Schreibmaschine geschriebenen und kopierten Texte auf verschlungenen Wegen bei der Universität von Nanterre gelandet waren und von dort aus nach Paris, Mailand, Rom, Wien, Ankara, Belgrad, Madrid, Peking und Tokio verbreitet wurden. Sie gingen durch die Hände der Dichter der Beat Generation, der Situationisten und der postmarxistischen Philosophen, bis sie schließlich bei den Razzien im Französischen Mai in den Taschen zahlreicher Studenten gefunden wurden, ebenso wie in denen der Demonstranten vom Prager Frühling und bei den Massenverhaftungen, die den Prager Frühling auslöschten.

Die Historiker haben sich lange gefragt, welches der Funke war, der die Studentenproteste entzündet hatte. Sie werden es bestimmt nicht glauben, aber die Antwort ist einfach: Der Funke lag in unserem Leben, in unseren Worten, in dem schlechten Beispiel, das wir gaben.

Aus der Ferne schaute ich zu, soweit es mir möglich war, wie sich die Wut in der jungen Generation entzündete. Zugleich hatte ich Angst, dass dieses Erdbeben das Ende von etwas kennzeichnete und nicht den Anfang. Dennoch weigerte ich mich, mit dem abgeklärten Blick des Erwachsenen eine Prognose abzugeben, wann es zum Bankrott und Totalausverkauf der Barrikaden kommen würde. Doras Verschwinden, die Emigration sämtlicher meiner Freunde, der Abstieg Garrinchas und meines Brasiliens hatten mich mutlos werden lassen. Der Baum meiner Hoffnung war nicht mehr unerschütterlich und stark wie früher. Jede Nachricht, die mich erreichte, war eine neue Verletzung: die Ermordung Martin Luther Kings, der noch immer andauernde Krieg in Vietnam, die Niederschlagung des Prager Frühlings … Mir fehlte die Arbeit. Doch der Journalismus oder, besser gesagt, das, was aus ihm geworden war, interessierte mich nicht länger. Bald würde er nichts Wirkliches mehr erzählen.

Ich fand eine Stelle auf einer Farm, die verschiedene Tierarten aufzog, unter anderem die wenigen Pferderassen, die den niedrigen Temperaturen hierzulande standhalten. Auf diese Weise konnte ich meiner ererbten Leidenschaft frönen. Die Farmer waren verblüfft über mein Geschick im Umgang mit diesen Tieren und erlaubten mir, mir eines auszusuchen. Ich wählte den scheckigsten Paso Peruano, den hässlichsten und ältesten Wallach von allen, damit sie ihre Großzügigkeit nicht bereuen würden. Ich nannte ihn Quiqueg, aber das habe ich wohl schon gesagt.

Die Zeit, die ich mit ihm und den anderen Pferden verbrachte, war heilsam für mich. Langsam kehrte die Kraft in meine Hände zurück, und nachts begann ich, neue Pläne für den Raub der *Göttin* zu schmieden. Ich musste mich auf den letzten Akt vorbereiten.

Die Begleichung der Rechnung würde, es konnte nicht anders sein, in Mexiko stattfinden, in dem Land, in dessen Hauptstadt die Armee in einer Nacht im Oktober dieses stürmischen Jahrs auf dem Platz der drei Kulturen im grünen Schein bengalischer Feuer aus Hubschraubern und von den Dächern eines Regierungsgebäudes auf eine Menge von zehntausend Menschen geschossen hatte. Nach dem Massaker ließen sie die Leichen von Hunderten junger Leute auf dem Platz liegen, die gegen die Besetzung der Universität durch das Militär protestiert hatten.

Das war kurz vor Beginn der Olympischen Spiele. Zwei Jahre später sollte Mexiko auch Gastland der neunten Fußballweltmeisterschaft sein. Die letzte mit der Coupe Rimet als Trophäe.

65

Mexiko. In Mexiko war mein Vater gestorben, Astrojildo Aguyar Carrion, 1917, im Gefolge von Emiliano Zapata.

Im Sattel seines Pferdes.

Über seinen Tod gibt es nur eine Version. Er wurde in einem Wald ermordet, der zwischen zwei Dörfern im Bundesstaat Morelos liegt. Er trug einen Sombrero, einen Patronengurt über der Jacke und hatte sich einen Schnurrbart wachsen lassen.

Wie sein eigener Großvater für Garibaldi war er der treueste Offiziersdiener Zapatas gewesen. Als er die ersten Schüsse hörte, stellte er sich schützend vor seinen Kommandanten. Es hieß, dass es eine Ewigkeit dauerte, bis er fiel. Von allen Seiten flogen ihm die Projektile um die Ohren, durchschossen ihm die Lunge, durchbohrten seine Beine, zerfetzten ihm die Lippen. Doch nach wie vor hielten seine Hände die Zügel fest, während er wütend dem Schmerz die Stirn bot. Man erzählt sich, dass seine Augen noch zwei Tage lang weinten, nachdem er schließlich zusammen mit seinem Pferd auf die Erde gestürzt war.

Man fürchtete wohl, dass er ein Besessener gewesen war, und übergab seine Leiche Zapata.

Mein Vater hörte erst bei seiner Bestattung auf zu weinen, während die Bauern der Gegend und ihre Frauen um sein Grab herumstanden.

66

Die Mexikanische Revolution war für meine Familie die schmerzlichste. Aber auch die, die sie am meisten begeisterte. »Nicht einmal in Russland habe ich so viel Erregung empfunden«, erzählte mir Onkel Nelson, bevor ihn Stalin und eine unerwiderte Liebe in ein zwanzigjähriges Exil nach Sibirien trieben.

Onkel Nelson. Ich habe noch ein Foto, das ihn mit meinem Vater zeigt, beide lächelnd in ihren groben Milizuniformen, während sie nach Mexico City hineinreiten.

Nach dem Tod meines Vaters beschloss er, den Wohnsitz zu wechseln. Er konnte es nicht ertragen, weiter an dem Ort zu leben, an dem er mit seinem Bruder glücklich gewesen war. Wenige Monate später war er in Moskau, wo er sich den Menschewiken anschloss. Er hatte entschieden, den Lauf der Revolution zu korrigieren. Er hatte ausgiebig die Französische Revolution studiert und befürchtete, dass sich das Schema wiederholte – in Russland ebenso wie in Mexiko. Immer die gleiche Geschichte: nach der Revolution der Terror und nach dem Terror eine neue, zerstörerische Form des Cäsarismus. Diese Kette musste unbedingt durchbrochen werden. Das wiederholte er in jeder Versammlung, doch die anderen sahen nur seinen Starrsinn und lachten ihn aus wie einen Schwachsinnigen. Einige Tage vor seiner Festnahme hatte man ihn für illegal eingewandert erklärt, und ungefähr zur gleichen Zeit hatte eine Ukrainerin namens Olga ihm all seine Gedichte zurückgegeben. Als Reaktion darauf verteilte er im Zentrum Moskaus hektographierte Blätter mit der Fabel von König Langohr. Dora mit ihren Flugblättern hätte ihm bestimmt gefallen.

Die Fabel handelt von einem König, der versucht, seine langen Ohren vor seinen Untertanen unter einem Hut zu verbergen, jedoch erkennen muss, dass es keinen Hut gibt, der groß genug ist.

Am selben Abend wurde Onkel Nelson hinter Gitter gesperrt.

Bei seiner Verurteilung bezeichnete er sich vor dem Volkskommissar als Kosmopolit und Internationalist, und als man ihn hinausführte, rief er: »Nieder mit den Bonapartisten. Es lebe Martow!« Mit Letzterem meinte er den schmächtigen, hinkenden Revolutionär, der ins Exil gegangen war und später in einem Sanatorium im Schwarzwald an Tuberkulose starb.

Als mein Onkel aus Sibirien zurückkam, konnte er nur mehr in Versform sprechen, wie Cyrano de Bergerac. Er war es auch, der mir mein erstes Wörterbuch schenkte und mich mit der Krankheit des Schreibens ansteckte. Ich habe nach wie vor seine Briefe, ebenso wie ein Kurzepos über den mexikanischen Volkshelden Pancho Villa und ein paar Verse, die den *Campesinos* und »den erbarmungslosen Frauen gewidmet sind, die uns weder verstehen noch vergeben«. »Diese wunderbaren Huren, die uns verlieren«, sagte er.

Da unten in Mexiko, erzählte er, kämpfte man für eine richtige Landreform. Und Zapata war ein leidenschaftlicher *hombre*, der ziemlich unangenehm werden konnte. Ein wenig wie der spätere Che, den sie kurz zuvor in Bolivien ermordet hatten, in einem Dorf namens La Higuera. In einer Schule, hässlich wie ein Gefängnis. Exekutiert von einem Feldwebel, dem man als Belohnung eine Armbanduhr und einen Kurs in West Point versprochen hatte. Vor den Augen einer Lehrerin. An einem Sonntagnachmittag.

Zwei Jahre bevor der erste Mensch seinen Fuß auf den Mond setzte.

67

Ein Wechsel war dringend notwendig.

Trainer, medizinische Betreuer, Spieler. Und es war höchste Eile geboten. Die neunte Fußballweltmeisterschaft stand bereits vor der Tür.

Doch dazu brauchte es erfahrene Leute, die wussten, was zu tun war. Ein weiteres Mal wurde Nadir Magalhães mit der technischen Leitung betraut. Als erste Amtshandlung ließ er mich in die Heimat zurückkommen. Wieder bestach er den Uruguayer an der Grenze und außerdem den einen oder anderen General in der Hauptstadt. Er hatte eine Auswahlkommission ins Leben gerufen und wollte mich als Beobachter dabeihaben. Das heißt, er wollte mir die Verantwortung übertragen, wollte, dass ich das letzte Wort hatte, welche Spieler berufen wurden. Im Gegenzug versprach er mir Immunität bis zum Ende der Weltmeisterschaft und eine Amnestie im Falle eines Sieges. Die Amnestie war mir reichlich egal. Ich hatte nicht das Gefühl, dass ich von einer Diktatur begnadigt werden wollte, wovon auch immer. Es sei denn von meiner Untätigkeit und meinem Pessimismus. Aber ich hatte keine Wahl. Ich musste mich erneut aus dem Fenster lehnen und eine Wette eingehen. Aber diesmal war der Wetteinsatz zu hoch.

Sie brauchen sich gar nicht die Mühe zu machen, Recherchen anzustellen: Ich sage es Ihnen noch mal, meinen Namen werden Sie in den offiziellen Chroniken vergeblich suchen. Er durfte nirgends erscheinen. Er war für alle ein Risiko. Magalhães wusste das, aber er wusste auch, wie wichtig es mir war, dass wir diesen Pokal gewannen, wenngleich er den Grund nicht einmal ahnte. Außerdem interessierte es ihn nicht. Für ihn zählte nur, dass ich gute Arbeit leistete. Er vertraute auf meine Augen, auf das, was sie sahen. Auf ihre Schnelligkeit, den kompetenten Blick. Das reichte ihm.

Auf der Trainerbank saß João Saldanha. Er gefiel mir. Ein Mann von Charakter. Ein hervorragender Sportjournalist, der Basketball spielte und Musik liebte. Ein freier Mann. Er hatte fünf Mal geheiratet, hatte an Maos langem Marsch teilgenommen und später mit General Montgomery an der Landung in der Normandie. Saldanha entschied sich für die klassische Taktik des 4–2–4, doch in Wirklichkeit war es ein 4–6–0. Er vertraute der Gruppe. Er begründete sie neu. Von den alten Spielern blieb nur Pelé, der noch immer das Trikot mit der Nummer zehn trug.

Zur Pressekonferenz anlässlich seiner Berufung zum Trainer erschien er mit einem Zettel, den ich ihm persönlich überreicht hatte. Darauf standen die Namen aller Stammspieler und aller Reservespieler, die nach Mexiko fahren würden. Saldanha las die Aufstellung mit lauter Stimme vor, obwohl fast zwei Jahre Zeit bis dahin war: Ich hatte meine Arbeit tatsächlich schnell erledigt.

Als Torwart hatte ich jemanden vorgeschlagen, der den Namen einer Comicfigur trug, einer Katze: Félix.

Als Außenverteidiger zwei erstklassige, kräftige Athleten: Carlos Alberto und Everaldo.

Im Zentrum der Verteidigung Brito und Wilson Piazza.

Clodoaldo als Lenker im offensiven Mittelfeld und Gérson als zurückhängender Regisseur.

Der Angriff war unverfroren wie noch nie. Eine Provokation der Intelligenz. Ein Angriff ohne Angreifer. Ein Angriff aus lauter Halbstürmern. Pelé, Tostão, Rivelino und Jairzinho.

Letztgenannter sollte unsere Erwartungen voll erfüllen. Er hatte bei Botafogo das Trikot mit der Nummer sieben geerbt. Garrinchas Trikot.

In Mexiko schoss er sieben Tore. Eines in jeder Begegnung.

Die brasilianische Nationalelf gewann alle Qualifikationsspiele. Mühelos. Dennoch waren nach wie vor alle Gemüter wegen der politischen Lage zu Hause erregt. Wenige Monate vor der Abreise war Saldanha von einem Fernsehsender aus Porto Alegre interviewt worden. Präsident Médici, der Führer der Militärjunta, wollte unbedingt, dass der Mittelstürmer Dario vom Club Atletico Mineiro in Belo Horizonte in die Nationalelf berufen wurde. Weil er weiß war – seiner Meinung nach waren zu viele Farbige in der Mannschaft, außerdem wurde sie von einem Kommunisten trainiert, wurde Marihuana geraucht und gab es zu viele Schwule unter den Spielern.

Das wäre für jedes Militär der Welt zu viel gewesen.

Als Saldanha zu der Angelegenheit befragt wurde, antwortete er, dass Präsident Médici gut daran täte, sich um das Regieren zu kümmern anstatt um eine so ernste Sache wie den Fußball. »Wenn es darum geht, einen Ministerposten zu besetzen, wird er mich schließlich auch nicht um eine Meinung bitten«, fügte er hinzu.

Postwendend wurde er von dem obersten Sportdirektor des Landes abgesetzt, einem Mann namens João Havelange, einem Typ, den ich noch nie ausstehen konnte, dessen Bande mit der Macht nie kindlich waren und nie sein würden, um zwei Verszeilen von Osip Mandelstam zu zitieren, wenn auch verkehrt herum.

Es war März, in zwei Monaten würde die Fußballweltmeisterschaft angepfiffen werden, und ich hatte eine unbändige Wut im Bauch. Zum Glück wurde vierundzwanzig Stunden später die *Seleção* Mario Zagallo anvertraut, der von 1958 bis 1962 neben Garrincha der zweite Außen der Nationalelf gewesen war, der linke.

Für mich war diese Entscheidung ein gutes Vorzeichen. Endlich versprach die Rechnung aufzugehen.

Zagallo berief Dario zwar unter die zweiundzwanzig Auswahlspieler, die nach Mexiko fahren sollten, stellte ihn jedoch kein einziges Mal auf.

68

Ich reiste mit dem Gefühl nach Mexico City, dass es in diesem beschämenden Jahrhundert unzählige Worte und Dinge gab, die es einzulösen galt.

Auf meinem Weg in die Stadt kam ich durch noch schlimmere Elendsquartiere als die Favelas von Rio. Barackenvorstädte, die genauso von Menschen am Abgrund bewohnt wurden – von Einwanderern aus Honduras und Guatemala, arbeitslosen Bettlern, einem endlosen Heer Enterbter, das scheinbar die Stadt belagerte, in Wahrheit aber aus ihr ausgestoßen war. Eine Ansiedlung von Menschen, die alles verloren hatten, was es zu verlieren gibt, und an keine Revolution mehr glauben. Mexico City liegt auf direkter Reiseroute durch die irdische Hölle. Kilometerlanges Elend, von dem der Hoffnungslosen der Vororte über das der Schuhputzer, Straßendiebe und Gaukler bis zu dem der riesigen Plätze, die von Touristen und Kathedralen bevölkert werden, wo die Armut versteckt und unerwünscht ist, aber trotzdem präsent.

Es mag an der Höhe und der dünnen Luft gelegen haben, dass mir die Vergangenheit in dieser Megalopolis trotz des Smogs klar vor Augen stand, wie davor in Puerto

Williams vom Cerro Bandera aus. Unwillkürlich rückte jede Sache an ihren Platz, erschien begründet und schlüssig, als würde man sie von der Spitze der Mondpyramide in Teotihuacán aus betrachten.

Die Stadt vermittelte mir das fortwährende Gefühl der Vertrautheit und des Willkommenseins. Ich fand eine provisorische Unterkunft in der Nähe des Marktes La Lagunilla und versuchte, mich in der Stadt zurechtzufinden. Ich hatte lediglich eine bescheidene Summe, die ich für den Verkauf einiger Erzählungen erhalten hatte, und das Geld, das mir Magalhães, mit einiger Verspätung, für meine Arbeit als Talentscout bezahlt hatte. Nach der Geschichte mit Saldanha gebot die Vorsicht, dass ich diesmal nicht an der Expedition teilnahm. Ferner riet mir Magalhães, zur Sicherheit nach Chile zurückzukehren, für den Fall, dass Brasilien das Turnier nicht gewinnen würde. Das Glitzern seines Goldzahns wirkte nicht gerade vertrauenerweckend. Dem war nicht mehr viel hinzuzufügen.

Zum x-ten Mal befand ich mich in einer fremden Stadt und war darauf angewiesen, schnell eine Anstellung bei einer Zeitung zu finden. Aber diesmal ging ich die Sache ruhig an, außerdem waren meine Ansprüche gering. Ich hatte ein kleines Lokal gefunden, wo man günstig essen konnte und dessen Name mir gefiel: La Fonda del Recuerdo, »Gasthof zur Erinnerung«. Es war in der Nähe der Plaza Garibaldi. Tagsüber lief ich durch die Stadt, wie viele Jahre zuvor in Rom, diesmal folgte ich jedoch den Fußstapfen meines Vaters und nicht denen meines Urgroßvaters. Ich hatte das Gefühl, dass ich ihm begegnen würde. Fragen Sie mich nicht, warum, jedenfalls war ich mir sicher, dass es passieren würde, auch wenn ich mir nicht vorstellen konnte, wo und auf welche Weise.

Interessiert es Sie?

Es war an einem Sonntagnachmittag im Park Alameda Central.

Der Name sagt Ihnen nichts?

Er kommt in einem der berühmtesten *murales* von Diego Rivera vor, dem Maler, der seine Träume und die Geschichte Mexikos malte.

Und in diesem *mural* begegnete ich meinem Vater.

Im feuchten Halbschatten eines Museums stand ich vor dem Fresko, verwirrt von den zahlreichen Menschen darauf, von den schwarzen Haaren der Frau ganz vorn im Bild, die dem Betrachter den Rücken zukehrt, von dem leicht schief in der Luft hängenden Heißluftballon im Hintergrund, dem Verkäufer bunter Luftballons, kurz, von all den Menschen, die mir mit Melone und Zylinder und im Ausgehstaat oder mit Sombrero und weißen Hanfhemden entgegenkamen, die Parkallee herauf, deren Bäume zu einer Milonga des Windes feierlich zu tanzen schienen und auf der festliche Stimmung herrschte, an einem Sonntagnachmittag, einem Sonntagnachmittag wie jenem, an dem auch Che erschossen worden war … Ich betrachtete also diese marschierende Menschenmenge, in deren Mitte ein kostümiertes Skelett ging, und da sah ich ihn plötzlich, auf der rechten Seite des Freskos, zu Pferd, inmitten seiner Bauern. Ich erkannte ihn auf Anhieb und ohne den geringsten Zweifel.

Meinen Vater.

Da war er mit seiner dunklen Haut, das Gewehr in der Hand, im Sattel seines übermütigen, sich aufbäumenden Pferdes, die Augen auf gleicher Höhe mit den bunten Ballons und dem Heißluftballon, in der Nähe der tanzenden Bäume, hoch oben über den zahllosen Wünschen und Erwartungen eines Volkes, das sich ungeordnet zu den Klängen eines Lieds versammelt hat, während sich das Bürgertum mit seinem schicksalsträchtigen, unaufhaltsamen Schritt voranbewegt – der unsichere Gang des mit Orden behängten Alten auf Krücken, die diagonale Bewegung der Schriftsteller, die nichts begriffen haben, und der sichere Schritt der Künstler im Zweireiher und der Generäle in Uniform und eines Polizisten, der vor den verängstigten Augen eines kleinen Mädchens seinen Schlagstock schwingt …

Vom Sattel seines Pferds aus starrte mich mein Vater an, den Mund zu einem aufgeregten, empörten Schrei aufgerissen. Mir kamen die Tränen, und ich stürzte hinaus ins Freie.

Ich hatte den Friedhof mit seiner letzten Ruhestätte gefunden, den Grabstein, wo ich Blumen ablegen, Namen und Tränen befreien konnte. Hierher hätte ich jedes Mal zurückkehren können, wenn mir der Sinn danach stand.

Am nächsten Tag unterschrieb ich meinen letzten Vertrag als Journalist. Die *Voz de la Verdad* stellte mich trotz meines fortgeschrittenen Alters ein. An einem Gebäude war mir ein verrostetes, schief hängendes Schild aufgefallen. Die Fassade erinnerte mich an manche Häuser in Havanna oder Marseille. Sie offenbarte Zeichen eines unwiederbringlich verloschenen Adels. Ich betrat das Haus und gab acht, dass mir der Türstock nicht auf den Kopf fiel. Auch die heruntergekommenen Mauern, von denen der Putz abbröckelte, machten den Eindruck, sie könnten jeden Augenblick in sich zusammenstürzen. Es gab einen kleinen Innenhof, der aussah, als hätte er einmal zu einem Kloster gehört, zu einer Kaserne oder einer aristokratischen Villa mit den Küchen und Stallungen im Erdgeschoss. Und Kutschen, die hinein- und hinausfuhren. Ich sah nach oben. Zwischen den kleinen einsturzgefährdeten Terrassen, die auf den Innenhof blickten, hingen Wäschestücke unzähliger Familien in der abgestandenen Luft. Dieses ehemals hochherrschaftliche Gebäude war nunmehr ein Haus, in dem dicht an dicht die gleichen ihrer Würde beraubten Menschen wohnten wie in den Elendsvierteln. Ich stieg in den ersten Stock hinauf und klopfte an die mit einem Milchglaseinsatz versehene Tür, über der mit kaum leserlicher Schrift stand: *La Voz, periódico.* Jemand rief mir zu, ich solle einfach hereinkommen. Ich trat ein, und auf Anhieb empfing mich die charakteristische Atmosphäre einer Redaktion mit dem Klappern von Schreibmaschinen und einem heillosen Durcheinander auf den Tischen. *La Voz de la Verdad* verfügte lediglich über zwei Räume und fünf feste Mitarbeiter. Der Verleger, Maximio Guadalupe Jiménez, ein Mann, der früher einmal ziemlich dick gewesen sein musste, starrte mich an wie einen Geist. Seit Jahren hatte niemand mehr an die Tür seiner Zeitung geklopft und seine Mitarbeit angeboten. Schließlich wurde die Auflage der *Voz de la Verdad* immer kleiner.

Ich sagte, ich würde mich mit einem bescheidenen Honorar zufriedengeben, falls sie mich bei der Weltmeisterschaft als Korrespondenten akkreditierten.

Maximio Guadalupe Jiménez vertraute mir den gesamten Sportteil an.

»Ich verlasse mich darauf, dass du dein Handwerk beherrschst.«

Ich würde ihm sein Vertrauen in mich zurückzuzahlen, indem ich jeden Tag zwei Artikel schrieb, falls gewünscht, jeden in einer anderen Sprache und mit einem anderen meiner vierzehn Namen unterzeichnet. Ich versicherte ihm, dass er seine Entscheidung nicht bereuen würde, es wäre, als ob er mit mir eine ganze Mannschaft ausländischer Journalisten eingestellt hätte.

In jenem Jahr standen der *Voz de la Verdad*, die bis dahin eine in Auflösung begriffene Tageszeitung von Mexico City gewesen war, mehr Korrespondenten zur Verfügung als der *Times*, und sie wurde sogar mit einem Preis ausgezeichnet.

Es war mein Abschied von meiner Karriere.

69

Um sich an die Höhe zu gewöhnen, traf die brasilianische Nationalmannschaft einen Monat vor Beginn des Turniers in Guanajuato ein.

Alle spürten, dass diese Weltmeisterschaft hinsichtlich der Coupe Rimet die entscheidende werden würde. Vier Spieler nahmen zum vierten Mal teil: Pelé, ein Mexikaner und zwei Deutsche. Zum letzten Mal sollte der gewohnte Spielmodus beibehalten werden: sechzehn Mannschaften zu je vier Gruppen in einer großen Vorrunde, wobei die Dritt- und Viertplatzierten ausschieden.

Die Italiener schafften es, durch ein mit Ach und Krach erzieltes Tor ins Viertelfinale einzuziehen, in dem sie Mexiko mit vier zu eins vernichtend schlugen, dank des Doppeltors eines spindeldürren Spielers mit der Nummer elf, den die italienischen Journalisten wegen seiner gewaltigen Schussstärke *Rombo di Tuono*, »Donnerschlag«, nannten.

Brasilien schlug die Tschechoslowakei, England und Rumänien. Im Viertelfinale traf es auf eine überraschende peruanische Mannschaft. Überraschend für die anderen, nicht für mich.

Raten Sie mal, wer sie trainierte.

Ein Brasilianer. Den Namen haben Sie schon gehört. Didi.

Von der sagenhaften Mannschaft von zehn Jahren zuvor waren alle dabei: Didi, Zagallo, Pelé. Es fehlte nur der traurige Vogel, der sich bei seiner Sambasängerin und einer Flasche *aguardiente* verloren hatte.

Brasilien gewann vier zu zwei, aber es war wie bei einem Trinkgelage unter alten Freunden.

Uruguay zog nur mit Mühe und aufgrund einer besseren Tordifferenz ins Viertelfinale ein und besiegte da die Sowjetunion erst in der Verlängerung. So erreichten alle drei Mannschaften, die schon zwei Mal die Coupe Rimet gewonnen hatten, das Halbfinale.

Es versprach ein schönes Finale zu werden.

Mit höchster Wahrscheinlichkeit würde die *Göttin* nach Rom oder Montevideo oder Rio fliegen. In einer dieser drei Städte würde auch ich bis zu dem Tag wohnen, an dem die Welt mich und sie vergessen hätte. Zehn oder gar dreizehn Jahre, wenn nötig. Jetzt ging es nur noch darum, wo.

Nein, das stimmt nicht ganz … ich wusste, dass es in Rio sein würde. Um kein Unglück heraufzubeschwören, hielt ich den Mund. Ich blieb sogar den letzten beiden Spielen der Brasilianer fern. Um einen Artikel zu schreiben, musste ich schließlich nicht unbedingt anwesend sein.

Nur die westdeutsche Mannschaft hätte das Blatt wenden können, doch sie verlor gegen Italien, im spannendsten Fußballspiel, das ich je gesehen hatte.

Aztekenstadion. 17. Juni 1970. Schiedsrichter war wieder jener Peruaner japanischer Abstammung – inzwischen mexikanischer Staatsbürger –, der Garrincha in Chile vom Platz gestellt hatte.

An diesem Tag versöhnte ich mich endgültig mit meinen Wurzeln. In der neunzigsten Minute traf Schnellinger zum Ausgleich in einer trägen, langweiligen Begegnung. In der Verlängerung sollte sich das hingegen grundlegend ändern. Die Hitze und die Höhe hatten die Beine und Köpfe der Spieler ermüdet. Es schien, als sollten sie ihnen den Dienst versagen. Aber sobald sie mit dem Ball in Berührung kamen, waren sie wie verzaubert. Selbst die Abwehrspieler wagten sich bis in den Strafraum vor, und innerhalb einer halben Stunde fielen fünf Tore.

So hätte ich mir auch das Leben gewünscht, als eine unendliche Serie von Gelegenheiten.

Als es drei zu zwei für Italien stand, musste Rivera, die Nummer zehn der Azzurri, tatenlos zusehen, wie ein Wahnsinnsschuss an seiner Nase vorbeiflog und zwischen die zwei Pfosten traf. Wie Varela zwanzig Jahre vorher holte er den Ball aus dem Netz, verlor jedoch keine Zeit. Mit einem einzigen Gedanken trug er ihn zum Anstoßpunkt in der Mitte des Spielfelds. Yamasaki pfiff zum Weiterspielen, und eine knappe Minute später, in der einhundertzehnten Spielminute, drang Rivera in den gegnerischen Strafraum ein, nahm einen Pass von seinem Mittelstürmer an, und mit der Ruhe eines olympischen Gottes gelang ihm ein trockener, präziser Schuss fast genau vom Elfmeterpunkt, der den deutschen Torhüter völlig auf dem falschen Fuß erwischte.

Vier zu drei für Italien.

Meine Großmutter wäre ergriffen gewesen; ich fühlte mich wie jemand, der mit einem Mal entdeckt, dass er sein ganzes Leben im Exil verbracht hat. Meine Augen schwollen an, und ich musste meine Finger darauf pressen, damit sie nicht aus ihren Höhlen sprangen.

Im anderen Halbfinalspiel ging Uruguay in Führung. Doch kurz vor Ende der ersten Halbzeit glich Clodoaldo aus, und schließlich zeigte sich Brasilien mit drei zu eins als überlegene Mannschaft.

Sie würden also gegen die Italiener um die *Göttin* spielen.

Neunzig Minuten, und wir würden sie in Händen halten.

Für immer.

Ich hatte es den Straßenkindern von Salvador versprochen. Auch wenn es mir nicht gelingen sollte, sie zu rauben, würde ich wenigstens dieses Versprechen einhalten. Und ich sollte mich nicht irren. Die Mannschaft hatte noch immer die Seele, die ich ihr eingehaucht hatte. Sie wusste, wofür sie kämpfte. Nicht für den Sieg an sich, sondern dafür, dass er möglich war.

Das Endspiel schaute ich mir nicht an. Ich saß vor dem Aztekenstadion, und jedes Mal, wenn die Menge losbrüllte, erschauderte ich und berührte das Yemanjá-Medaillon. Mit einer grünen Fahne schützte ich mich vor dem Regen, der zu Beginn des Spiels eingesetzt hatte.

70

Und dort sollte die Geschichte für mich zu Ende gehen, *carajo!* An dem Ort, an dem man meinen Vater erschossen hatte. Mit dem Tor von Pelé, Gérson, Jairzinho und Carlos Alberto.

Die Haare zurückgekämmt und mit vorbildlichem Krawattenknoten, ließ sich General Emílio Garrastazu Médici mit der Coupe Rimet in den Händen fotografieren. Dann gab er trotz seines Alters ein paar Absatzkicks und Kopfbälle zum Besten. Auch kam er nicht darum herum, mit seinem rotgesichtigen Lächeln vor der versammelten Weltpresse einem Schwarzen die Hand zu schütteln.

Doch er war der letzte Diktator, der sie berührte. Die *Göttin* wurde im Sitz des brasilianischen Fußballverbands in Rio verwahrt, und dort bemächtigte ich mich ihrer in der Nacht des 19. Dezember 1983. Fünf Tage vor dem schönsten Weihnachten meines Lebens: dem ersten gemeinsamen mit Consuelo.

Nach meiner Rückkehr aus Mexiko hatte der Wind der Restauration wieder angefangen zu wehen und zog seine blutige Spur bis nach Chile, ans Ende der Erde. Binnen weniger Jahre sollte von uns und unseren freiheitlichen Utopien nichts weiter bleiben als ein paar Inseln, einige Lieder und der eine oder andere Frühling. Selbst Puerto Williams war kein sicherer Zufluchtsort mehr. Aber, wie ich Ihnen schon sagte, vergaß mich die Welt mit einem Mal.

Irgendwann starb auch Garrincha. Vom Alkohol gezeichnet und fett. Seiner letzten Gefährtin hinterließ er als einziges Erbe ein Lotterielos. Das Schlimmste ist, so sagte Carlos Drummond de Andrade zu mir, dass es keine weiteren Garrinchas mehr gibt, die uns helfen, unsere Traurigkeit zu vergessen.

Vinicius war schon drei Jahre davor gegangen, und Ernest hatte sein Gewehr schon vor einer ganzen Weile geladen.

Für seinen letzten Coup.

Ich hatte meinen eigenen.

In der Nacht vom 19. Dezember 1983 betrat ich das Gebäude durch den Haupteingang, als Bettler verkleidet und inzwischen selbst für die Mauern fremd und unsichtbar geworden. Wie Odysseus bei seiner Rückkehr. Aus der Zeit von Magalhães, dem Mann mit dem Goldzahn, besaß ich einen Schlüssel. Ich kannte das Gebäude bis in seinen letzten Winkel. Weder die Nachtwächter hielten mich auf noch Mitarbeiter der DOPS noch deutsche Spione. Nicht einmal der Geist des frankistischen Generals mit dem amputierten Arm stellte sich mir in den Weg. Kein Hund heftete sich mir diesmal an die Fersen. Keine Alarmanlage ging los. Niemand beschattete mich. Ich streifte mir Handschuhe über, bevor ich mit einem Taschenmesser das Schloss der Vitrine aufbrach und sie herausnahm. Consuelo breitete die Flügel aus und flog davon. Draußen umhüllte mich das aufdringliche Mondlicht, als hätten sie einen Scheinwerfer auf mich gerichtet. Doch ich war nur ein alter Mann, der einen Spaziergang zur Strandpromenade machte.

Ich hatte meine Wiedergutmachung bekommen, auch wenn ich lange hatte warten müssen. Es war so einfach gewesen, dass es mich fast schmerzte. Am Weihnachtstag, genau sechs Jahre nach seinem Tod, schickte ich Charlie Chaplin ein Telegramm, an seine Schweizer Adresse, wie ich es ihm versprochen hatte. Denn alles vergeht, nur unsere Wünsche nicht.

Den Rest habe ich schon erzählt. Die brasilianische Diktatur inszenierte ein letztes Spektakel zu ihren Ehren, die Zeitungen veröffentlichten ein Requiem auf die *Göttin*, die angeblich in einem Feldofen eingeschmolzen worden war, ich zog mich nach Puerto Williams zurück, und von da an wurde die Geschichte totgeschwiegen. Ich hatte noch immer Zeit für das eine oder andere Abenteuer. In Nicaragua. In Chiapas. Aber im Grunde war es nur mein Abgang von der Bühne.

Gehen Sie jetzt ruhig das kommende Jahrhundert feiern. Ihre schönen Frauenhände waren nur allzu geduldig mit mir. Ich bin sicher, sie werden den Geist meiner Erinnerungen bestens bewahren. Mir bleibt nur, den letzten Stein dieses Dominospiels zu bewegen.

Morgen werde ich die *Göttin* in den Himmel heben, bevor ich sie am Ende der Welt zurücklasse. Aber vielleicht muss man die Dinge gar nicht immer so lesen, vom Beginn bis zum Epilog. Vielmehr sollte man sie auf den

Kopf stellen, um ihrem Kern und der Wahrheit auf die Spur zu kommen.

Lassen Sie es mich so formulieren: Morgen wird ein letztes Mal jemand die *Göttin* in die Höhe recken. Es wird ein müder und gealterter Kapitän sein, der die Arena dieses menschenleeren, trügerischen Stadions verlassen wird. Der Kapitän einer Mannschaft, die es nicht mehr gibt.

Ja, ich sage es noch einmal: Ich bin sicher, dass der Welt in all diesen Jahren etwas Wichtiges abhanden gekommen ist, so wie mir im Lauf meines Lebens. Und dass es Zeit ist, meine liebe Consuelo, das Turnier wiederzueröffnen: damit die bunten Luftballons von allen *murales* dieser Erde hochsteigen und sich die Heißluftballons in die Luft erheben und die Pferde wieder losstürmen.

Sobald ich dich auf die Spitze des ewigen Eises dieses Pols gesetzt habe, werde ich eine Trillerpfeife aus meiner Tasche holen, die mir ein Schiedsrichter geschenkt hat, nachdem er von allen Meisterschaften ausgeschlossen worden war, weil er die Angewohnheit hatte, die starken, siegreichen Mannschaften zu benachteiligen, und die Spiele, die ihm gefielen, nie abpfiff.

Hier, im Großen Süden, werde ich zum letzten Mal mit ganzer Kraft hineinblasen.

Aus voller Lunge.

Und ich hoffe, dass mich jemand hören wird.

Ende des Interviews
Amundsen-Scott-Station
31. Dezember 1999

FABIO STASSI

Die letzte Partie

»Ein brillant konstruierter Roman.«
Deutschlandradio

José Raúl Capablanca ist ein Gewinner. Als Schachweltmeister bejubelt, von seinen Gegnern gefürchtet und von den Frauen verehrt, scheint ihm das Schicksal wohlgesinnt. Doch dann verliert er 1927 den Titel ausgerechnet an den Russen Alexander Aljechin und die ehemaligen Freunde stehen sich plötzlich als Rivalen gegenüber. Capablancas Versuch, eine Revanche zu erzwingen, verwandelt sich nach und nach in einen Kampf auf Leben und Tod.

Eine fesselnde Geschichte über Leidenschaft, Obsession und die ewige Angst vor der Niederlage.

»Königliche Unterhaltung auf höchstem Niveau.«
Wirtschaftswoche

»Ein fiebriger Schachroman zwischen Genie und Wahnsinn.«
Der Bund

Roman · Aus dem Italienischen von Monika Köpfer
gebunden, 240 Seiten · ISBN 978-3-0369-5535-3